EU, ANNA

ELSA LEWIN

EU, ANNA

Tradução de
SIMONE CAMPOS

1ª edição

Editora Record
RIO DE JANEIRO • SÃO PAULO
2013

CIP-BRASIL. CATALOGAÇÃO NA PUBLICAÇÃO
SINDICATO NACIONAL DOS EDITORES DE LIVROS, RJ

L651e Lewin, Elsa
       Eu, Anna / Elsa Lewin; tradução de Simone Campos. –
       Rio de Janeiro: Record, 2013.

       Tradução de: I, Anna
       ISBN 978-85-01-09655-5

       1. Romance americano. I. Campos, Simone. II. Título.

13-9226
                            CDD: 813
                            CDU: 821.111(73)-3

TÍTULO ORIGINAL:
I, Anna

Copyright © Elsa Lewin, 1984

Publicado mediante acordo com Sobel Weber Associates Inc.

Texto revisado segundo o novo Acordo Ortográfico da Língua Portuguesa.

Todos os direitos reservados. Proibida a reprodução, no todo ou em parte, através de quaisquer meios. Os direitos morais da autora foram assegurados.

Direitos exclusivos de publicação em língua portuguesa somente para o Brasil adquiridos pela
EDITORA RECORD LTDA.
Rua Argentina, 171 – Rio de Janeiro, RJ – 20921-380 – Tel.: 2585-2000,
que se reserva a propriedade literária desta tradução.

Impresso no Brasil

ISBN 978-85-01-09655-5

EDITORA AFILIADA

Seja um leitor preferencial Record.
Cadastre-se e receba informações sobre nossos
lançamentos e nossas promoções.

Atendimento e venda direta ao leitor:
mdireto@record.com.br ou (21) 2585-2002.

Este livro é dedicado aos meus filhos
Michael e Daniel
Com amor

Prólogo: Um

Há algo que venho tentando lembrar. Algo que não para de me fugir, que emerge e afunda na minha consciência, como a lua desafiando as nuvens. Algo que se mostra em seu brilho cruel, belo e perverso, apenas para depois escapar furtivamente, para longe dos olhos, deixando no rastro trevas e confusão. Deixando medo.

Talvez se eu tivesse alguém com quem conversar...

Hoje é domingo.

Não tenho certeza se sei a razão para estar gravando isso em fita. Este gravador é da minha filha, Emmy. Quem sabe eu só esteja com vontade de falar com alguém, e não há ninguém. Não tenho mais amigas. Talvez eu nunca tenha tido. Não importa. Você perde seus amigos quando perde seu marido. Ou talvez você mesma os deixe de lado. A vida fica diferente.

Mas eu preciso conversar com alguém. Acho que tem alguma coisa acontecendo comigo. Não sei o que é. Não sei como vai terminar. Eu queria que alguém entendesse. Não estou pedindo para ser perdoada. Eu não me perdoo. Mas queria que alguém entendesse.

Se alguém entender, isso pode ser a prova de que eu vivi. De que fiz diferença. Eu vivi a dor. E fiz diferença.

Eu, Anna.

Capítulo 1

Anna abriu os olhos. Luz fraca e cinzenta vazava pelas bordas da persiana. Ela fechou os olhos com força.

— Droga. Ainda estou viva...

Tentou se concentrar em seus dois grandes problemas.

Um: precisava sair da cama.

Dois: precisava decidir o que fazer depois.

O nome dele atravessou seus pensamentos. De repente. Como se estivesse de tocaia há tempos, só esperando para dar o bote.

Simon.

Foi preciso toda a sua força... tudo o que tinha... para sair da cama.

As cortinas estavam abertas na sala, e ela se aproximou da janela. Logo começaria a chover. Era como se crianças malcriadas tivessem rabiscado o céu turvo com giz preto. Na rua deserta, o vento carregava uma folha de jornal. Ela rolava e se agitava, numa briga infrutífera.

Ela fechou as cortinas. Cor de creme, brocadas — um dia já haviam sido elegantes. Ela as trouxera da casa antiga. Não combinavam com esta sala, com o sofá-cama de Emily ainda aberto e desarrumado.

Na cozinha, o motor da geladeira parou. Quando o ouviu parar foi que percebeu que estivera funcionando. Não tinha se dado conta do ruído até ele cessar. Não havia mais nenhum outro som no cômodo.

"*O motor do mundo parou*", pensou ela. Disse isso em voz alta, para ouvir qualquer coisa, e percebeu que estava falando sozinha. Isso a assustou.

Ela espiou a rua pela fresta da cortina. Estava vazia. Até o vento a abandonara. Só restavam as nuvens taciturnas.

Talvez o mundo estivesse acabando. Ela riu. O som se chocou contra o silêncio.

Nada se mexia no cômodo. Nada respirava.

— Talvez eu esteja morta. — Talvez o acidente de carro, dois meses antes, tivesse dado cabo dela.

Não. Não tivera tal sorte. Havia louça suja na pia. Pratos de Emily da noite anterior. E um par de calças jeans, calcinhas e um suéter de Emmy no chão. Coisas dela.

— Seria mesmo a minha cara morrer e levar para o túmulo a roupa suja da minha filha.

A inércia a rodeava — vasta, densa, isolando-a do mundo. Não conseguia respirar. Procurou algum barulho que pudesse escutar: uma buzina na rua, um leve derrapar de pneus, passos no corredor. O prédio era antigo, as paredes, grossas. As janelas estavam fechadas. Não havia som algum.

Talvez ela estivesse enterrada. Enterrada como os faraós com seus pertences. Será que enterravam os faraós com a louça suja?

O silêncio a reteve, imobilizando-a. Ela quis ligar o rádio e tremeu ao pensar na alegria incansável dos locutores, das vozes claras e animadas relatando incêndios, homicídios, falando sobre a inflação, além da próxima guerra mundial. Televisão. Talvez. Ela teria de passar por cima do sofá-cama. Para quê?

Ela podia lavar a louça e arrumar a cama. Mas isso sempre irritava Emmy.

— Por que você tem que arrumar a minha cama? Que diferença faz se está arrumada ou não? Alguém vem aqui ver?

— Eu estou vendo. Está tão desarrumada. É deprimente.

— Você é deprimente! A idiota da psicóloga não te ajudou em nada!

Ah, sim... a idiota da psicóloga. Em que ela havia lhe ajudado? Bem, tinha conversado muito com Anna. Fez com que absorvesse toda a sabedoria de uma mulher liberal de 30 anos. Que não usava sutiã.

— Você não *quer* ser você mesma! — Os olhos da pobre garota se arregalaram. Anna se preocupou com a possibilidade de as lentes de contato saltarem.

— Minha "eu mesma" está casada com o mesmo homem há trinta anos. Desde sempre. Minha aspiração pessoal é envelhecermos juntos... — Mas Anna não disse isso. A psicóloga não teria dado ouvidos. A distância entre elas era grande demais.

Não fazia mal. Anna não voltaria a vê-la.

— Não me importo em arrumar a cama, Emmy.

— Eu me importo! — gritava ela. Ultimamente Emmy parecia sempre gritar. E antes as duas se davam tão bem.

O silêncio se arrastou mais para perto. Escalou suas canelas, trepou pelos joelhos, até alcançar sua garganta. Ela se sentiu afogar nele.

Permaneceu imóvel, o corpo rígido. Se ficasse imóvel tempo bastante, se não se mexesse, será que poderia virar pedra?

Ela daria uma linda estátua: senhora de meia-idade descabelada com camisola amarrotada.

O que deveria fazer era viver COMO SE. Como se tivesse um motivo para tomar café, tomar banho, se vestir. Como se fizesse diferença.

O nome dele se infiltrou em sua mente. De novo. Simon.

— Meu Deus, o que eu fiz de errado?

Prólogo: Dois

Parecia que ia chover o dia todo. O céu estava preto. Quando chove, o apartamento se fecha sobre mim. Um apartamento de um quarto, com um sofá-cama na sala para Emmy e um lugar estreito e sem janelas fazendo as vezes de cozinha. Não consigo me acostumar a morar em apartamento.

No fim da tarde não restava mais nada a limpar nem a lavar. Eu não sabia quando, nem se, Emmy voltaria para casa. Ela não fica muito em casa. Ela também não gosta do apartamento. Acho que ela não gosta de mim. Antigamente gostava. Ela me culpa.

O silêncio voltava a me corroer. Olhei o Metropolitan Almanac *e encontrei uma festa. Festa de solteiros.*

Chuviscava levemente quando deixei o apartamento, então levei minha capa e meu guarda-chuva. Quando cheguei à ponte, chovia tanto que eu não via nada. O carro não parava de derrapar na pista escorregadia. Fantasiei que um gigantesco caminhão perdia o controle e se arrebentava em cima de mim, e eu batia a cabeça no para-brisa, e meu carro derrapava, saindo da pista até cair no rio, e eu morria. Mas eu sabia que aquilo não aconteceria. Eu não tinha essa sorte.

Foi difícil encontrar lugar para estacionar. Eu estava usando sapatos de salto alto que deixavam os dedos de fora e molhei os pés. Meu guarda-chuva não foi de muita ajuda. Era vagabundo, de plástico amarelo-claro. A haste, logo acima da alça, estava quebrada. Tive que segurá-lo pelo metal, acima da fissura, em vez de pegá-lo pelo cabo, senão o vento o sacudia e virava do avesso. Eu sentia frio e medo nas ruas escuras, úmidas de Manhattan. E estava nervosa. Sempre ficava nervosa nessas reuniões de solteiros, e sentia raiva de mim por comparecer a elas. Eu me sentia humilhada por ter sido reduzida àquilo. Quando cheguei à festa, perguntei ao leão de chácara se podia dar uma olhada lá dentro antes de pagar, mas ele disse que não, não dava. Havia gente demais lá dentro, disse ele, e não podia deixar ninguém ficar entrando e saindo sem pagar. Então eu soube na mesma hora que não devia estar muito bom, pois, se estivesse, ele não ligaria se eu desse uma olhada. Em seguida perguntei a respeito da proporção e ele disse que não sabia. Eu falei:

— Você está aqui fora cobrando entrada!

Ele disse que estava ocupado demais para ver quem entrava. Eu argumentei:

— Você sabe se são homens ou mulheres, não? — E ri, porque estava constrangida demais para soar brava, e declarei em tom de flerte: — Creio que você conheça a diferença entre homens e mulheres.

Ele disse "Vive la différence", e riu, e me obriguei a rir também para não parecer uma amargurada. Ninguém gosta de mulheres amarguradas. E anunciou:

— Deve haver... hum... quatro homens para cada três mulheres ou três homens para cada duas mulheres. Faz diferença? Basta um para ser o homem certo para você.

Faça uma pergunta idiota e vai ganhar uma mentira como resposta, Anna. Mas estava chovendo, o caminho de *volta era longo e eu tinha me maquiado. E o que me esperava no apartamento vazio?*

Paguei os 7 dólares, deixei meu guarda-chuva junto aos outros no saguão e entrei.

Estava cheio. Enfumaçado. Apartamento de um quarto. Uma mulher pedia com nervosismo para todos limparem os pés lá fora. A gorda da Louise estava no vestíbulo. Era uma das festas dela. Louise dava muitas festas. Ela morava na minha cidade, na cidade em que eu morava quando era casada, quando tinha a casa.

Havia uns oito homens e umas trinta mulheres imprensados na sala de estar. Havia uma mesa de bridge junto à parede com uma travessa com fatias de pepino, cenouras cruas e um prato de batatas chips, *além de um galão de vinho barato e uma garrafa tamanho família de* ginger ale. *Sem gelo.*

Peguei um copo de papel com ginger ale *para ter algo nas mãos enquanto olhava ao redor.*

Não havia muito para se ver. Era o panorama de sempre. Ninguém que eu já tivesse de fato conhecido, mas sabia que poderia tê-los visto antes, e sabia que voltaria a encontrá-los de novo: os homens, boa parte acima do peso, analisando o ambiente com cara de quem está com dor de dente; as mulheres, com cara de solitárias.

Fui ao banheiro pentear o cabelo. Era uma embromação: adiava o fato de eu ter de enfrentar a festa. A porta do banheiro estava trancada. Esperei, e por fim bati. Ouvi risadinhas do interior, e vozes, e depois de um tempo um homem e três mulheres saíram de lá, abraçados e rindo. Estavam chapados. O banheiro cheirava a maconha. Pensei que isso, afinal, não era monopólio dos jovens, mas fiquei chocada da mesma forma. Será que não éramos velhos demais para isso? Para tudo isso? O que eu estava fazendo aqui? O que todos nós estávamos fazendo aqui?

Penteei rápido o cabelo e me olhei no espelho que havia na porta. Fiquei imaginando como eu estava. Eu não tinha ideia. Por 28 anos eu dependera de Simon para me dizer como eu estava. Agora eu não sabia.

Eu usava calças justas pretas, um body *branco, um cinto prateado e brincos de prata. Nada novo. Nada de última moda. Mas acho que destacava minhas formas. Acho que minhas formas não são ruins. Ao menos, não sou gorda. Simon sempre detestou gordura. Tenho olhos azuis e cabelos louros. (Ajudo a natureza quanto ao cabelo.) E rugas. Tenho 50 anos.*

Retornei à mesa do bufê e me recostei em um sofá, tentando parecer simpática. Casual. Destituída de ansiedade. E de desespero. Homens não gostam de mulher desesperada. Por fim, me dirigi a um homem qualquer e disse:

— Oi. Você já veio aqui antes?

Ele estava uns 9 quilos acima do peso, usava óculos e tinha dentes tortos. Vestia um terno de poliéster mal-ajambrado e quadriculado. Bem, se ele fosse rico, inteligente e charmoso, o que estaria fazendo numa festa como esta?

Perguntei se ele era divorciado ou viúvo. Viúvo. Ele me falou de seus filhos, de como eram inteligentes, e de sua casa. Me contou toda a história de sua vida e não fez nem mesmo uma pergunta sobre mim. Era eu fazendo perguntas e ele respondendo, de onde se conclui que ele não estava interessado e eu deveria ter cortado o papo bem antes. Outra mulher ficava nos interrompendo, querendo falar com ele, mas ele também não estava interessado nela. É difícil iniciar uma conversa, e mais difícil ainda encerrá-la. Mas por fim desisti e me afastei.

Então entraram dois homens. Um deles era alto e corpulento, sem gravata. Usava um terno marrom-escuro amarrotado que perdera um dos botões. Seu rosto e pescoço estavam suados, e ele agitava os cotovelos como se procurasse arejar a parte interna do paletó. Sua camisa de náilon se colava à pele, úmida. Seu amigo era baixinho e gorducho, com olhos irrequietos na cara porcina. Esqueci como começamos a conversar. Acho que usei minha abordagem habitual:

— Vocês já vieram aqui antes?

Nada muito brilhante. Não sou boa em conversar amenidades. Eles disseram ter acabado de vir do Tuxedo Junction em Long Island. Eu disse nunca ter ido ao Tuxedo Junction nem a qualquer outro bar de solteiros, que eu morria de medo; e eles disseram que era como qualquer outro bar, muito cheio, com pessoas em pé, umas examinando as outras. Então perguntei por que foram lá naquela noite: havia algum evento especial? Disseram que era uma das paradas do caminho.

Penso que eles devem fazer muitas paradas. Do que estarão atrás? Ambos têm mais de 50 anos, um é divorciado, o outro não casou. Acho que aquilo que procuram não está procurando por eles. O baixinho quase não falava. Praticamente só sacudia a perna enquanto varria o ambiente com o olhar, calculando. O alto disse que era professor. Perguntei o que ele ensinava e ele respondeu que dava aulas de arte. Falei que isso era interessante. Eu sonhava em ser artista antes de me casar. Ele não conseguia me ouvir bem. E a sala estava barulhenta. Não parava de repetir "O quê?", tirando os olhos do que buscava, momento em que eu repetia minhas perguntas bobas, às quais ele dava uma resposta qualquer. No fim, falei:

— Acho que vou comer alguma coisa. Me deem licença.

Na mesa do bufê havia um homem magro e careca. Ele disse:

— Não tem nada para comer. Só batatas chips.

— Antes tinha pepino.

— Que festa chinfrim — comentou ele. — Em outras festas põem mais o que comer. Por 7 dólares, tinha que ter mais do que um punhado de batatas.

— Mas nós estamos aqui, as adoráveis mulheres — eu disse.

— Aquela Louise vai matar a galinha dos ovos de ouro se não servir mais do que isso — acusou ele.

Com isso exauriu-se o assunto. Deixei o homem ali. Outra mulher se aproximou e ele reclamou com ela. Percebi que o professor de arte conversava com uma negra com amplo decote em sua blusa de seda. O cabelo dela era cheio, negro e ondulado e ia até os ombros. Era mais jovem. Bonita. A blusa era cara. Estavam rindo. Com ela, ele não demonstrava problema de audição.

O lugar havia esvaziado um pouco. As pessoas tinham seguido adiante. Havia outras festas. Bailes. Outros 7 dólares, ou 10, ou mais. Eu não podia bancar a entrada em mais de uma festa. E provavelmente encontraria as mesmas pessoas que tinham saído desta. Correndo em círculos, todos nós.

Louise chegou e me perguntou se podia levá-la em casa. Eu perguntei se ela não lembrava que eu não morava mais no bairro dela. Eu morava no Queens. Ela disse que não era tão contramão assim. Dez minutos. E qual a minha pressa em chegar em casa?

— O que te espera lá?

Na verdade eram vinte minutos. Tanto de ida como de volta. Mas ela estava certa; não havia por que ter pressa. Nada esperava por mim.

Eu disse que tudo bem, mas queria ir embora logo. Estava cansada. Ela perguntou se eu podia esperar até dez e meia. Eram nove e meia. Não gostei disso. Eu queria ir embora naquele minuto e sabia que, se ela havia dito dez e meia, na verdade queria dizer no mínimo onze e meia, pois ela sempre ficava até o fim. A festa é dela. Convence as pessoas a deixarem usar suas casas e, em troca, elas ganham parte da renda.

Uma moça gorda, de 30 e poucos anos, apareceu e disse:

— Não está chata esta festa?

— Sim — respondi.

— Muito chata.

Eu ia reforçar, mas ponderei e falei:

— Não está chata. Está decepcionante.

Ela se encrespou.

— Se você espera encontrar um príncipe no cavalo branco neste lugar, vai se desapontar mesmo.

— Nenhuma cor de cavalo combina bem com este apartamento — comentei.

Ela me olhou feio.

— Que bom que você gosta das suas piadas.

Se eu não gostasse, quem gostaria? Houve um tempo em que Simon me achava engraçada. Por que hoje eu estava pensando tanto nele?

— É tudo tão sem sentido — disse a moça.

— A vida é assim — declarei docemente, achei, porque sentia pena dela.

Ela se virou com raiva e foi embora. Observei-a. Ela estava com a roupa certa: jeans apertados de marca, blusa de seda, salto alto, brincos de argola. Mas não convencia. Havia algo de errado. Era como se alguém a tivesse vestido com roupas do tamanho correto, mas que não eram dela. Uma fantasia para uma peça na qual ela fazia um papel inadequado. Será que era assim que eu parecia?

Senti alguém por trás de mim tatear e me tocar discretamente sob os seios. Me virei. Era o Hy. Saí do seu alcance.

— Olá, Hy. Como vai?

— Bem. Ótimo. Como vai você, Alice?

Não o corrigi. Ele até acertou a inicial. Inexplicavelmente, pensei na brincadeira de bola das meninas na minha infância: "A: meu nome é Anna, minha irmã se chama Alice, viemos do Alabama e vendemos abricós. B: meu nome é Bertha, minha irmã se chama Betty, viemos de Birmingham..." Será que eu estava ficando histérica?

— Como vai seu amigo Sam?

— Ele se mudou para Massachusetts. Conseguiu um bom emprego.

Sam dissera:

— Se isso for só por uma noite, Anna, a culpa vai ser sua.

Tudo o mais também era; por que não aquilo também? Como você diz a um homem que não gosta do gosto de sua boca?

— Diga que mandei um beijo. Anna. Diga que Anna mandou um beijo.

Mas Hy havia ido embora. Não fazia mal. Eu voltaria a vê-lo. Ele aparecia em todo lugar. Ele tinha fixação por seios. Estava sempre tentando apalpá-los. Não dava para perceber logo de cara. Ele sentava junto a você, ou ficava de pé a seu lado, junto demais, e mexia as mãos, que esbarravam de leve em você, vez ou outra. Só percebia depois que se afastava e as mãos dele acompanhavam. Ele devia ter uns 60 anos. Talvez até mais. Ar distinto. Cabelos brancos. Corpo sólido. Altura mediana. Bem-vestido. Ele organizava festas de solteiros para várias ações de caridade. Festas caras. Vinte e cinco, 35 dólares. Eu não podia bancar.

A essa altura a sala já estava bem vazia. Louise conversava com uma mulher junto à porta, sem o menor indício de querer partir. Encontrei uma poltrona, me sentei e pensei novamente em ir para casa. Não era um pensamento empolgante. Não tinha mais sentido do que não ir para casa.

Então apareceu esse homem e sentou em uma poltrona do outro lado da sala, acendendo um cigarro. Ele era meio baixo, muito magro, e usava jeans de marca de corte justo. Seu cabelo grisalho rebelde estava domado para trás e chegava até o colarinho da camisa. Ele me olhou depois de acender o cigarro. Tinha olhos inquietos.

Havia algo de familiar a seu respeito. Sorri para ele. Ele sorriu de volta. Tinha um sorriso de criança travessa; os cantos de seus lábios subiram, formando um crescente.

Ele se levantou e eu me espremi para dar lugar para ele na poltrona. Era uma poltrona grande. Havia espaço suficiente para nós dois.

Eu nunca o tinha visto antes. Não o conhecia. Mas ele me parecia familiar. Eu disse ao homem que ele me parecia familiar. Não falei isso por falar.

— Sim — disse ele, admirado, decantando a palavra. — Sim. Você também me parece familiar, viu...

— Parece um bordão, não? — falei rindo.

— Não... Nem achei, viu? — Ele sorriu. O sorriso permaneceu ali por muito tempo, como se ele estivesse posando

ou esperando alguma coisa. Fiquei pensando se o havia conhecido antes de alguma plástica no nariz. — Preciso parar de falar isso — disse ele. — Tenho que parar de falar viu o tempo todo.

— Eu nem notei.

— É?

— Tudo bem.

Sorri e ele também; me recostei olhando para ele, que me fitava, e o sorriso começou a doer no meu rosto.

— Você já veio aqui antes? Digo... nestas festas? — perguntei.

— Ah, às vezes...

Seus olhos fugiram de mim. Será que estávamos todos com vergonha de estar ali?

— Você mora em Manhattan? — perguntei.

— Oh, sim. Sim, em Manhattan. É lá mesmo.

Os olhos dele voltaram ao meu rosto. Estavam meio injetados.

— Bonita — disse ele. — Você é bonita, viu...

— Obrigada — respondi com sinceridade. — E seu apartamento, é bonito?

— É ótimo. A vista do rio é fantástica. Fica só no nono andar. Não é cobertura.

— É mais fácil caso o elevador quebre.

— É. — Ele me olhava pensativo, especulativo. Até que sorriu em aprovação. Eu sorri de volta.

— Eu queria poder morar em Manhattan. Mas é muito caro.

— Minha casa não. O aluguel é estável, 685 dólares ao mês. Mas eles têm falado em virar cooperativa. Sabe quanto custaria meu apartamento? Cem mil dólares. Mas eu teria *desconto por morar lá, então sairia por 60 mil. Daria para vender no dia seguinte por 100 mil. Quarenta mil de lucro num piscar de olhos.*

— Mas onde você moraria?

— É — *exalou ele.* — Pois é. — *Seu rosto se iluminou com o sorriso travesso.* — E eu não tenho 60 mil. — *Ele acendeu um novo cigarro.* — Meu filho veio morar comigo, o problema é esse. É um apartamento de um quarto. Mas eu não podia dizer não a ele.

— É claro que não.

Estávamos conversando. Conversando de verdade. Uma conversa de mão dupla. Ele não demonstrava estar entediado. Me senti aliviada e grata. Fiquei animada. Me recostei na grande poltrona. Ele estava sentado de pernas cruzadas, voltado para mim. Ele me ouvia.

— Você é divorciado — *eu disse.*

— Sou.

— Faz tempo?

— Me divorciei este ano. Estamos separados há oito. E você?

— Há quase dois anos. Oito anos é tempo demais para ficar sozinho.

— Tive dois relacionamentos — *disse ele.*

— Relacionamentos importantes? — *Não me ouviu. Talvez eu não tenha falado isso.*

— Eu só tenho relacionamentos — *declarou ele.* — Eu não saio transando por aí. Eu nunca saio transando por aí. Eu transava por aí quando era casado.

— Ah — *falei, de forma compreensiva. Fiquei me perguntando o que eu estava fazendo ali. Por que estava conversando com aquele homem?*

— *Terminei meu último relacionamento há alguns meses. Quando me divorciei.*

— *Ela queria se casar.*

— *É.* — *Ele sorriu.* — *Contudo foi mais que isso. Sabe, a gente tinha muito a nosso favor, mas muito contra nós também. Quero dizer... somos muito diferentes. Mas gosto dela. É artista. Ainda é minha amiga.*

— *Você também é amigo da sua ex-mulher?*

— *Ah, detesto ela. Quero dizer... é uma amargurada.*

— *Você ficou com as crianças?*

— *Não, não. Meu filho resolveu vir morar comigo há alguns meses. Ele não se dá bem com a mãe.*

— *Ela não o entende* — *falei.* — *Ela é antiquada.*

— *É.* — *Ele sorriu.* — *É...* — *O rosto dele se acendeu em um sorriso. Um sorriso de felicidade.*

Recostei minha cabeça contra a cadeira e fechei os olhos. Pensei em ir para casa.

— *Vamos embora* — *disse ele.*

Hesitei. Mas ele havia se levantado. Levantei também.

— *Prometi levar uma pessoa em casa* — *murmurei.*

Ele não me ouviu.

— *Onde você mora?* — *perguntou.*

— *No Queens* — *respondi. Então acrescentei:* — *Já tive uma casa.*

— *Eu tinha uma casa. Quando era casado. Minha mulher ficou com ela.*

— *Você não brigou pela casa?*

— *Estava no nome dela, por questões. De qualquer modo, eu não queria mudar demais a vida dos meus filhos.*

Ah, por favor, aceite o prêmio de Pai do Ano. O que eu estava fazendo com aquele homem? Ele pôs o casaco. Couro marrom. Jeans de marca, sob medida. Camisa de caubói. Botas Frye. Cabelo quase comprido. Cadê a corrente de ouro? E o resto do uniforme, soldado? Duas advertências!

Peguei minha capa de popelina vermelha. Me incomodava saber que havia uma linha marcada na barra, onde eu mandara baixar a bainha.

O apartamento estava quase vazio. A maioria das pessoas havia empacotado sua decepção e ido embora. Só restavam algumas rodinhas de mulheres conversando.

Louise estava no corredor aberto, conversando com dois homens que deviam ter chegado tarde. Falei:

— Louise, volto daqui a pouco.

Ela não respondeu. Não tive certeza se fui ouvida. Mas achei que ela havia me visto, e feito uma expressão irritada. Não tenho certeza. Talvez nem tenha me notado. Ela parecia mais interessada nos dois homens. Talvez fosse só eu sentindo culpa e vergonha. Fiquei pensando se deveria ir embora com aquele homem. Fiquei pensando se eu chegaria a tempo de dar carona para Louise.

No elevador, o homem disse:

— Você veio de carro?

— Sim. E você?

— Não. Tenho carro, mas ficou na garagem. Dá um trabalho tirar de lá. Vim de táxi.

A iluminação do elevador era fria. Fez com que me sentisse exposta. Parecia que ele podia enxergar todas as minhas rugas. Ele também aparentava desconforto, o que fez me sentir melhor quanto a ele.

Lá fora, ele disse:

— Parou de chover. O que me lembrou que eu havia esquecido o guarda-chuva. Pensei em não voltar para buscar.

Não queria ser inconveniente para aquele homem, um desconhecido, pedindo para me esperar. Mas eu já havia perdido tantos guarda-chuvas naquele ano. E luvas. Eu já podia ouvir Emmy dizendo:

— *Se você se incomoda tanto por estarmos falidas porque papai não nos dá dinheiro, por que não para de desperdiçar dinheiro perdendo guarda-chuvas, luvas e sei lá o que mais?*
— *E maridos. Ela deixara isso de fora. Como não conseguiu segurar o seu marido? Ela me culpa, eu sei. Eu perdi o pai dela e estraguei sua vida. As filhas geralmente põem a culpa na mãe.*

Eu disse que precisava voltar para buscar o guarda-chuva.

Ficava no terceiro andar. Era mais fácil e rápido subir pela escada do que esperar o elevador. Fui de escada. Percebi que Louise ainda estava no corredor.

Voltei à rua, suada e sem fôlego. Fiquei surpresa ao ver que ele ainda me esperava. Não sabia se estava feliz ou desapontada com isso.

A chuva havia parado, mas fazia frio e ventava. Pisei numa poça gelada. Andávamos rápido, sem nos tocar, contra um vento sibilante. Por que eu estava fazendo aquilo? Por que eu estava indo embora com aquele homem? Passamos do carro e tivemos de voltar para chegar até ele.

— *Eu me confundo* — *falei.* — *Tenho este carro há pouco tempo. Arrebentei meu outro faz uns meses.*

— *Isso chato* — *disse ele.* — *Realmente chato...*

Abri a porta do carona e ele entrou. Dei a volta para o lado do motorista. Fiquei pensando se ele ia se esticar e abrir a porta para mim por dentro. Não abriu. Pisei em outra poça enquanto lidava com a fechadura.

Era sempre uma possibilidade deixá-lo em seu apartamento e dizer "Boa noite, a gente se vê..." e ir para casa. Para casa fazer o quê?

Se eu não encontrasse uma vaga fácil, faria isso. Iria embora.

Havia uma vaga bem em frente ao prédio dele. Foi como um presságio.

A chuva recomeçara. Levei meu guarda-chuva. Na portaria, ele cumprimentou o porteiro em sua mesa e seguiu adiante. O porteiro nem olhou para mim. O saguão era malconservado, assim como o elevador. O carpete do estreito corredor do andar estava gasto e manchado. Parecia um carpete de motel de alta rotatividade. Será que eu não vira uma placa dizendo: COLCHÃO D'ÁGUA. TV A CORES. HÁ VAGAS.

A tinta da porta dele estava lascada. Enquanto abria as duas trancas, resmungou algo sobre se desculpar pela bagunça; como a mulher não vinha mais, o lugar não estava arrumado. Eu não sabia a qual mulher ele se referia, se a do segundo relacionamento ou a da limpeza. Talvez fossem a mesma. Os homens só querem saber de mulheres liberais na cama. Para todo o resto eles preferem que permaneçamos em 1890.

A porta se abriu mostrando a vista para o rio. Era só uma vista para o rio. Nada de especial. Água, postes e carros na estrada que corria ao lado dele. Mais agradável que o pátio para o qual meu apartamento dava vista, com certeza, mas nada de especial. Não era como abrir sua janela e ver o próprio gramado, com um frondoso plátano antigo e, na primavera, forsítias, lilases, azaleias e jacintos. E, no verão, rosas.

O filho dele saiu de uma porta à direita. Ele usava apenas cuecas. Era rechonchudo e de pele muito branca. Parecia ser do tipo que comia muito fast-food. Quando me viu, fez uma expressão de culpa, dizendo rápido:

— Eu já estava de saída, estou quase pronto. — E voltou correndo para o quarto antes que eu pudesse dizer qualquer coisa, antes que eu pudesse pedir desculpas por estar lá e ir embora.

Deixei meu guarda-chuva num canto próximo à porta e fui à janela. De novo, chovia forte. Olhei para os carros correndo com propósito pela noite negra e aguada. À distância, os carros sempre pareciam ter um propósito, um lugar importante a estar. Quantos motoristas seriam neurocirurgiões correndo para salvar uma vida? Quantos deles estariam escapulindo para trair a mulher?

Ele pendurara nossos casacos e se pusera em grande atividade na cozinha, a maior parte dela consistindo em abrir armários e gavetas e fechá-los de novo. Me perguntou o que eu queria beber.

— Um egg cream? — murmurei esperançosa.

— Um o quê?

— Você nunca morou no Brooklyn.

— Ah, sim... sim... a vida toda, viu. Até me separar. Em Flatbush. Vamos ver o que temos aqui? — Ele parecia ter localizado o armário das bebidas, um móvel baixo de metal sob um forno elétrico pontilhado de ferrugem que parecia quebrado.

— Vinho branco — falei. Conheço os ritos.

— Vinho branco — ponderou ele. Olhou para o armário. Parecia nervoso e confuso. Por fim, puxou uma garrafa e, pescando em outro armário, arrumou uma taça de vinho.

O vinho tinha gosto de vinagre. Também senti gosto de poeira, acho. A haste e a base da taça estavam sujas. Ele se sentou junto a mim na mesa com sua própria bebida e perguntou solícito se o vinho estava OK. Eu tinha gostado? Falei que estava bom.

Fiquei comovida com sua preocupação. Por que me envergonho disso? Eu estava grata pelo seu interesse. Fazia tanto tempo...

Ele sorriu, seus lábios se transformando em semicírculo. Ele se inclinou na minha direção. Nossos joelhos se encostaram. Ele arrancou a etiqueta com o meu nome da minha blusa, como se fosse um inseto, e deu um brilhante sorriso, satisfeito consigo mesmo.

De repente, senti vergonha da etiqueta.

— Anna — disse ele, sorrindo novamente, como se tivesse feito um ótimo truque.

Ele não estava usando etiqueta. Eu não sabia o nome dele.

Eu não sabia o nome dele. O que eu estava fazendo ali?

Ora, Anna, deixe disso. Você sabe o que faz aqui. Está deixando de ser solitária. Está sentada junto a alguém cujos joelhos tocam os seus; sentindo a carne de outra pessoa. Essa pessoa sorri para você, e seu sorriso apaga, por um momento, as patéticas linhas de expressão ao redor de sua boca. Você está ouvindo uma voz humana em vez de um som eletrônico emitido por uma caixa, uma que se dirige a você em especial, somente a você.

Está sentindo pena de si mesma, Anna, é isso que está fazendo, e que sensação maravilhosa.

Perguntei o nome dele e ele respondeu:

— George — disse surpreso, como se já tivesse me falado antes, e eu ri e repliquei:

— *Ah, sim.* — Como se tivesse me esquecido por um momento. — *Quanto tempo você foi casado, George?*

— *Vinte anos. E você?*

— *Vinte e oito. E sua mulher ficou com os filhos para criar sozinha?*

— *Ela ficou com uma nota preta.*

— *Ficou?*

— *Eu tinha grana. Naquela época fazia 70, 80 mil.* — Ele sorriu de novo. Seu rosto se iluminou como se ele tivesse ligado uma lâmpada dentro de si. — *Eu tinha minha própria empresa. Era contador.* — Ele esperou; era uma pausa dramática. — *Contador! Dá para acreditar?*

— *Não. De jeito nenhum* — eu disse. Mas acreditei sim. Simon era contador.

Ele sorriu de novo, orgulhoso por ter supostamente me surpreendido.

— *Mas agora as meninas saíram de casa* — disse ele. — *Stevie está comigo. Parei de pagar. A piranha entrou com uma ação.*

Eu disse:

— *Ela falou para o juiz que não tinha profissão. Que havia se casado assim que terminou o ensino médio, porque te amava muito. E logo em seguida vocês tiveram filhos, e ela ficou cuidando da casa, sem ter como ganhar o pão.*

— *É...* — resfolegou ele. — *Contratei um advogado. Foi caro. Você não acreditaria quanto. Vai demorar anos até estar quitado.*

— *Mas pelo menos você não estará pagando a ela* — falei.

— *Você venceu. Hoje os tribunais são diferentes. As mulheres não levam mais tudo.*

Ele sorriu, satisfeito consigo. Dei uma risada. Melhor que dar um grito.

O *filho dele voltou à sala. Estava usando uma camisa cujas letras maiúsculas em preto diziam PHUCK. Ele é ruim em ortografia, pensei, suprimindo outra risada. Creio que o vinho estava começando a me influenciar.*

O garoto passou por nós rumo à cozinha. Atrás de sua camisa, havia uma folha de cannabis *desenhada. Seu corpo parecia feito de massinha, como se, enfiando-se um dedo em qualquer ponto dele, fosse afundar. Ele precisa de flexões, não de maconha. Pensar isso me fez sentir melhor.*

Ele tentava não nos olhar. Entrou na cozinha e apalpou o interior de um armário, voltando com um borrifador de spray plástico branco com tampa vermelha, do tipo que se usa para umedecer roupas para passar. Ele o encheu d'água e borrifou o cabelo. Ele tinha cabelo preto encaracolado, comprido e fino. Parecia sujo.

Perguntei o que ele estava fazendo, para ser simpática. Ele disse que estava molhando o cabelo. Perguntei:

— Para quê?

E ele respondeu:

— Deixar ele enrolado.

— Está um frio lá fora... Se você sair de cabeça molhada, vai se resfriar — disse, sabendo que não era da minha conta. Mas ele era adolescente. Devia ter 16 ou 17 anos. E eu me preocupava.

Ele não me respondeu. Deixou o recipiente e afofou o cabelo com os dedos; depois procurou novamente no armário e retirou uma caixa de sapatos. Ele disse:

— George? — E exibiu dois dedos esticados. O pai fez que sim, e o menino falou: — Obrigado. — E saiu.

George o seguiu até a porta e a bateu forte.

— Tem algo de errado com a tranca. Não está trancando sozinha — explicou.

Eu me senti culpada; o garoto tinha ido embora por minha causa. Perguntei:

— Aonde ele vai?

— Um amigo... — disse ele, de forma vaga. Tinha terminado sua bebida. Deu dois tapinhas na minha taça, e eu falei:

— Não, obrigada.

Ele foi ao armário da cozinha e voltou com a caixa de sapatos. Colocou-a na mesa e abriu. Nela havia um pacote retangular embrulhado em papel alumínio, do tamanho de uma barra de margarina. Ele o apanhou e o apalpou, sondando, muito sério. Por fim sorriu, satisfeito.

— Esta é da boa — disse ele. — Pura. Aqui tem dinheiro.

— Quanto?

— Duzentos, talvez trezentos. Quero dizer, está pura, *viu... — Ele sorriu novamente. — Dava para pôr muito pão na mesa.*

— Que comam brioches — falei.

George não me ouviu. Recolocou o pacote na caixa. Havia outro pacote de papel alumínio, malfechado, e um maço de papel de seda. O fundo da caixa estava polvilhado de folhinhas marrom-acinzentadas. Ele extraiu dois papéis de seda e abriu o papel alumínio malfechado. Continha as mesmas folhinhas do fundo da caixa. Cuidadosa e meticulosamente, espalhou algumas folhas sobre o papel, enrolou-o, torceu as pontas. Eu o assisti. Nunca havia visto esse processo tão de perto. Eu assistia com medo, fascínio e culpa. Sentia uma cachoeira bater em minha cabeça, violenta... um rugido terrível. Tenho 50 anos. Era a primeira vez que eu me aproximava da coisa que todo jovem norte-americano de 15 anos é estimulado a aceitar casualmente. Um jeito de encarar a vida. O Grande Analgésico. Eu tinha visto jovens andando com elas pelas ruas de Manhattan enquanto policiais entediados desviavam o olhar.

— Seu filho sabe que você tem isso? — perguntei.

— Sim. A gente divide. Ele pode pegar quando quiser, desde que me conte. Ele saiu levando dois baseados. — George esticou dois dedos, imitando o gesto do rapaz, e abriu seu sorriso travesso. — A gente é amigo. É por isso que ele não pode morar com a mãe.

Tracei um quadrado no ar com meus dedos e ele sorriu.

— É...

Minhas mãos começaram a tremer. Para esconder isso, apanhei as taças vazias, levei-as à pia e lavei, deixando no escorredor. A pia e o escorredor estavam cheios de louça. Quando voltei, ele estendeu o baseado torto. Hesitei, entendendo como os jovens devem se sentir. Se eu não o aceitasse, pegaria minha capa e iria para casa. Para o silêncio.

Aceitei. O gosto empoeirado e sujo da taça perdurava em meus lábios, me fazendo sentir uma leve náusea. Isso, e a culpa. E a repugnância. E a curiosidade.

Minha cabeça começou a doer.

As rosas do meu jardim já foram tão lindas. Eu havia devotado inúmeras horas a elas. Quando perdi a casa, escavei as rosas e as joguei fora. Foi como matar meus filhos.

Simon disse que tinha sido mesquinharia da minha parte.

— Ela é mesquinha — disse a Emily. — Filha da puta. Valores de classe média.

Certo, Simon. Meus valores são de classe média. Até mesmo quando não tenho como bancá-los.

Eu tinha tentado me matar. No carro. Havia algo mais classe média do que suicídio?

George acendeu o baseado. Aspirei fundo, como vi que faziam nos filmes. Todos os filmes explícitos nos quais as crianças aprendiam as coisas da vida. E esperei. Não aconteceu nada. Devo estar fazendo algo errado.

— *George, você não vai acreditar, mas eu nunca fumei maconha.*

— *Está brincando!*
Eu balancei a cabeça.
— *Nossa!*
Eu me sentia envergonhada, como se ainda fosse virgem. Aos 50 anos.

— *Puxe bem* — *disse ele.* — *Engula. Prenda a fumaça. É diferente de cigarro.*

Ousaria dizer a ele que também não fumava cigarros?
Observei George tragar. Profundamente. Devagar. Fácil.
— *Puxou até chegar nos dedos do pé* — *observei.*
Ele fez que sim, dando um sorriso de lua crescente.
Tentei de novo, tragando fundo. Devagar. Chaminé abaixo. Eita. Essa é pro santo. Vamos nessa, baby.

Aguardei, na expectativa de sentir alguma coisa. Esperando flutuar. O fim das preocupações. O fim dos medos. O fim de Simon espreitando nas sombras do meu pensamento. Inalei de novo, desesperada. O homem à minha frente sorriu e fez um gesto de incentivo. George. Seu nome era George. Às vezes me lembro do nome dele.

De repente, ele levantou e pegou um clarinete da prateleira que separava a cozinha da sala. Ele acariciou seu comprimento. Preto e prata. Umedeceu os lábios, encaixou o bocal na boca e elevou o clarinete, dobrando os joelhos. Eu assistia, aguardando o som agradável. Ele assoprou. Saiu um breve ganido.

Ele sorriu. Fiquei imaginando o que teria ouvido.

— Gosta de música? — perguntou ele. — Hã... — buscando lembrar meu nome.

— Anna — falei. Então ri, me sentindo entontecer. — Não, me chame de... deixe-me ver... algo italiano... algo musical, alegre... Allegra. Meu nome é Allegra.

— Puxa, viu... — Ele puxou longamente o baseado e pôs o clarinete nos lábios como se fosse tocá-lo; então o deixou de lado e deu outra longa baforada.

Dei risada. Fiquei pensando que daqui a pouco ele ia inalar o clarinete e soprar o baseado. Ele foi novamente à prateleira e procurou alguns discos.

— Você precisa ouvir isso, viu? Jimmy Giuffre. O melhor nos sopros, viu? O melhor!

Ele pôs o disco na vitrola e ficou ouvindo, balançando no ritmo da música. Ele levou o clarinete aos lábios várias vezes, como se fosse acompanhar a música, com os olhos fechados, os joelhos flexionados e a cabeça para trás, o clarinete apontando para a frente. Ereto. Mas aí ele sorria, baixava o instrumento e aspirava profundamente do baseado. Puxei outra baforada. Fiz isso. Traguei a fumaça bem para dentro e prendi.

George depositou o clarinete na mesa e tirou a camisa. Seu peito era lívido e sem pelos. Ossudo. Me levantei, entrei em seu abraço e comecei a dançar.

— Gosta de dançar — disse ele, encantado.

— Você gosta?

— Gosto. Claro que gosto, viu.

Mas ele não sabia dançar. Balançamos juntos por alguns minutos. Então me separei dele e dancei sozinha. Ele me observava, admirado. Ergueu o clarinete até os lábios e soprou um breve apito rascante.

— Toca, Giuffre... Toca, rapaz... — Só que não era Giuffre. Não havia clarinete. Era Thelonius Monk tocando "Blue Monk" com Art Blakey nos metais e Johnny Griffin no sax tenor, e havia trompete e baixo. Ele não sabia diferenciar um sax tenor de um clarinete. Não falei isso para ele. Não era importante. Traguei de novo, e deixei meu corpo dançar. Tirei meu cinto prateado e o joguei no sofá. As calças foram problemáticas. O fecho estava quebrado e eu as prendera com um alfinete de segurança. Foi um pouco demorado. Minhas mãos queriam se mexer e ondular. Dançar. Não lidar com alfinetes. Finalmente consegui abri-lo e o deixei sobre a mesa redonda empoeirada de vidro negro em frente aos sofás. Eram sofás modulares de veludo grosso, dispostos em ângulo reto. Atirei minhas calças em cima de um deles, deslizando ao redor da mesa, voltando a George. Nossos dedos se tocaram. Ele susteve seu novo baseado junto aos meus lábios e eu traguei de novo, e de novo, com vontade, e me senti flutuar. A um canto da sala havia um pufe gigantesco, do tamanho de uma cama de casal, de couro sintético roxo. E em frente a ele, do outro lado da janela, um piano de meia cauda. A madeira do tampo do piano estava rachada. Não havia persianas nem cortinas na janela, só algumas plantas, a maioria morta. Pendiam do teto em frente à janela a intervalos e alturas irregulares.

Tirei meus sapatos, empurrando-os com os pés. O tapete rya era grosso e áspero. Achei que poderia rasgar minha meia-calça. Recoloquei os sapatos, sem parar de dançar. Me sentia atraente, sexy. Sandálias pretas de salto, um produto feito pelo homem para imitar jacaré. Meia-calça preta; body branco justo. Tudo feito pelo homem.

— Eu sou um produto feito pelo homem — falei.

— Uau... — *disse ele, me observando, puxando outra baforada.*

Ele se contorceu para sair dos jeans, deixando-os atrás de uma das peças modulares, e bailou sem jeito, com o clarinete ereto à boca.

— Charley... — *falou.* — Charley Mingus. Viu só esse baixo?

Fechei meus olhos e o ouvi, deixando meu corpo senti-lo. O som envolveu meu corpo e abraçou-o, recobriu-o, acariciando, confortando. Uma mão desabotoou meu body *e o passou por cima da minha cabeça.*

— Isso... — *suspirou George.* — Isso...

Desabotoei meu sutiã e o atirei longe.

— Você é linda — *disse George.* — Você é linda mesmo, viu...

A música ficou mais sensual. O baixo de Mingus ganhou a companhia de sopros, piano e percussão. Sensual, áspera e cruel.

A música parou, mas eu continuei a dançar. Então outro disco tocou na vitrola e um piano afirmou: Someday he'll come along, the man I love.* *Então os dedos de Art Tatum rodearam a melodia, abraçando-a, subjugando-a, acompanhando-a. Mas com suavidade. Elegante. Friamente.*

— ... from which he'll never roam...** — *murmurei.*

George aumentou o volume. Ficou alto, muitíssimo alto.

— Canta, velho Art... — *Ele aumentou mais o volume. Enrolou outro baseado e o levou aos meus lábios.* — Agora você está à vontade — *disse ele, e tragou o dele também.*

---

*"Algum dia ele chegará, o homem que amo." "The Man I Love", canção dos irmãos Gershwin. (*N. da T.*)
**"Da qual nunca se afastará." (*N. da T.*)

Eu esperava, querendo voar alto, me sentir flutuar. Queria me sentir sem corpo. Queria que minha cabeça parasse. Não aconteceu nada disso. Eu não senti nada.

— Grande merda — falei. — Que nem todo o resto. Que nem a vida. — Eu queria chorar.

Ele havia tirado a sunga vermelha. Seu pênis era médio e fino. Estava de pé por si só, diminuído pelo clarinete em sua boca. Pensei nas palavras de Winston Churchill: "Se a medida de um homem é o tamanho do seu pênis, um gorila é cem vezes o homem que sou."

Outra grande merda, esta. Churchill e seu charuto. Georgie e seu clarinete. Ele soprou mais uma apitada patética e partiu da sala para o quarto, e eu o segui de salto alto e meia-calça preta.

A cama estava desfeita. Eu sentia culpa. Tive certeza de que o rapaz dormia ali, e fora acordado pela minha chegada para ser escorraçado para a noite chuvosa, e de cabeça molhada. Por outro lado, a cama parecia nunca ter sido feita. A roupa de cama era marrom e negra, num padrão geométrico. Não gosto de roupa de cama com estampas fortes. Não é repousante. Prefiro lençóis lisos. Ou brancos.

Eu estava me deixando levar pela tal da maconha. Me aproximei, envolvi George com os braços e ele me beijou. Agarrada a ele, eu o beijava sem parar.

Ele tocou meus seios e disse:

— Que peitos lindos. — E os beijou. Nos sentamos na cama, onde ele beijou minha boca, meu pescoço, meus mamilos até que estivéssemos deitados. Os lençóis estavam suados. Tentei não respirar demais. Detesto cheiro de lençol sujo. Lutei contra a náusea.

Ele pegou minha mão e a levou ao seu pênis. Pensei: "Vai à merda, Churchill. Que venha o gorila" porque o pênis de George não era como o de Simon. O de Simon era grosso e pesava na minha mão. Era um canhão. Eu falava isso para ele. Ele gostava de ouvir. Isso o envaidecia. Não que eu seja especialista em pênis. Simon fora o primeiro. E o único, por 28 anos.

George ajeitou meu corpo sob seus joelhos. Seu pênis balançou perto do meu rosto. Era ligeiramente curvo para cima, feito os cantos de sua boca. Boca de lua crescente. Pau de lua crescente. Ele sorria seu sorriso tolo e distante.

— Me chupa — pediu ele.

— Eu não faço isso.

— Mas eu gosto — disse ele, admirado.

— Não. — Eu me senti culpada por decepcioná-lo.

Ele desceu e deixou seu corpo pesar sobre o meu. A curvatura do pênis dificultou a entrada. Peguei-o na mão e o guiei. Fiquei surpresa por me descobrir tão molhada lá dentro, pois não estava sentindo nada. Nem interesse, nem desejo. Eu só queria terminar logo. Eu me sentia girar abaixo dele, devagar, depois rápido, rodando, rodando, subindo, descendo, abrindo e fechando os músculos da minha vagina. Eu não queria desapontá-lo. Eu queria ser boa de cama. Não queria que ele se arrependesse de ter me levado para casa e mandado o filho embora por minha causa.

A pessoa só quer agradar, viu...

— Está gostoso — exalou ele. — Muito gostoso. Você sabe trepar mesmo.

Abri os olhos e vi seu rosto com aquele sorriso bobo e surpreso colado nele. Eu não gostava dele. Eu não gostava do que ele dizia.

Mas estava começando a ficar excitada. Pensei comigo mesma: "Como você está aqui, é melhor aproveitar."

Empurrei seu tronco para longe de mim, para que seu peso ficasse sobre a virilha e ele pudesse meter mais fundo. Eu estava bem molhada e não conseguia sentir a pressão do pênis dele em mim. Vendo-o suar, tinha medo de que ele não conseguisse se segurar por muito mais tempo. Nessa hora eu já estava bastante excitada, então expulsei-o de mim e fiquei de bruços, guiando-o de volta à vagina por trás e colocando uma de suas mãos sobre meu clitóris. Cruzei minhas pernas e fiquei subindo e descendo rápido. É minha posição preferida. Desse jeito, gozo muito rápido. Estava me esforçando ao máximo; estava quase lá. Quase... eu me mexia freneticamente. Sentia que ele estava quase lá. Então ele resmungou e retirou a mão do meu clitóris. Eu o senti gozar. Então ele rolou para o lado e ficou deitado de barriga para cima.

— Você sabe trepar — disse ele. — Começou meio devagar, mas sabe trepar mesmo.

Eu não queria que ele dissesse isso. Sentia a maior das frustrações. Eu queria meu clímax de qualquer maneira. Pensei em me masturbar. Talvez tivesse feito isso se o quarto estivesse escuro e ele não estivesse me olhando, mas eu estava tímida. Com vergonha. Ele havia fracassado comigo, e eu sentia vergonha.

Então, claro, ele perguntou:

— Você gozou? — *Eu sabia que perguntaria. Ele não estava interessado em mim. Era uma questão do ego dele. Se estivesse mesmo interessado ou ciente da minha pessoa, não precisaria perguntar.*

— Sim — *falei. Detesto que me perguntem isso. Me constrange, como se eu o tivesse decepcionado por não ter tido um orgasmo para ele; como se fosse falha minha.*

Ele ficou deitado de barriga para cima com seu pênis mirrado encolhido como uma salsicha torrada depois de esfriar. Ele apanhou o clarinete, pôs na boca, soprou alguns sons, tirou-o de lá, riu e pôs de novo o clarinete na boca, em pé. Parecia estar chupando um monstruoso pênis. Levantei e fui ao banheiro. A frustração era quase insuportável. Eu estava quase lá. Por que não tinha conseguido gozar antes? Por que eu demorava tanto? O que havia de errado comigo?

Pensei em deitar no chão com uma toalha e terminar o serviço eu mesma, mas não consegui me convencer a isso. O chão era pequeno demais para se esticar nele, e sujo demais. As toalhas fediam. Me peguei pensando quando elas teriam sido lavadas pela última vez. E tinha de haver baratas. Eu vi uma sobre uma poça na pia. Das grandes.

Me limpei e voltei ao quarto. Pensei de novo em quando teria sido a última vez que os lençóis foram trocados. A estampa em marrom, bege e preto era capaz de esconder manchas, mas não cheiros. Deviam ter sido comprados por alguma mulher. Um de seus relacionamentos importantes. Parecia algo que uma mulher teria comprado para um homem caso estivesse procurando uma estampa masculina.

O travesseiro tinha uma grande mancha úmida. O clarinete estava em cima dele, majestoso. Com esse eu conseguiria uma boa trepada, pensei.

George estava deitado, fumando, e olhou para mim quando entrei.

— É melhor eu ir embora — falei.

— Você acabou comigo, viu?

Eu queria poder dizer o mesmo para ele.

— A gente é amigo? — perguntou ele, ansioso. — Você vai ser minha amiga?

— Sim.

Ele sorriu como se uma grande preocupação tivesse sido tirada de seus ombros.

— Chegue mais, hã... — Ele procurava o meu nome. Allegra tinha ido embora.

— Anna — falei. — Meu nome é Anna Nymous.

— Chegue aqui, Anna.

O clarinete estava entronizado no travesseiro a seu lado. Uma das mãos estava pousada de leve sobre suas bolas e ele as acariciava suave e amorosamente, ausente. Na outra mão havia um cigarro. Ele soltou o toco do cigarro dentro de um cinzeiro cheio de pontas antigas e me agarrou, puxando-me para junto dele na cama. Envolvi seu peito magro com meus braços.

— Eu tenho que ir — falei.

— Não entendo você. Não quer me chupar.

Não respondi. Continuei abraçada. Por que ele não ficava quieto e me deixava continuar a farsa? Eu estava tão triste... tão triste. Eu queria chorar. Queria alguém me abraçando.

Ele se ergueu e sentou. Seu pênis estava duro outra vez, apontando para sua barriga. Olhei para o seu rosto. Estava beatífico e suave. Ele ergueu minha cabeça e colocou-a sobre sua coxa, próxima ao pênis. Os pelos daquela parte estavam pegajosos. Eu sentia o cheiro de sêmen seco, o cheiro de velhas secreções fermentando. O fedor era mortificante. Eu estava engasgando. Abri minha boca para respirar.

— Quero que você me chupe — disse ele.

— Não. — Estremeci.

— Eu gosto — disse ele, petulante.

Fiz que ia sair. Ele torceu minha cabeça e meteu o pênis na minha boca. Eu me debati, engasgando. Ele reteve minha cabeça, pressionando-a forte. Os pelos grudentos entraram no meu nariz.

— Chupa, chupa... — entoava ele.

Eu engasgava, tentando respirar, tentando me libertar, tentando gritar, sentindo o pênis enrijecer como se fosse explodir, sentindo a pulsação, o fedor, o horror. Então um muco gosmento preencheu minha boca, e ainda assim ele retinha minha cabeça naquele visgo e ofegava:

— Está ótimo, está ótimo; você sabe chupar...

Desesperada, irada, fechei minha arcada sobre o pedaço de carne imundo em minha boca e mordi. Mordi com toda a minha força.

Ouvi seus gritos. Suas mãos começaram a bater na minha cabeça, arrancando meu cabelo. Mas ainda assim ele retinha minha cabeça junto à virilha. Furiosamente, mordi ainda mais forte, provando mais um líquido salgado e espesso, mal reparando em seus gritos acima das mãos que espancavam minha cabeça. Minhas mãos apalparam ao redor, cegas. Fecharam-se sobre o clarinete. Levantei-o e golpeei seu rosto e peito como louca.

Suas mãos foram me soltando. Seu corpo caiu de lado. A raiva tomou o meu corpo. Algo profundo, algo enterrado lá dentro veio à tona. Explodiu. Eu não sentia mais nada. Ofegante, com ânsia de vômito, me sentei e bati na cara dele, golpeando e socando até que meus braços não tinham forças para se mexer e eu estava exausta. Me arrastei para fora da cama e cambaleei até o banheiro, ainda segurando o clarinete. Ensanguentado. Larguei-o na banheira e entrei junto, ligando o chuveiro. Lavei minha boca. Lavei-a com sabão, com pasta de dentes, com enxaguante bucal, e depois tudo de novo. Acabei com o enxaguante bucal. Tomei banho e lavei de novo a boca. Não conseguia me livrar da droga do gosto.

Eu não queria me secar com uma toalha suja. Encontrei o armário de roupas de cama junto ao banheiro e puxei um lençol limpo, me secando e me embrulhando com ele. Com uma de suas pontas, apanhei o clarinete molhado e o sequei. Espero que não tenha se estragado.

Voltei ao quarto com o clarinete. Eu queria pedir desculpas a George. Explicar como me sentira.

Seu rosto estava desfigurado. Uma polpa sangrenta, sem forma. Não era um rosto reconhecível. Poderia pertencer a qualquer um. Poderia ser o de Simon. Eu não conseguia divisar mais nada. Havia sangue demais junto a sua virilha para enxergar qualquer outra coisa.

A princípio, não senti nada. Então, aos poucos, uma quentura começou a subir pelo meu corpo. Um rubor. Uma febre. Meu coração começou a bater depressa. Eu sentia algo além da alegria. Eu me sentia liberta. Em êxtase. Exultante. Eu me sentia vingada.

Eu estava feliz.

— Odeio você, Simon — soltei. Falei de novo: — Eu te odeio. Te odeio, Simon.

Depositei delicadamente o clarinete ao lado do homem. Fui para o outro cômodo. O disco ainda tocava. Alto. Someday he'll come along... Fria e elegantemente. Estava tão alto. E por um bom tempo eu nem ouvira.

Cuidadosamente, dobrei o lençol com que tinha me secado. Eu sentia uma alegria, uma embriaguez... Me sentia leve.

Pensei que devia baixar o volume da música, mas não sabia como. E não consegui encontrar o alfinete de segurança para as minhas calças. Mas não tinha problema. O cinto prateado cobria a cintura.

O homem atrás da mesa na portaria estava ocupado conversando com uma prostituta adolescente. Não me viu.

A chuva havia parado. O ar tinha aroma de algo limpo, recém-lavado. Eu me sentia bem. Maravilhosa. Não sabia por que estava chorando.

Só quando cheguei em casa é que percebi: tinha levado comigo o lençol, mas deixado meu guarda-chuva.

Eu precisava voltar lá para devolver o lençol e pegar o guarda-chuva. Eu não podia perder mais guarda-chuvas.

Capítulo 2

Freda Miller ouviu o noticiário das 11 junto ao seu chocolate quente, como fizera em quase todas as noites de sua vida. Quando Morris era vivo, sempre ouviam juntos o noticiário das 11, cada um com seu chocolate, antes de ir para a cama. Quando Morris era vivo, ela costumava dormir logo em seguida, ninada pela sua suave e ritmada respiração. Quando Morris era vivo, o prédio em que ela morava era outra coisa.

Nesta noite ela começava a juntar as pestanas, depois de muito se revirar na cama, quando havia começado o tal barulho, o jazz, no vizinho. Despertou completamente.

O prédio não costumava ter moradores como aquele seu vizinho de porta. Ela e Morris tinham se mudado para o local logo depois de sua construção, quando quem fora para lá queria estar perto do Lincoln Center. Queriam estar perto da música, do balé, da *cultura*. Agora era diferente. Tudo estava diferente. Ela nem sequer sabia se conseguiria continuar morando ali, do jeito como sua aposentadoria vinha sendo erodida pela inflação. O dinheiro do seguro social de Morris era tão pouco. Mas para onde ela iria? O que faria? De onde mais poderia cortar gastos? E sozinha. Nunca tivera filhos.

Tanta coisa havia mudado. Aquele já tinha sido um prédio ótimo numa rua ótima e numa cidade ótima. Ela já havia sido jovem.

Morris se fora há quatro anos. Ela jamais se acostumaria a viver sem ele.

A vitrola do vizinho do lado tocava e tocava. Ela tentou relaxar, tentou não ouvir, tentou não pensar nem se preocupar. Tentou dormir.

Aumentaram o volume do som.

Freda grunhiu. Subiu o tronco lentamente e arrastou as pernas até que baixassem ao lado da cama. Deslocou-se até o banheiro. Aproveitaria para urinar. Levantava cinco vezes por noite para urinar, de qualquer forma. Era a maldição das velhas. Talvez não devesse tomar o chocolate quente antes de ir para a cama.

Não. Isso ela não mudaria. Quantas mudanças deveria ser obrigada a fazer na vida?

Puxou um lenço da caixa em seu criado-mudo, picou-o e enfiou alguns pedaços nos ouvidos. Talvez isso ajudasse. Deitou-se de novo.

É claro que não ajudou. E o papel nos ouvidos era irritante. Ela achava que ouvia outros ruídos também. Gritos e batidas. Uma dessas festas de arromba, sem dúvida.

A parede de seu quarto era a parede da sala do vizinho. Ela tirou o papel dos ouvidos e bateu forte na parede. Talvez ouvissem e baixassem o volume.

Não aconteceu nada. Ela bateu de novo, mais forte, principalmente para descontar sua raiva. Mas não baixavam o volume. Nunca baixavam. Ela já tivera esse problema com eles antes, mas nunca por tanto tempo, nem tão tarde da noite. Ela golpeou de novo, dando socos, acumulando mais raiva e frustração, até perceber que estava chorando. Exausta, apoiou a cabeça contra a parede.

— Morris, Morris, onde está você?

Suspirou. Não é como se Morris fosse ser de muita serventia. Ela sempre tinha que comprar as brigas de ambos. Mas pelo menos havia alguém para quem se queixar. Ou de quem se queixar.

O pior do barulho era o fato de ser o mesmo disco. O mesmo, sempre. Estava enlouquecendo-a. Os vizinhos deviam ter caído no sono. Foram para o quarto, caíram no sono e deixaram a vitrola berrando para torturá-la.

Ela poderia ir ao corredor, tocar a campainha e pedir para que eles, por favor, baixassem o volume. Mas e se recusassem? Não era esse o problema. Caso se recusassem, ela chamaria a polícia. (Não que a polícia fosse se incomodar em vir para salvar uma velha da música alta.)

O problema era que teria de se vestir e colocar a dentadura. Ela não era o tipo de pessoa que sairia ao corredor de robe de chambre e sem dentadura. E teria de pentear o cabelo com cuidado, para cobrir o pedaço em que ele rareava, deixando ver o rosa do couro cabeludo. E estava cansada. Quando chovia, seus tornozelos inchavam. Doíam quando ela apoiava o corpo sobre eles.

— Oh, Morris, Morris... se você fosse vivo e tivesse algumas horas, eu te contava tudo o que me aflige. — Não que ele ouvisse. Ele nunca ouvia. Estava sempre lendo... um jornal, um livro, uma revista. Ela agradecia a Deus por isso: seus olhos nunca lhe faltaram. Meio surdo, meio artrítico; o coração vacilava. Mas os olhos, ele tinha. Deus fora bom com ele. Que bem faz, Morris, rastejar pelo mundo desse jeito, como eu, por tanto tempo, com todos os órgãos se deteriorando?

Freda olhou para o relógio, para seu mostrador redondo de fundo vermelho e para os números que brilhavam verdes na escuridão. 1:45. Quase duas da manhã.

Ela estava tão cansada. Terrivelmente cansada. E tinha dor de cabeça. Ora, desta vez, a única vez que já fizera isso em todos os anos que vivera aqui, ela vestiria seu robe e sairia ao corredor; tocaria a campainha deles e pediria com educação. E ousassem eles! Que ousassem recusar. Ela chamaria a polícia. Ela deveria chamar a polícia de qualquer forma, mas, afinal, todo mundo tinha direito a uma chance. Por que jogar a polícia em cima de alguém sem necessidade? E por que se envolver ela mesma com a polícia?

Seus tornozelos doeram quando depositou, resoluta, os pés no chão e passou a mão no robe de chambre. Na verdade, era o robe de Morris. Dos bons. De lã xadrez. Tinha custado 20 dólares há 18 anos. Só Deus sabia quanto ele custaria atualmente, um robe daqueles. Estava um pouco gasto nos cotovelos e atrás, mas ainda parecia bom. E era como ter Morris por perto. Agora, a dentadura. Afinal, é preciso se ater a alguns padrões. Ela lavou os dentes na pia e os colocou.

Assim que pisou no corredor, ela viu uma mulher esperando o elevador. Uma mulher de capa de chuva vermelha. Freda voltou rapidamente para seu apartamento. Na única vez, na única vez em que ela pusera o pé no corredor sem estar arrumada, tinha que ter alguém ali! Simplesmente se recusava a ser vista despenteada e no robe velho de Morris. Aguardou escorada contra a porta, descansando, até que julgou ter ouvido o chiado da porta do elevador.

Abriu uma fresta da porta e viu a mulher entrando no elevador. Não viu seu rosto, só suas costas. Magra. Cabelo louro cacheado. Capa de chuva vermelha, com uma linha na barra onde haviam baixado a bainha. Atualmente Freda sabia tudo sobre baixar bainhas.

A porta do elevador deslizou e fechou. Freda observou e esperou até ouvir o motor funcionando e ver os números piscando acima da porta. Oito. Sete. Seis.

Freda saiu ao corredor e, andando muito tesa, ignorando os tornozelos latejantes (artrite, Morris), marchou até o apartamento vizinho e bateu secamente à porta. Ouvia-se o jazz tocando claramente atrás da porta, mas não tão alto quanto em seu quarto. As paredes que dividiam os apartamentos dos corredores eram mais grossas que as que ficavam entre um apartamento e outro. Ela bateu outra vez e tocou a campainha. Não sabia se dava para ouvir a campainha lá dentro, com o jazz alto. Algumas campainhas estavam quebradas. O condomínio era devagar quando se tratava de fazer consertos. O prédio inteiro havia se deteriorado. Assim como estes corredores. O carpete gasto. Que desgraça. Provavelmente era porque os proprietários tinham planos de transformar o prédio em uma cooperativa. O que ela ia fazer? Jamais conseguiria a alta soma que eles pediriam. Ela desistira de sua cadeira cativa na ópera. Ela nunca ia, mesmo. Não conseguia enxergar do balcão. Também não ouvia bem. Provavelmente, aquela... gentalha que se mudara para cá conseguiria pagar a cooperativa, e ela teria de se mudar. Para onde?

Seu coração batia forte. Ela precisava parar de pensar em coisas assustadoras. Precisava parar de se preocupar. Pôs o dedo na campainha e o deixou lá, apertando com toda a força, e no fim retirou a mão e a meteu no bolso do robe. Ela não gostava de olhar para as mãos. Estavam retorcidas, cheias de veias azuis serpeantes e marcas senis. Ao desistir, ela chutou a porta furiosamente. A porta mexeu. Freda ficou olhando, incrédula. Estava aberta. A música inundou o corredor. Timidamente, ela tentou empurrá-la. A porta se abriu mais.

Ela não queria ser intrometida. Não era dessas velhas que não têm nada melhor a fazer do que espiar os vizinhos. Ela nem estava certa de quem seriam os moradores. Um homem sozinho, refletiu ela, embora às vezes pensasse haver uma mulher. Mas espiou o cômodo.

Estava vazio. Em uma prateleira à esquerda, na parede junto à cozinha, havia uma vitrola. Os alto-falantes ficavam no alto, junto à parede do seu quarto. Será que ela se atreveria a avançar sala adentro e desligar aquele troço? Era a casa de outra pessoa. De um desconhecido.

Ela nem sabia se conseguiria desligar aquilo. Estava sem os óculos.

Ninguém ouvira a campainha. Talvez não houvesse ninguém em casa. Talvez tivessem ligado aquela barulheira, esquecido dela e ido dormir. Talvez tivesse sido aquela mulher de capa vermelha.

— Só vou dar uma olhadinha, Morris... — E então, se não houvesse ninguém em casa, ela mesma desligaria a máquina. Ninguém poderia culpá-la por isso.

Parada no umbral da porta, ela bateu de novo nela. Sentia-se soterrar por uma avalanche de som. Ela não queria que o barulho perturbasse mais ninguém no andar. Entrou no apartamento e fechou a porta atrás de si com as costas da mão.

— Olá — gritou ela.

Ninguém respondeu.

— Com licença... olá... — Bem alto.

Vagarosamente, ainda incerta do que faria, andou até o quarto. Ficou parada na porta.

Num primeiro momento, Freda não entendeu o que via. Chegou perto, olhando fixamente o que estava na cama. Então percebeu para o que olhava. A massa ensanguentada que já fora um rosto. A parte de baixo trucidada. Sentiu o chão lhe faltar. Seu corpo cambaleou contra o umbral. Seu estômago golfou. Estava horrorizada demais para gritar. Virou-se e correu para o seu apartamento. Tremendo e soluçando, agarrou o telefone.

— Atendente... — gritou ela. — Atendente!...

Ela parou. Colocou o telefone no gancho.

O que estava fazendo? Com o que estava se envolvendo? Se chamasse a polícia, como explicaria o que estava fazendo no apartamento? Por que havia ido até lá? Poderiam até mesmo suspeitar dela. Já ouvia um policial falando:

— A senhora o matou porque ele tocou aquela música horrível de madrugada e não a deixava dormir?

Era da conta dela, afinal, o que acontecera no vizinho? Era o que Morris diria.

— O que isso te interessa, Freda? Vai saber que tipo de homem ele era. Deixe que outro cuide disso.

— Sim, Morris. — Ela faria aquilo que fizera a vida inteira: cuidaria da própria vida. Ela e Morris sempre tinham cuidado das próprias vidas.

Ela deixara a porta daquele maldito apartamento escancarada. O corredor se enchia com a música horrível. Outra pessoa reclamaria. Mais cedo ou mais tarde, outra pessoa haveria de entrar lá e encontrar aquela... coisa... na cama.

Retornou ao quarto, sentindo os pés pesados, deixando-se sucumbir à dor nos tornozelos. Não havia de quem escondê-la.

Pendurou cuidadosamente o robe de chambre de Morris. De nada adiantaria deitar outra vez. Ela jamais conseguiria dormir. Sentou-se na poltrona junto à janela e contemplou o rio. Aonde iam todos aqueles carros naquela hora da madrugada? O mundo segue em frente, Morris, sem a gente. Nós não deixamos nem uma marquinha.

Ela recostou a cabeça no encosto da poltrona e fechou os olhos, tentando apagar a medonha visão sobre a cama do vizinho, cuja lembrança não lhe permitiria dormir.

Freda distinguiu ruídos no corredor. Portas abrindo e fechando. Passos. Um berro. Gritos. Comoção. A música parou abruptamente.

Alguém estava cuidando de tudo.

— Morris, por que você foi morrer e me deixar sozinha num mundo terrível e egoísta desses?

— Freda, bobinha, não sabe que eu preferia estar contigo? Esqueça a balbúrdia lá fora. Vá dormir.

Ela fez o que ele mandou. Dormiu.

Capítulo 3

Bernie Bernstein nem sequer tentou dormir. Deitou na cama estreita de barriga para cima e alisou o calombo na testa com os pontos dados pelo médico. Nove pontos.
 Que garoto maluco, pensou. Maluco. Jogar o carrinho de bombeiro na minha cabeça. Ele tem 12 anos. Por que diabos está brincando com um carro de bombeiro? Linda teria de enfrentar os fatos. Mais cedo ou mais tarde, ele devia ser internado.
 Lá fora, a chuva havia exaurido o seu choro. O vento batia contra a janela, chorando a seco. Bernie moveu seu corpanzil devagar, por um momento teve medo de cair da cama. Havia isso também: as camas de solteiro. Bernie se deparara com elas ao chegar em casa certa noite. Linda tinha jogado fora a cama *queen size* e comprado aquele par de camas que jaziam montadas e cobertas como se tivessem estado ali todos os seus 27 anos de casados. Ficou desagradavelmente surpreso. Ela nem o havia consultado. Nem fizera menção disso ou de seus planos em fazê-lo. Não que fosse fazer qualquer diferença. Eles dois podiam estar dormindo em planetas diferentes que seria melhor. Contavam dois anos, talvez três, desde que ela fizera o favor de deixá-lo transar com ela. E ficara imóvel como uma boneca de pano, esperando im-

paciente pelo fim, quando pulou para fora da cama imediatamente para se lavar no banheiro. Para lavar o sexo de seu corpo. Para se limpar dele. Havia anos que estavam assim: ele nem se lembrava mais quantos. Mas no começo, não. No começo ela jogava seu corpo sobre o dele, atacando-o, atiçando e experimentando. No começo, quando ela achava que isso lhes traria um filho.

Jesus, ela já havia sido linda. Toda dourada. O cabelo um novelo de ouro, os olhos verdes salpicados de dourado. E as covinhas. Aquelas covinhas deliciosas no rosto redondo.

Seu corpo ainda era belo. Seus seios ainda eram viçosos, firmes e altos, a cintura de pilão, os quadris largos, porém magros. Mas seu rosto estava sempre contraído, uma pilha de nervos. O rosto não era mais redondo. Ela quase nunca sorria.

Por que ele sentia súbitas ondas de culpa? Não era culpa dele não terem filhos. Nem dela. Era uma dessas casualidades da vida. Tinham feito todos os testes, ido a todos os especialistas, tentado de tudo. Não havia nada de errado com nenhum dos dois. Ouviram isso inúmeras vezes. Com outro parceiro, qualquer um deles teria tido uma dúzia de filhos. Em algum momento de sua vida juntos, fazer amor se tornara um ritual desesperado, frio e mecânico para fazer um filho. Certa vez ele se atrevera a mencionar a adoção. Ela não quis conversa.

— Eu nasci para ser mãe — gritara ela. — Eu tenho quadril para isso, peitos para isso.

No começo, a cada mês, ele a abraçava durante suas crises de choro, sentindo em cada soluço uma acusação. Ele teria escalado o céu para lhe trazer uma estrela. Um filho ele não podia lhe dar. Culpado e frustrado, não sabia quando haviam começado a implicar um com o outro. De repente, estavam brigando o tempo todo.

    E ele a amava. Ele adorava vê-la mexer as mãos: finas, quase ossudas, claras, com unhas curtas e bonitas que ela não pintava. Sendo que Linda tinha talento com as cores. Em roupas. Ela era capaz de atar um lenço de estampa verde ao pescoço e dar a impressão de estar usando esmeraldas.

    Apurou o ouvido no silêncio do quarto escuro e percebeu que ela não estava dormindo. Será que lhe responderia, se chamasse?

— Linda?

Não. É claro que ela não responderia.

    Depois que estavam casados há 15 anos, ainda cumprindo o ritual de tentar o bebê, mecânicos, rotineiros, desesperançosos, de repente ela ficara grávida. Já tinham parado de falar no assunto. Ela havia parado de chorar, e até, no fim, parado de contabilizar. Pensou que estivesse com um vírus no estômago quando veio o primeiro enjoo.

    Seu casamento foi reavivado.

    Quando ficou sabendo que era menino, saíra imediatamente para comprar duas varas de pescar. Levara-as ao hospital. Duas varas de pescar e uma dúzia de rosas de haste comprida. Ela rira. Será que fora a última vez em que ele a vira rir de verdade?

    Ela ainda procurava um médico que lhe dissesse que não havia nada de errado com o filho. Theodore, em homenagem ao pai de Bernie, o pequeno alfaiate que adorava a natureza e levava Bernie para pescar sempre que podia. O alfaiate tampinha que tinha tanto orgulho do filho alto. E que morreu de tuberculose quando Bernie estava com 17 anos de tanto trabalhar para empresas exploradoras novaiorquinas. Isso fez as aspirações de Bernie passarem de direito a polícia. Theodore Sean. Sean em homenagem ao pai dela, que morreu de cirrose hepática, e também por causa do irmão dela, que ela amava e odiava. Theodore Sean Bernstein, o Doido.

Desde o começo havia algo de errado com ele.

Bernie saiu de sua cama e foi até a dela.

— Linda.

De pé, ele a observava. Seus olhos estavam fechados, mas seu corpo parecia rígido. *Não se preocupe,* pensou ele. *Não vou encostar em você.*

— Linda, você podia pelo menos ter me perguntado se estou bem. Como eu estou me sentindo. O médico me deu nove pontos.

Por que ele dissera isso? Não tencionava dizer nada disso. Ela aparentou tanta tristeza, tanto pavor, o corpo tão tenso e teso que parecia que ia arrebentar caso fosse tocado. Ele queria consolá-la. Queria ser consolado por ela. Ele a amava demais.

— Linda, sei que você está acordada.

— Ele está bravo com você — disse ela. — É por isso que jogou o caminhão. Ele sabe que você não o ama.

Ele não respondeu.

— Você nunca dá atenção a ele. Está sempre tão concentrado nos seus esportes e jornais e passatempos e no trabalho. Seu maldito trabalho. Você se importa mais com a *polícia* do que com ele. Nunca está em casa.

— Não posso fazer nada quanto à carga de trabalho. Você sabia como era a vida de policial quando casou comigo. Sean era policial.

— Você não é só um policial. Inspetores podem fazer o próprio horário.

— Você sabe que isso não é verdade.

— Não importa. Você não dá a mínima para ele quando está em casa.

Lá ia ela começar com aquilo de novo.

— Eu estava tentando dar atenção a ele quando ele me acertou com o caminhão.

— Ele sabia que você não queria brincar com ele. Theo ouviu que fui eu que te mandei.

— Ele não acertou meu olho por meio centímetro. Podia ter me deixado cego.

— Foi um acidente. Qualquer criança podia ter feito isso.

Ele se sentou ao pé da cama dela. Linda não lhe deu espaço. Ele tentou falar com calma. Racionalmente.

— Linda — começou —, nós temos que enfrentar a realidade e descobrir a melhor forma de tratar disso. O Theo está com 12 anos. Talvez ele nunca... talvez nunca consiga ser... competente. É isso. *Competente* para cuidar de si próprio.

Ela se ergueu, tremendo.

— Viu? É isso que você pensa dele! Ele sabe! Não percebe como ele sabe?

— Porra, Linda, encare a realidade! Ele é maluco! Ele nasceu maluco! Um dia desses vamos ter que interná-lo!

O corpo dela tremia violentamente.

— Não tem nada de errado com ele! Nada! — Sua voz saía estrangulada de raiva. — O que há de errado é você! Se não estivesse aqui, fazendo-o se sentir como se tivesse algo de errado com ele, deixando-o louco, ele não seria louco! Ele estaria melhor sem você por perto!

— Que merda! Vamos voltar a isso de novo?

Ela saiu da cama, cuidando para não desnudar nem um pouco de pele, e vestiu seu robe de chambre.

— Eu quero que você vá embora. Quero que saia dessa casa e nos deixe em paz!

A cabeça dele doía. Não só por causa dos pontos.

— Você não estava me ouvindo. Você nem me ouviu.

— Eu te ouvi. Eu escutei. É você quem não escuta. Está muito ocupado no papel de policial bonzinho, de bom judeu. Tentando provar pros irlandeses e carcamanos, e agora pros chicanos e pros pretos, que o Bernstein é um policial tão bom quanto eles.

— Melhor — disse ele.

— Bernie, o judeu para preencher a cota.

— Lutei por isso.

— Eu sei. À custa de mim e do seu filho. Sempre estudando para a próxima prova. Sempre se oferecendo para trabalhar no bairro mais perigoso, no pior horário.

— Para poder ficar longe de você, da sua implicância, da sua amargura.

— Sugiro que fique longe de mim pelo resto da sua vida. Seu filho vai viver melhor sem você, inspetor Bernstein. Na verdade, você não tem mais sucesso no emprego do que como pai. Poderia se crucificar pelo departamento que ainda assim seria um judeu desgraçado aos olhos deles.

Ele mesmo lhe dera aquela munição, há 25 anos. Tinha salvado a vida do Feeley... seu primeiro parceiro... e tomado chumbo na perna com a boa ação. Feeley lhe dissera:

— Para um judeu, até que você é legal, Bernstein.

Naquela época, ela chorara por ele. Mas há muito tempo, suas lágrimas haviam se transformado em projéteis. E até hoje provocavam sangramento.

Ele quase falou: "É assim que você me vê também? Como um judeu desgraçado?" Como tinham chegado a um ponto destes? Já haviam sido tão apaixonados...

— Me desculpe — disse ela, de repente. Virou de costas para ele. — Mas quero mesmo que você vá embora. Hoje.

Ela já havia sido tão bonita, tão alegre, tão disposta. Seu riso era uma fonte borbulhando ouro. Ele estava aterrorizado ante a possibilidade de irromper em choro.

— Linda, por favor, pare com isso. Vamos conversar sobre o Theo. Temos que pensar no futuro dele.

— É exatamente nisso que estou pensando.

Sem pensar, ele fizera menção de tocá-la. Ela fugiu para fora de alcance. Para ele, foi como um tapa na cara. Sua cabeça latejava horrivelmente.

— Você não me ama mais — disse ela. — Você pensa que o Theo não vê isso? Pensa que isso não o afeta? É esse o problema dele.

— Eu queria que fosse verdade — falou ele. — Queria não amar você.

Ela encolheu os ombros.

— Você não me ama. Não me ama já faz muitos anos. Mas é obcecado por certo e errado, por ser uma boa pessoa. E um bom judeu não deixa de amar sua esposa. Não se divorcia.

— Nem uma boa católica.

— Não disse que eu queria divórcio. Só quero me ver livre de você.

— E um bom judeu não bebe, não bate na mulher nem a chifra, feito os católicos. Feito Sean.

— Ele deu filhos à mulher. Filhos fortes e saudáveis — disse ela, elevando a voz.

— Linda...

— Saia daqui! Vá embora! E não volte! Você não faz bem a nenhum de nós dois! — gritou ela, agressiva, e saiu correndo porta afora. Ele ouviu a porta do quarto de Theo fechar e, depois, a tranca ser passada.

Tinha mais uma cama lá dentro. Ela passaria a noite toda lá. Ele sabia. Ela havia feito isso muitas vezes, cada vez mais nos últimos meses. Suas brigas estavam ficando piores. Ele não podia conversar com ela sem que o assunto Theo terminasse aflorando e, com ele, uma briga.

E o tal Cristo dela? Por que ele não ajudava? Ela começara a ir à igreja levando Theo consigo. Mas lhe disseram que não o levasse mais lá. Ele chutara os bancos, cantara alto, bocejara e gritara palavras obscenas. Por fim, mordera o seio de uma mulher. Uma mulher que havia se inclinado para lhe repreender por fazer bagunça e faltar com respeito. Depois disso, Linda parara de ir, mas começara a usar um pequeno crucifixo de ouro. Usava-o com uma correntinha longa, por dentro da blusa, provavelmente para impedir que Bernie a visse. Ela não era religiosa quando se conheceram.

Sua cabeça pulsava insuportavelmente. Lá fora, chuva e vento haviam parado. As ruas, à luz dos postes, estavam lustrosas e agradavelmente frescas. O frescor era convidativo.

Ao diabo com ela. O que ela pensava, que ele era feito de pedra? Vestiu-se rápido. Ao sair de casa, bateu a porta com bastante força.

Capítulo 4

Assim que saiu ao ar livre, Bernie se sentiu melhor. O ar estava limpo após a chuva. O vento o acalmava. Ele gostava de andar. Gostava de se mexer. Sempre tivera orgulho de suas pernas compridas e musculosas, dos ombros largos. Tinha 1,93m, era espadaúdo e ainda elegante. Seu tamanho sempre lhe dera orgulho. Sentia-se bem com ele. Ficava satisfeito ao ver que era o judeu da vizinhança com quem os meninos gentios não mexiam.

Quando era criança, precisava atravessar o bairro italiano e o irlandês para chegar à escola. Mas sempre fora enorme e, portanto, não lhe incomodavam muito. Quando o faziam, ele tirava sangue. Apelidaram-no de Assassino. E também de Big Bernie. Ele não gostava de brigar, na verdade. Nunca era ele quem começava.

Seus pés eram enormes. Calçava 46. Gostava de olhar para baixo e vê-los. Sentia-se bem em ver seus sapatos grandes ao lado da cama de manhã. Linda também gostava, antigamente. Ela achava sensual. Pés grandes, pau grande...

Seu porte o protegia, dava a ele uma sensação de segurança, de poder e igualdade em um mundo gentio hostil.

Linda sabia de tudo. Ele lhe confidenciara tudo isso, aninhando-a em seus braços depois de fazerem amor, quando ainda faziam amor, e ela ficava macia e dócil, sonhadora, murmurando sons reconfortantes. Será que ela o ouvia de verdade, na época em que se excitava com seu porte, ou estaria simplesmente à espera do primeiro bebê? Os segredos do coração dele agora não passavam de armas para ela o ferir.

Será que ele também estava fazendo isso com ela? Não devia ter falado aquilo sobre Sean. O que ela sentia pelo irmão era tão complicado. Ela o amava tanto e tinha tanta vergonha dele.

— Irlandês vagabundo! — trovejava ela quando o via babando de bêbado. — Seu asno! — E chorava. E adorava o irmão alto de cabelos encaracolados, preguiçoso e imprudente. Sean nunca iria além de policial de rua.

Ele não devia ter dito isso para ela. Depois lhe diria que sentia muito. Tentaria conversar. Ela era boa. Nunca o trairia. Teria sido tão fácil, com o horário maluco dele. E talvez tivesse conseguido um filho...

Na verdade, o que ela lhe pedira fora pouco. Não lhe fazia exigências. Cuidava bem da casa. Pagava todas as contas, cuidava de todo o dinheiro. Não tinha desejo por posses materiais. Havia até recusado um anel de noivado de diamantes. Até mesmo depois que os médicos a aconselharam a se ocupar, esquecer o assunto, relaxar, e Linda voltara a estudar para ser enfermeira, não gastava muito consigo mesma. E estava sempre tão bonita. Tinha uma aura... Ele sentiu orgulho quando ela se tornou enfermeira. Ela continuava fazendo cursos para se aprimorar na profissão. Ele ainda tinha orgulho dela. Não era culpa dela se Theo era o tipo de criança que Linda fora capaz de lhe dar.

Bernie também quisera ter filhos. Muitos. Quatro, cinco, seis. Mas não tanto quanto ela queria. Isso era tudo que ela sempre quis. Fortes e grandes, que nem você, dissera Linda. Theo era um frangote. Pequeno e magrinho. Tinha uns estranhos caprichos alimentares. Às vezes, durante meses comia apenas hambúrguer bem-passado e suco de maçã. Três vezes ao dia. Mais nada. E de repente, do nada, ele mudava. Certa vez, comeu apenas cereal seco, sem leite, por um mês. Agora ele vivia de queijo processado e suco de uva. Mais nada. Linda argumentava com ele, inventava brincadeiras, tentava suborná-lo, gritava, ameaçava e castigava. Bernie aprendeu a sair do quarto, até da casa se pudesse, na hora das refeições.

Será que Linda estava certa? Talvez ele tivesse se acostumado a não ter um filho. Começara a gostar de ter o quarto extra no apartamento para se alongar, estudar, ver TV e futucar em seus relógios. Tinha aprendido a consertar relógios velhos. Era seu passatempo predileto.

Sempre tiveram o quarto extra, pois haviam comprado um apartamento de dois quartos assim que casaram, embora não pudessem pagar. Todos os seus amigos haviam se mudado para conjugados ou apartamentos de um quarto, pretendendo esperar antes de começar uma família, economizar um pouco, viver um pouco. Mas Linda não quisera esperar.

Todos os seus amigos tinham agora dois ou três filhos. A maior parte adulta, na faculdade ou casada. Ele sabia o que isso fizera com Linda, todas aquelas visitas às novas mães, as compras de presentes para bebês, os sorrisos. Ela sempre sorria. Começara a chorar sozinha, no banheiro, à noite, sem deixar que ele a consolasse. Nas férias, viajavam.

Ele adquiriu outro passatempo: tirar fotos. Ela parou de receber visitas. Recusava convites. Limpava muito a casa. Ele foi cada vez mais se enterrando em seu trabalho.

Bernie suspirou. Tinha dado a volta no quarteirão e estava novamente em seu prédio. Irresoluto, pé em frente à porta, observava o vento arrastar papéis e folhas avulsos. Não havia razão para voltar ao apartamento. Ele não conseguiria dormir e teria de estar de pé e a caminho da delegacia às seis para chegar lá às sete. Seria melhor ir agora mesmo. Poderia desabar sobre um sofá em seu gabinete ou na sala dos policiais até começar seu turno. Já havia feito isso antes, uma porção de vezes.

No carro, baixou os vidros das janelas. O vento varreu as teias de aranha das suas ideias. Começou a se sentir melhor. Pensou em Linda trancafiada no quarto com Theo e sentiu pena dela. A pena que sentia o impedia de se zangar. Ela era tão pequena. Tinha apenas 1,63m. E teria no máximo uns 50 quilos. Frágil, traços delicados. Pulsos finíssimos. Sua fragilidade o machucava e a aproximava dele. Sentia-se protetor. E culpado. Era incapaz de dar a ela o que desejava. Sentia-se inadequado. Emudecia perante a frustração e a raiva dela.

Ligou o rádio do carro, procurando música dançante. Algo suave. Música para dançar junto. Ele adorava dançar. Era uma das paixões que já tiveram em comum. Ele tinha noção de suas proporções, de seus pés grandes, mas graciosos, de seus ombros largos, de suas pernas compridas e fortes que se deslocavam firmes, seguras. Ele se sentia... imperioso conduzindo Linda pelo salão de dança. Ela o acompanhava à perfeição. Ele a conhecera em um baile; algo organizado pelo departamento. Sean a levara. Ele sorriu, lembrando-se do concurso de valsa que venceram certa vez, a bordo de um cruzeiro. Fora pouco antes de ela ficar grávida. Ele adorava dançar com ela. Adorava esticar o braço, afastá-la, e vê-la voltar insinuante para ele. Adorava a sensação da pele dela. O que ele adorava... era ela. Meu Deus, como ele a amava. Bernie queria tocá-la, abraçá-la. Sentia suas mãos vazias. Sentia dor na virilha.

Quando haviam dançado pela última vez? Talvez ele devesse tentar convencê-la a sair para dançar de novo. Pensou que sentia mais falta disso do que de sexo.

Ele ficou pensando, como já fizera muitas vezes, por que continuava fiel a ela. Seria fácil traí-la. Policiais tinham muitas oportunidades, muitos convites, na verdade: as prostitutas, as mulheres em perigo, a aura da farda. Policiais em geral tinham a ficha conjugal bem suja. Havia muita tentação nas rondas. Isso, e o horário ruim, o tédio, a solidão, muitas vezes o perigo.

Mas ele sabia, claro, por que nunca tinha cedido à tentação. Era por ser judeu. Ele nunca se permitiu esquecê-lo. Portava consigo essa consciência como se fosse uma estrela amarela na lapela. Ele usaria essa estrela como se sua honra fosse sua responsabilidade.

Quando entrara para a polícia, há quase trinta anos, era o único judeu da delegacia. Até hoje, não havia tantos judeus assim por lá. E ele sempre sabia o que estavam falando dele. Mais ou menos o mesmo que falavam agora dos negros e dos hispânicos.

Ele teve de mostrar a eles. Teve de ser melhor que eles: maior, mais honrado, mais consciente, mais trabalhador, mais inteligente. Ele tivera de ser o policial que nunca pedia a propina, nunca bebia, nunca experimentava uma prostituta antes de prendê-la. Não era só a si que representava. Era a todos os judeus.

No início, achava que só ficaria algum tempo na polícia. Guardaria um pouco de dinheiro. Cursaria faculdade de direito. Mas descobriu que gostava de ser policial. Acreditava em certo e errado. Acreditava na Justiça. Os advogados jogavam com a lei. Os policiais a representavam.

Linda dissera:

— Você gosta é de ser melhor que os góis.

Certo. Talvez. Bem, ele *era* melhor. Melhor que Sean, que ainda fazia rondas.

Logo no começo, seu capitão lhe dissera:

— Você é um bom policial, Bernstein. Inteligente. Você iria longe se mudasse de nome.

Ele respondera:

— Devo mudá-lo para quê, senhor? Cohen ou Levy?

Melhor que os *góis*. Já se tornara um modo de vida. Certa vez, Linda dissera:

— São Bernardo, seu halo está me cegando.

— Os halos existem para filtrar a sujeira — disse ele. — Assim fico limpo.

— Você é obcecado por certo e errado, por bem e mal.

Ele nunca tivera outra mulher.

Linda dissera, certa vez, com um riso amargo:

— Não posso nem me dar ao luxo de virar alcoólatra. Imagine se iria te dar o prazer de me chamar de "irlandesa bêbada".

— Eu jamais diria isso.

— Você pensaria isso.

Ela também tinha sua imagem a zelar.

Ele desligou a música e ligou o rádio da polícia. Pareceu-lhe mais agitado que o normal. Ele ouviu o que dizia. Repetia-se um código 1010... investigar um homicídio. Na West End Avenue. Era da jurisdição dele. Passaria por aquele quarteirão em alguns minutos.

Poderia muito bem dar uma parada e uma olhada. Se chegasse cedo à delegacia, só atrapalharia os outros. Também não conseguiria dormir, provavelmente. Poderia ser interessante responder um chamado. Há muito tempo que não fazia isso. Ficou pensando se ainda lembraria como se resolvia um crime.

Capítulo 5

— Jesus! — Bernie cambaleou para trás como se tivesse levado um soco no estômago. Inspirou fundo. Andava enclausurado no gabinete há tempo demais. Tinha ficado mole. Não estava preparado para aquela coisa horrenda ensanguentada na cama, mas empurrou para baixo a bile que lhe saltou à garganta. Não ia se permitir vomitar. Não com aquele tampinha feioso do Darryl Johnson olhando, com o rosto negro lustroso e impassível como o de uma estátua. Um tipo durão, o Johnson. Filho do Harlem. Não gostava muito de branquelos. Devia estar pensando: "Outro branquelo riscado da lista. Um a menos não vai fazer falta." De expressão dura e fria, era um homem reservado. Mas honesto.

— Você chamou a Homicídios e o legista? — perguntou Bernie.

— Sim, senhor — disse Johnson sem expressão.

Bernie balançou a cabeça, assentindo. Chegou mais perto da cama. Do rosto não sobrara nada e quase tinham arrancado o pau. Agora se sentia mais calmo. Quase em paz. À vista da violência, se acalmara. Fora quase uma catarse.

Ramirez, o parceiro de Johnson, passou por Bernie aos empurrões e correu para o banheiro. O som de seu vômito ecoou pelo apartamento, mais alto que as repetidas descargas. Bernie focalizou o olhar na cama, nas áreas distantes do corpo, mais para ocultar o constrangimento de ouvir Ramirez do que para realmente encontrar alguma coisa. Olhou bem para o clarinete. Certas teclas pareciam quebradas, mas ele não estava sujo de sangue. Sangue que estava salpicado por tudo mais que havia na cama. Por todos aqueles lençóis chiques. E feios. Ele sabia que jamais teria notado lençóis em casa nem em qualquer outro lugar. Mas em um caso, ele via de forma diferente. Todos os seus sentidos ficavam mais alertas.

O clarinete podia ter sido colocado ali depois do homicídio. Ele passou os olhos pelo quarto.

Ramirez voltou do banheiro. O suor formava pequenas gotas em sua testa.

— Veados malditos — declarou ele.
— Por que diz isso? — perguntou Bernie.

Ramirez fez um gesto em direção à cama. Não olhou para ela.

— Eles curtem fazer essas coisas esquisitas com o pinto.
— Alguns sim — disse Bernie.

Johnson vagava pelo quarto, usando seu lenço para abrir gavetas e armários. Tampinha ambicioso. Bernie ficava incomodado pelo fato de o departamento ter relaxado seus requisitos de altura. Mas Johnson era durão. Não fugiria da raia numa briga. Bernie olhou à sua volta, sem tocar em nada. Os cinzeiros estavam todos transbordando. Cinzas, guimbas e as pequenas pontas dos cigarros enrolados à mão estavam por todo o criado-mudo e pelo chão, mas não havia nenhum com batom.

— Há dois tamanhos diferentes de roupas masculinas — disse Johnson. Indicou uma pilha de cuecas sobre o chão. Camisas e jeans pareciam ter sido largadas por toda parte... sobre o sofá-cama e a cômoda, mas a maior parte no chão. — Não há roupas de mulher no closet.

Bernie passou à sala de estar.

— Quem fez a queixa?

— Não sabemos, inspetor. Quando chegamos não havia ninguém aqui, mas a porta estava aberta. O som estava ligado, como está até agora.

— Atualmente ninguém quer se comprometer — falou Ramirez.

Bernie deu uma breve olhada no aparelho de som. Um botão de luz brilhava. Não encostou nele. Talvez houvesse impressões no botão. Uma pena, pensou ele, o aparelho pode queimar se não o desligarem. Então pensou que era uma grande besteira. Um homem tinha morrido. De que importava a máquina?

— Por que os veados filhos da puta fazem uma coisa dessas? — perguntou Ramirez com raiva, ainda com vergonha de seu estômago fraco.

Johnson falou da cozinha:

— Se havia uma mulher, ela não limpava janelas. Nem qualquer outra coisa.

Bernie deu uma olhada no cômodo. A pia estava cheia de louça. Era impossível determinar de quantas pessoas ou há quantos dias. Voltou para a sala e ficou parado no meio dela, deixando os olhos simplesmente olharem. Relaxados. Sem direção. Deixe que as provas te conduzam; não conduza as provas, disse para si mesmo. Começou a sentir o velho entusiasmo. O de antigamente, quando era detetive. Sentiu-se vivo.

A sala era feia. Malcuidada. Um lugar para chegar e dormir. Um quadro torto na parede. Uma pintura de mau gosto. Mobília desconjuntada que parecia herdada de outra vida ou lugar, ou conseguida em uma loja do Exército de Salvação. Tudo empoeirado. Uma camada de poeira em cima da mesa de centro redonda e negra. Havia um objeto pequeno em meio ao pó. Um alfinete de segurança de tamanho médio. No sofá de dois lugares junto à mesa, havia um par de jeans Jordache, uma camisa estilo caubói, uma sunga vermelha. Talvez fosse *mesmo* um crime de veados.

— Algum sinal de entrada à força?

— Não, senhor. A porta estava aberta quando chegamos. Entramos direto — disse Johnson.

— Conversou com os vizinhos? O porteiro?

— Ainda não, senhor. Estávamos esperando os detetives, os fotógrafos e o legista.

Bernie deu uma olhada na porta. Estava entreaberta. Ele se aproximou para fechá-la. A lingueta não estava funcionando direito. A porta precisava de um bom empurrão para fechar. Ao lado dela, a um canto, havia um guarda-chuva. Vagabundo, de plástico amarelo. Um guarda-chuva tipo bolha, feminino. A haste estava quebrada e dobrada próxima ao cabo. Ajoelhou-se e olhou-o de perto, sem tocá-lo. O chão embaixo dele ainda estava úmido. Alguém tinha usado o guarda-chuva naquela noite.

Dando um sorriso seco, ele se levantou. Talvez só na cidade de Nova York houvesse 5 mil mulheres com guarda-chuvas iguais àquele. Que diabos ele pensava estar fazendo? Aquela não era a função dele.

Bernie já havia sido um bom policial de rua. Depois, um bom detetive. E capitão. Ele adorava. Agora, era inspetor. Delegado de polícia. Também adorava.

De qualquer modo, isso tinha afastado a mente dele dos problemas por um tempo. Estava grato. Grato àquele presunto lá dentro.

Consultou o relógio. Era melhor ele seguir para o trabalho. Eram quase cinco horas.

— Eu estava passando aqui por acaso.

— Sim, senhor. — O rosto de Johnson não traía nenhuma emoção.

Bernie olhou de novo para o guarda-chuva. Pôs a mão na lateral da porta. Não tocou a maçaneta. Um ruído estridente do quarto o sobressaltou. Ficou imóvel. Todos olharam na direção de onde vinha o som: o quarto. Era o telefone.

Ele chegou rápido ao cômodo, sacando seu lenço do bolso. Os outros dois o seguiram e pararam sob o umbral. Com o lenço, Bernie ergueu o fone do gancho cautelosamente. Se falasse primeiro, poderia assustar a pessoa do outro lado. Ele limpou a garganta e tossiu ao telefone.

— George?... — Era uma voz jovem.

— Hummm — resmungou Bernie.

— Tudo bem se eu voltar para casa agora?

Bernie abafara o bocal com parte do lenço para disfarçar a voz.

— Por que não? — disse ele.

— Bem, você sabe o que você disse... George? Você acordou? Ei, quem está falando?...

— Quem é você?

— Droga, você não é o George. — E o telefone ficou mudo.

Bernie desligou. Às vezes, eles pensavam que tinham ligado para um número errado e ligavam de novo. Ele esperou. O quarto estava sufocante. Bernie pensou que aquela coisa na cama estava começando a feder.

Antes que terminasse o primeiro toque, ele já tirara o fone do gancho. A mesma voz disse:

— George?

Não havia por que tentar blefar mais.

— Aqui é o inspetor Bernstein. Quem é você?

— Inspetor Bernstein? Polícia?

— Sim. Quem é você?

O telefone ficou mudo de novo.

Bernie depositou suavemente o fone. Indicou a cama com um meneio.

— Esse aí deve se chamar George.

— Não se chama mais — disse Ramirez.

Bernie assentiu. Não se chamava mais. Quando teria deixado de ser George? Quando seu rosto fora destruído? Nesse momento ele ainda devia estar respirando. Seria quando seu pau tinha sido arrancado? Foi aí que deixara de ser George? Quando é que cessava a vida? E a pessoa? E sua própria vida, quando havia cessado? Será que ele estava vivo? Respirando, andando, com todas as partes intactas. Fora de uso, mas intactas. Será que estava vivo?

Consultou de novo o relógio. Desejou que seu rosto estivesse tão impassível quanto o de Johnson. Um rosto sem rosto.

— Por que vocês ainda não lacraram o apartamento?

— Estamos sem a placa de CENA DE CRIME. A Homicídios vai trazer — disse Johnson. — Pedimos a eles.

— É melhor lacrar agora mesmo. Não gosto nada daquela fechadura quebrada. Logo o prédio vai acordar e os curiosos vão brotar que nem cupins. Estou com uma placa no carro. Desça comigo, Ramirez, que eu lhe dou.

Ramirez o seguiu, visivelmente feliz em deixar aquele lugar mesmo que por pouco tempo. O elevador chegou assim que saíram pela porta. Correram para pegá-lo. Ramirez não fechou a porta ao sair.

Capítulo 6

O rapaz estava de pé, tremendo, na cabine telefônica de rua. A porta tinha sido arrancada. A chuva de vento atacava a cabine, chicoteando-o. No escuro do pré-alvorecer, as formas da cidade pairavam como inimigos sinistros.

Ele cruzou os braços ao redor do tórax tenro. Sua camisa, que ostentava um PHUCK, estava encharcada de seu próprio suor.

— Aquela vaca desgraçada da Shelley — resmungou. — Vaca, desgraçada, piranha. — Quatro ligações. Teve de fazer quatro ligações do apartamento de George para encontrar um lugar para ficar depois que George chegara em casa. Quatro ligações até descobrir onde estava Shelley. Não conhecia outra pessoa para quem pudesse ligar tão tarde da noite. Não tinha mais amigos. Desde que deixara o Brooklyn, a escola e a casa da mãe, não tinha mais amigos. Os rapazes do Brooklyn que conhecera nunca haviam sido seus amigos de verdade. Ninguém era amigo dele. Todos cagavam para ele.

Quando consegue falar com Shelley, ela diz:
— Tem bagulho aí, cara?
— Sim, cara.

— Quanto?

— Não é um sacolé.

Então ela diz:

— Bem, claro, chega aí. Por que não, cara? — Ele ouve risos ao fundo, e música, como se fosse uma festa.

Então ele finalmente encontra a porra do apartamento aonde ela lhe mandou, nessa merda de rua numa merda de lugar chamado NoHo.

— O NoHo — diz ela — é que nem o SoHo, só que ao norte, entendeu? — E o apartamento é tipo num prédio de lofts e está escuro e a porta está trancada. Ele toca a campainha um milhão de vezes e esmurra a porta, mas ninguém atende. Ele percebe que ela mentiu para ele e lhe deu um endereço falso... passou um trote, o fez de palhaço. Shelley às vezes era assim. Deve estar se mijando de rir. Ela e seus amigos.

Ele está congelando na chuva de camiseta, sem moletom nem nada, e de cabeça molhada.

Por que diabos o George teve que levar aquela puta velha para casa? Ele estava tão confortável... doidão, quentinho, viajando, e aí ela apareceu com o George, dizendo que ia se resfriar se ficasse com a cabeça molhada, igual à idiota da mãe dele.

Talvez ele tivesse anotado errado o endereço. Se pudesse achar um telefone... mas onde encontrar um telefone funcionando naquela cidade fodida? Pelo menos tinha sido esperto em levar o número de telefone consigo. Ele não era burro. Mesmo que tivesse largado a escola. Ia repetir em tudo. Tudo mesmo. Ele já fora bom na escola quando era criança. Até chegara a gostar da escola. Quando era bem criança. Há muito tempo. Tipo, quando George era pai dele. George cagava para ele. Sempre contando quanta erva tinha na caixa, verificando se o próprio filho o roubara. Ele era filho dele, não era? Seu próprio filho, e tinha que praticamente roubar um bagulho, dizer que levara dois quando levara quatro. Nunca mais do que isso por vez. Tinha de ter cuidado. Mas sempre levava um pouco mais do que anunciava, e depois guardava um pouco de erva. Guardava a erva. Gostou de como soava. Falou alto as palavras. Guardava a erva. Para quando precisasse dela. Como hoje. Ou para alguma hora em que George talvez ficasse sem. George nunca separava nada para ele, para quando perdesse seu contato ou coisa assim. Não tinha nada que ter ido morar com o George.

Mas não podia morar com ela, também... sua mãe. Ela estava sempre em cima dele. Nem tinha contado a ela que ia ser reprovado em tudo e teria que repetir a porra do período todo. Ele já havia feito isso antes. Da primeira vez, ela ligara para George, como se ele fosse se importar. Mas ninguém dava a mínima para o que acontecia com ele.

Que diabos deveria fazer? As coisas que queriam que ele *aprendesse* na escola: a Guerra Civil, pelo amor de Deus, e aquela peça sobre a família negra que queria comprar a casa própria... cara, quem *se importa*? E depois que o flagraram viajando algumas vezes na aula, aquela orientadora educacional vem e lhe diz que ele tem QI alto e pergunta o que estava lhe incomodando. *Ela* o incomodava, isso sim. Remexendo uma papelada na mesa, olhando para o relógio na parede como se mal pudesse esperar para se livrar dele, com outros dez alunos fora da sala aguardando para falar com ela. Também cagava para ele.

E agora, que diabos deveria fazer?

Acendeu um baseado e tragou algumas vezes. Cacete, talvez já pudesse voltar para a casa do George. Talvez a puta velha já tivesse ido embora. Será que ele conseguiria encontrar o caminho? Nem sabia onde estava. Apoiado no prédio, terminou seu baseado usando o clipe no bolso para fumar o toco.

Sentindo-se melhor, pôs o dedo na campainha e deixou-o lá. Deixou-o lá até o dedo começar a doer, e pôs outro dedo no lugar até que esse também doesse, e por fim chutou a porta.

Afastou-se até chegar ao meio-fio e olhou para o alto do prédio. Uma faixa de luz apareceu embaixo de uma janela, como se alguém tivesse erguido um pouco uma veneziana. Ele correu para o meio da rua onde podia ser visto e agitou os braços freneticamente, gritando:

— Shelley... ei, Shelley... sou eu, o Stevie...

A cortina foi erguida mais alguns centímetros, e um rosto apareceu à janela. Stevie pescou um saco plástico do bolso e o balançou. Alguém fez um sinal para ele, e então a cortina caiu. Stevie voltou correndo para o prédio, esperançoso.

A porta foi aberta cautelosamente. Uma criatura alta e magra, de botas de caubói e calças de couro, apareceu envolta pela luz verde do corredor. Um brinco brilhava em seu lóbulo esquerdo. Um colete sem mangas, aberto, de lantejoulas vermelhas revelava um tórax nu. Estava de cabeça raspada, exceto por um tufo de uns 5 centímetros, feito uma crista de galo, que ia da testa à nuca.

— O que você quer, cara?

— Quero ver a Shelley.
— Você é o menino do bagulho?
— Não sou menino.

O rapaz o olhou com desprezo. Algo nele assustava Stevie. A pele de seu rosto recobria os ossos sem qualquer carne extra. Seus olhos, sob a estranha luz verde, eram frios. Maldosos.

— Trouxe o bagulho?
— Sim. — Stevie tentava fazer a mesma voz dura e fria que o outro. Mas espirrou, tremendo de frio. — Merda de chuva — falou. Não tinha lenço. Inspirou um pouco de muco, roçando as costas da mão sob o nariz.

O rapaz deu um passo para o lado e Stevie passou por ele em direção à luz verde. Um elevador com a mesma iluminação estava aberto à sua esquerda. Entraram nele, e o jovem fechou de um arranco a porta sanfonada metálica, apertando um botão. Não conversou com Stevie. Ficou de costas para ele, com uma perna ligeiramente estendida, confortável. Como se fosse o território dele. O rapaz se encaixava ali. Stevie não. Não se encaixava em lugar nenhum.

O elevador estremeceu e deslizou incerto para cima, pesadamente. Um velho e ruidoso elevador de carga. Parecia estar sofrendo. Stevie teve medo de cair no poço.

Disse nervosamente:

— Eu me chamo Stevie. Sou amigo da Shelley.

O tufo de pelos meneou, mas não se virou.

— E você se chama...?
— Jo-Jo.

De repente, um grito desesperado e, em seguida, um terrível estrondo assustaram Stevie. Seu coração saltava no peito. O barulho continuou, ritmado, pontuado por uivos, e então entrou uma voz de homem fingindo cantar, e Stevie percebeu que aquilo era uma música. Punk rock. Stevie não gostava de punk rock. O elevador rangeu e parou. Jo-Jo abriu violentamente a porta de metal e acenou a Stevie para que o acompanhasse. Foram atrás da barulheira, chegando a um lugar onde raios de luz colorida bailavam loucamente.

Não era de se admirar que não tivessem ouvido a campainha. Steve mal podia imaginar o que fariam com ele se deixasse música tocando tão alto assim.

— Lugar legal — disse ele. Mas não havia ninguém para ouvi-lo. Jo-Jo se afastara; e, de qualquer forma, não teria conseguido ouvi-lo mesmo. Stevie sentia tontura, frio e solidão. Naquela merda de lugar não tinha o que se comer? De repente, estava morrendo de fome. Alguém tocou seu braço, segurando-o. Ele se virou e viu o rosto de uma menina muito bonita. Ela sorria calorosamente para ele. Possuía um sorriso realmente muito bonito. Shelley. Da turma dele na escola, quando ia à escola. A Shelley bonita, inteligente e líder de torcida, com cabelo lustroso, pernas compridas e lustrosas, dentes lustrosos e pele lustrosa. A Shelley que sempre tinha, no bolso de seu suéter branco com a letra do time, pelo menos um exemplar de cada pílula, erva, pó e solução que fosse possível ingerir, cheirar, inalar, fumar ou injetar. Ela estava falando com ele.

— Não estou te escutando — gritou ele.

Ela o puxou pelo salão, chegando ao aparelho de som e baixando o volume, mas ainda assim se movia no ritmo da música, seu longo cabelo louro balançando junto com o corpo. Ela também usava um colete vermelho sem mangas como o de Jo-Jo, curto, justo e bem decotado.

— Fiquei uma hora tocando a campainha — resmungou ele.

— Desculpe — ronronou ela. — A música... — Shelley roçou a bochecha no ombro dele e sorriu. Os dentes dela eram lindos. — O que você trouxe, Stevie?

— Ouro. Ouro da Colômbia — respondeu ele. — Tem algo pra comer? Estou morrendo de fome.

— Não sei — disse Shelley, vaga. — Talvez tenha alguma sobra... — Ela estendeu a mão. Suas unhas estavam pintadas de preto e decoradas com estrelinhas prateadas.

Ele tirou do bolso um saquinho cheio de folhas. Ela o pegou.

Jo-Jo emergiu das luzes de repente. Passou um braço em torno de Shelley, puxando-a para perto de si.

— O que tem aí, gata? — disse ele.

Ela mostrou o pacote.

Ele expôs os dentes em um sorriso de navalha.

— Nada mau — declarou. Deu a volta nela com o outro braço e pegou o pacote.

— Ei... — disse Stevie. — Peraí. Isso é meu...

— Você quer dividir, não é, menino? É pra isso que você veio aqui, né?

Ele saiu de perto, envolvendo Shelley com o braço. As luzes batiam nas lantejoulas dos coletes, fazendo-os parecer estarem em chamas. Stevie foi atrás deles, rápido. Jo-Jo se acomodou de pernas cruzadas sobre uma almofada, encostado a uma parede, e Shelley se aconchegou, apoiando-se nele. A música gritada começou de novo. Alguns casais se contorciam e se sacudiam no ritmo dela, e outros se destacaram do grupo para ir até Jo-Jo. Apareceu um maço de papel de seda, e Jo-Jo habilmente apertou um baseado e o acendeu. Passou-o a Shelley e, dobrando bem o pacote, colocou-o num bolso de seu colete.

— Ei... — protestou Stevie. — Esse saco é meu...

Jo-Jo revirou os olhos cheios de desdém, dizendo:

— Gata, deixa o gordinho dar um dois.

Shelley estendeu o baseado para Stevie, mas ele afastou a mão dela. Tremendo de medo, frio e ódio, falou alto:

— Não quero dois nenhum. Quero meu pacote de volta.

Não lhe responderam. Shelley passou o baseado para Jo-Jo. Ele puxou profundamente e então o passou adiante. Mais gente havia sentado, formando uma rodinha fechada. O baseado a percorria. Uma menina empurrou Stevie para chegar ao lugar que ele deixara vago no chão, deixando-o de fora da roda. Stevie viu Jo-Jo botar a mão no bolso de seu colete de lantejoulas e retirar o saco plástico... o saco plástico *dele*. Entrou no círculo empurrando, tremendo, e pegou o pacote. Jo-Jo segurou seus pulsos e torceu seu braço nas costas, rindo.

— Gatinha, o seu amigo aqui não tem educação. Ô gordo, vai se comportar ou não?

A cabeça de Shelley estava sobre a coxa de Jo-Jo. Ela abriu seus grandes olhos azuis e sorriu para Stevie.

— Stevie, não faz assim. Você disse que precisava de um lugar pra dormir... Venha sentar... aqui, perto de mim. Vamos ficar na boa, todo mundo... — Ela falava arrastado. Estava com o baseado entre os dedos. O baseado *dele,* do pacote *dele*, caramba...

Era ele quem devia estar distribuindo. Era tudo dele, não era? Tinha pegado do próprio pai, não tinha? Ele é quem devia estar no centro, e todo mundo olhando para *ele*, admirando *ele*, prestando atenção a *ele*, grato a *ele*, em vez de àquele marginal.

— É, senta aí, gordinho — disse Jo-Jo.

Stevie o odiou. Desejou sua morte. Desejou poder matá-lo. Desejou ser grande e forte com ombros largos e punhos de aço. Desejou ter botas cheias de espinhos na sola para chutá-lo, pisar na cara dele... em vez de tênis com furos nas solas que deixavam seus pés molhados de chuva.

E lá estava Shelley deitada com a cabeça no colo dele, seu cabelo louro se derramando por tudo como se fosse ouro derretido.

Ela dava tapinhas no chão a seu lado. Jo-Jo colocou o baseado entre os lábios dela, que o tragou e segurou, fechando os olhos. Era *ele* quem devia dar coisas naquela boca. A cabeça dela devia estar no colo *dele*. A mão de Shelley, com as unhas em preto e prata, continuava cutucando o chão, desatenta.

Droga, ele bem podia dar mesmo um dois, afinal. Que diferença faria? Que diferença qualquer coisa poderia fazer?

Sentou-se ao lado de Shelley e aceitou o baseado que ela lhe ofereceu. Ficou com ele. Não ia passar para os outros. Também, ninguém pediu. E era melhor não pedirem mesmo. Senão... Senão o quê, Stevie? Eles iam ver só. Ele ia mostrar para todos eles. Um dia desses ele ainda ia *fazer* alguma coisa. Talvez aprender a tocar aquele clarinete que o George tinha. Formar uma banda, ficar famoso. Aí iriam notá-lo. Iriam adorá-lo. Todos teriam que adorá-lo.

Deitou com as costas no chão. Estava cansado. Muito cansado mesmo. Começava a se sentir mais aquecido. Confortável. Mas o chão sob sua nuca estava duro. Queria ter um colo em que apoiar a cabeça. Pensou em Shelley, em suas pernas compridas terminando na boceta. Ele pensou que devia ser gostoso lá dentro. Pensou que, se pusesse seu pau naquela boceta, ia ser muito gostoso.

De olhos fechados. O baseado esquentava seus dedos. Ele deu uma tragada, segurando-o firme. Eles eram legais. Não eram nada maus, porra. Nem o Jo-Jo, com aquele moicano. Ele gostou disso. Disse alto:

— Moicano jamaicano. — Sentiu que estava às gargalhadas. Sentiu-se bem. Muito bem. Flutuando, seus braços e suas pernas e todo ele pairando, a cabeça desligando...

— Stevie — alguém estava chutando ele, gritando em seu ouvido para fazê-lo acordar. Ele rolou para longe da dor. Ela o seguiu, uma coisa dura, pontuda, afiada. Alguém agarrou seu cabelo e deu um forte puxão. Ele abriu os olhos. Tinha um índio maluco de olhos malvados gritando para que ele se levantasse. Será que iriam lhe escalpelar? Ele rolou para longe do índio e ficou de pé, tentando manter o equilíbrio, atemorizado, esforçando-se para ver sob a péssima iluminação.

O índio soltou uma gargalhada.

— Tá morto, não. Te falei, gata. Acorda aí, gordinho. Você tem que sumir, cara.

— Sumir? — Onde ele estava?

— O pai da gata trabalha de noite. Vai chegar em casa a qualquer momento. Anda! Some daqui!

Stevie espirrou, estremecendo e piscando muito. Já não havia luzes nem música. As janelas estavam todas abertas.

— Cadê todo mundo?

— Ah, meu Deus! *Anda logo*, cara. — Jo-Jo o empurrou com força para a porta.

— Preciso mijar...

Jo-Jo o enfiou no elevador, socou um botão e fechou a porta sanfonada metálica.

Lá fora, confuso, Stevie caminhou. Estava frio. Andou o mais rápido que pôde. Estava tudo cinza. Não havia cor nem gente em parte alguma. Tudo parecia imóvel; não havia som. O céu estava cinza; a rua estava cinza; a garoa, cinza. Os prédios, de um cinza ligeiramente mais escuro, fechavam-se sobre ele, curvando-se. Ele começou a correr. Sem saber para onde. Quando viu uma cabine telefônica, correu para ela. Tinham arrancado o fio. Ele correu de novo, correu até ficar sem fôlego e com dor na lateral do corpo. Onde estava todo mundo? Será que o mundo estava morto? Será que uma bomba havia explodido e o mundo estava morto exceto ele? Aquilo era outra cabine telefônica, ou seria a mesma? Será que ele estava correndo em círculos? Ele experimentou o telefone. Dava sinal. Ligou para George. Talvez a puta velha magrela já tivesse ido embora e ele pudesse voltar e dormir. Talvez George tivesse algo de comer. Sorvete ou leite achocolatado. Talvez pudesse convencer George a bancar um táxi para que ele chegasse em casa sem se perder.

E a vagabunda da Shelley, expulsando-o daquele jeito?

Ele estremeceu na cabine telefônica. O que um policial estava fazendo na casa do George, atendendo o telefone do George? Deve ter dado merda. Devem ter encontrado o estoque do George. Não podia ir para lá agora. Talvez estivessem até procurando por ele.

Stevie saiu da cabine e o vento atacou sua camisa molhada. Espirrou. Seu nariz escorria. Estava molhado, com frio e com medo. Tremia violentamente. Vomitou. Sua cabeça doía.

De repente, ele estava chorando. Era um menino gordo, assustado, gelado e nem um pouco chapado. E tinha 16 anos.

Voltou ao telefone e discou o número da mãe no Brooklyn.

Capítulo 7

Anna hesitava em frente à porta de seu apartamento. Eram duas da manhã, mas ela não estava cansada. Sentia-se inexplicavelmente exultante, cheia de energia. Em algum lugar ao longe ela ouvira um estampido abafado e, então, vozes; um som que poderia ter sido um disparo e um grito. Tentou ouvir melhor: era uma televisão, é claro. Ela sabia que atrás de algumas das portas devia haver luz, gente se mexendo, cheiro de café. Até sexo. Imaginou que estava sentindo cheiro de sexo.

E que coisa toda estampada era aquela que estava segurando? Seria um lençol muito bem-dobrado? Ela não lembrava onde havia conseguido aquilo.

E onde teria deixado seu guarda-chuva?

Era tarde demais para tentar pensar sobre qualquer coisa. E o que diria a Emmy? Ela nunca havia chegado tão tarde em casa. Emmy sim. Até mais tarde. Com frequência. Talvez, se fosse bem silenciosa, se entrasse pé ante pé, não iria acordar Emmy. Não ia ser fácil. Com o sofá-cama aberto na sala, mal havia lugar para se locomover. Naquela escuridão, com certeza ela ia esbarrar em alguma coisa.

Pobre Emmy. Não tinha privacidade. Ela já tivera um quarto tão bonito. De frente para o jardim. E na verdade, basicamente tinha seu próprio banheiro. Simon e ela quase nunca usavam aquele banheiro do corredor. Tinham o deles, na suíte principal.

Emmy nunca falava sobre seu quarto. Nunca falava sobre a casa. Será que pensava nela? Nem era uma casa muito grande. Poderiam ter feito algo bem maior. Mas ela nunca fora exigente. Talvez devesse ter sido. Talvez se Simon tivesse se sentido pressionado para ganhar mais dinheiro, para trabalhar mais, não tivesse tido tempo... Mas pareciam tão contentes com a casa. Tinha seis cômodos; uma sala de jantar, uma de estar e a grande cozinha no andar de baixo. Anna adorava cozinhas grandes. Tinham uma varanda telada junto à cozinha. Era lá que comiam no verão. Sentia muita saudade disso. Nunca haviam construído o sonhado lavabo do andar de baixo. Lá em cima havia três quartos. Tinham transformado o terceiro quarto em saleta, com uma TV a cores e uma escrivaninha para Simon, e aquela cadeira de couro maravilhosa e a poltrona que ela lhe comprara. Ele ficara com aquela cadeira no divórcio. Ele disse que era dele. Era, mas fora ela quem comprara. Simon adorava ficar naquela cadeira. Era de couro legítimo; tinha aquele cheiro maravilhoso e másculo de couro. Anna achava que ele era feliz com ela, podendo se sentar naquela cadeira, na casa deles. Jamais teria lhe ocorrido que ele iria querer deixar tudo isso. Que ele queria deixá-la.

Quando ele começara a querer deixá-la? Quando ele tinha começado a usar calças justas e deixar o cabelo comprido? Quando entrara na fase em que nada do que ela fazia agradava? Onde ela errara? Ela havia tentado de tudo...

Deus do céu, quando acabaria essa dor? Será que ela nunca ia parar de pensar nisso? O que estava fazendo nesse corredor estreito, na frente dessa porta pesada de metal cinzento com aquele minúsculo olho mágico de solitária de cadeia? O corredor tinha um leve cheiro permanente de repolho. Mesmo com as pretensões de requinte, o carpete verde-acinzentado sem sinais de sujeira, o papel de parede verde-acinzentado, ainda havia o cheiro de repolho. Como qualquer condomínio de baixa renda.

Cozinhar repolho devia ser proibido em todo prédio de apartamentos, pensou ela. Sempre detestara prédios de apartamentos. Esperaram um bom tempo para ter um filho porque queriam economizar dinheiro para ter uma casa onde fossem criá-lo. Teria sido isso também um erro?

O que a psicóloga tanto dizia mesmo?

— Você tem que parar de se culpar. Não foi você. — Crise de meia-idade, dizia ela. Jargão. Termos inventados pelas pessoas. Desculpas. Para que pudessem trair outras pessoas, destruir vidas sem se sentir culpadas.

— Você não quer ser uma Mulher Independente? — gritava a jovem psicóloga, chocada. Mais jargão.

— Eu sempre trabalhei. Sempre fui uma mulher independente. É por isso que não ganho pensão. Ganharia pensão se tivesse ficado a vida inteira em casa, jogando *mahjong* e fazendo as unhas o tempo todo feito uma imprestável. Talvez ele não tivesse deixado de me amar se eu fosse dependente e indefesa.

Seu humor havia mudado. A deliciosa exultação tinha se evaporado. Mas ela ainda não sentia cansaço. De repente, estava faminta. Morta de fome. Precisava comer alguma coisa. Mas, se entrasse no apartamento e fosse remexer na cozinha, acordaria Emmy.

Havia uma lanchonete 24 horas no fim da rua. Ela iria até lá, comeria alguma coisa e depois voltaria para casa.

Lá fora, na rua fresca e silenciosa, ela voltou a se sentir animada. O barulho de seus saltos na calçada soavam simpáticos e, de certa forma, joviais. A lua afrontava as nuvens, espiando pelo meio delas, flertando e sumindo novamente. Isso fez Anna pensar que tinha algo de que deveria se lembrar. Ou seria se esquecer? Ela não sabia. Não se lembrava. Flagrou-se murmurando uma velha canção de que gostava:

— *Someday he'll come along, the man I love...*

Ela ainda levava o lençol consigo. Depositou-o no lugar ao seu lado na lanchonete. Teria de ir devolvê-lo e pegar seu guarda-chuva. Era disso que devia estar tentando se lembrar. Seu guarda-chuva. Deixara-o na entrada da festa. Não. Ela havia saído da festa. Não tinha levado Louise em casa, e por isso Louise não ia mais gostar dela. Pusera o guarda-chuva em um canto junto à porta do apartamento daquele homem.

Comeu um hambúrguer com fritas, um bolo de chocolate com sorvete e duas xícaras e meia de café. Quando deixou a lanchonete eram quatro da manhã. Ainda não estava cansada. No caminho de volta para o apartamento, passou pelo carro. Talvez devesse voltar a Manhattan para pegar seu guarda-chuva. Com todo aquele café nas veias, jamais conseguiria dormir. Bem que poderia fazer algo de útil. Mas o que diria a Emily sobre ter passado a noite toda fora? Nada. Simplesmente nada. Não era da conta de Emily.

E se o homem tivesse dormido? Então ela apertaria a campainha e o acordaria. Bem-feito para ele. Homem horrível de calças justas e cabelo comprido.

Sentindo-se resoluta e desafiadora, sentindo-se feliz, ela entrou no carro. Naquele horário, não demoraria mais de uma hora até chegar lá. Até menos. Ligou o rádio e encontrou música calma. Ela se acomodou prontamente nas lacunas de seu cérebro, bloqueando o pensamento.

Anna levou uma hora para chegar lá porque estavam consertando a via expressa de Long Island. Estavam fazendo reparos na via expressa, e ela continuava a mesma coisa. Grandes poças constantemente se acumulavam nos mesmos lugares e buracos se formavam perto de todos os buracos aplainados.

Eram cinco horas. Ela conseguiu rapidamente uma vaga, perto da esquina, apenas um pouco depois da entrada do prédio. Permaneceu sentada no carro alguns minutos; havia algo no fundo de sua mente, algo de que precisava se lembrar.

Talvez ela devesse começar a tomar vitaminas para a memória, como Simon. Vitamina E. Ou seria lecitina? Ela não se lembrava. O problema seria, é claro, lembrar de tomá-las.

Ela saiu do carro. A noite estava morrendo, pensou ela. O céu tinha uma palidez adoentada. A chuva pairava no ar, tensa, feito um choro preso. Sentiu que seu caminhar apressado e elástico era incongruente com a umidade do ar, mas isso lhe provocou um sorriso. Sentiu-se intocada pelo clima. O clima tantas vezes determinava seu humor. O clima, Emily, Simon e, antes disso, seu pai... coisas sobre as quais não tinha controle. Sempre tentara agradá-los, agir de forma adequada. Aplacando os deuses... Hoje, sentia-se livre de todos eles. Como se, pela primeira vez, controlasse seu destino.

Ela passou pelo zelador na portaria com seu novo caminhar confiante, direto ao elevador. Um homem enrugado de cabelos brancos, que usava capa de chuva e galochas, além de um plástico cobrindo o chapéu, deu-lhe bom-dia. Ele levava também um guarda-chuva, o *Times* de domingo e um saco de papel pardo.

Anna respondeu ao bom-dia. Torceu para que o homem não quisesse conversar.

— Não consegui dormir — replicou o homem. — É o pior de ficar velho. Você dorme no cinema, mas na sua cama não consegue dormir.

— Você não é velho — disse Anna.

— É claro que sou — teimou o homem, irritado.

— Já que insiste — rebateu Anna. O homem não a ouviu porque o elevador havia chegado e a porta começava a deslizar. Mal tinha aberto quando dois homens saíram: um policial baixo, escuro, aparentemente hispânico e um homem alto, muito grande, de terno amarrotado.

— Acho que o estão levando preso por alguma coisa — disse o velho, alto e claro. — Provavelmente roubo a residências. Temos muito disso por aqui. Um homem desses, alto, forte, devia arrumar emprego. Devia ter vergonha na cara.

Anna corou. Deu uma olhada para trás, onde estava o homem alto. Sem diminuir o passo, ele havia se virado para olhá-los. Seu olhar encontrou o de Anna e ele sorriu.

Ela sentiu que corava ainda mais, e sorriu em resposta. Ele tinha um rosto agradável e simpático.

— Não acho que ele seja ladrão — disse Anna, alto.

— Cuidado nunca é demais, atualmente. Está vendo este saco de papel? Nunca saio de casa sem ele. Dentro, tem um tijolo. Se alguém começar a se engraçar, eu dou nele. Se a senhora vai pegar o elevador, venha de uma vez. Ele já é lerdo o bastante sem ter que esperar os outros.

Anna entrou rapidamente no que a porta começava a se fechar.

— Seu andar? — indagou o homem.

Ele apertou o número dela com o guarda-chuva, e depois o dele.

— Que tempo horrível — comentou ele.

— Sim. Que maravilha — disse Anna.

O homem a olhou torto.

— Minhas janelas estavam tão úmidas que pensei que estava chovendo. Levei meu guarda-chuva caso o porteiro tivesse esquecido meu jornal e eu precisasse sair para pegá-lo. Esses porteiros são uns inúteis. Acho que têm acordos com os marginais.

— Que bom que você não perdeu seu guarda-chuva — disse Anna.

— Nunca perdi nada na minha vida. Se estivesse na minha mão — disse o homem —, eu diria: "Chove tudo o que tem de chover e para de uma vez!"

— Se eu pudesse, deixaria isso na sua mão — falou Anna, gentilmente.

O homem olhou para ela aborrecido de novo.

— Está insinuando que eu não faria melhor do que quem quer que esteja cuidando do tempo? Pode crer que eu faria!

O elevador parou.

— Nove — disse o homem.

— Obrigada.

Quando Anna pisou fora do elevador, o homem falou:

— Onde já se viu jornal custar 1 dólar. Um dólar! Eu costumava alimentar minha família uma semana com 1 dólar.

— Você tem uma ótima memória — rebateu Anna.
— Tenho todos os parafusos no lugar — disse o homem.
— E além disso, um tijolo — disse Anna.
A porta se fechou. O elevador se moveu.

Um Chevrolet verde-escuro com 4 anos encostou e parou junto ao hidrante bem em frente ao edifício, embora houvesse pelo menos mais duas vagas próximas. O carro tinha placa de Perícia Médica. Um homem alto de óculos, grisalho, com uma pasta preta de médico e um copo de isopor tampado nas mãos, saiu do carro e olhou ao redor. Bernie acenou para ele com a mão. Rapidamente ele se dirigiu a Bernie. Este tirou a placa policial que dizia CENA DE CRIME — PROIBIDA A ENTRADA de seu porta-malas e entregou-a a Ramirez.

— Coloque isto na porta imediatamente.
— Sim, senhor. — Ele se virou para ir embora.
— Ramirez.
— Sim?
— Há quanto tempo entrou na polícia?
— Três meses, senhor.
— Eu nunca vomitei — disse Bernie. — Eu tinha pesadelos. Acordava suando, em pânico. Até hoje tenho. Seria melhor vomitar. Põe logo essa droga de placa na porta senão os curiosos vão invadir. Fique de guarda do lado de fora. Cidadãos respeitáveis e tementes à lei vão querer arrancar o cabelo da vítima como lembrancinha se puderem chegar perto. Os detetives da Homicídios devem estar quase chegando. Enquanto isso, logo que você puser a placa no lugar, diga ao Johnson para conseguir a lista de todos os inqui-

linos e seus números de apartamento. De todos. Confira quem entra e sai do prédio. Elevadores e escadas. Pegue identidades. Descubra quem era o inquilino do 9E. Talvez pegar informações sobre ele com o porteiro. Tem porteiro que sabe de tudo. E toque umas campainhas. Faça umas perguntas. Descubra tudo sobre a noite passada no 9E. Comece com os vizinhos de porta dele. Alguém tem que ter ouvido alguma coisa.

Bernie observou Ramirez trotar de volta ao prédio. Torceu para sua mentira ter ajudado. A única coisa que já lhe dera pesadelos era seu filho.

Uma ambulância com a sirene ligada veio cortando a rua e embicou na entrada de carros circular do prédio. Dois homens de branco estavam fora da ambulância quase antes que ela parasse. Eles abriram a traseira e empurraram uma maca.

— 9E — gritou-lhes Bernie.

Eles entraram no prédio correndo.

— É melhor beber o café agora, doutor — disse Bernie para o homem de cinza. — Lá em cima não vai ter estômago para isso.

— É mesmo? O que tem lá, Bernstein?

— Uma massa de sangue no lugar da cara. O pau arrancado, ou quase arrancado.

O rosto cinzento do legista ficou ligeiramente mais cinza. Ele empurrou os óculos para o alto do nariz. Sempre escorregavam para baixo. Então destampou seu café e tomou um longo gole. Estendeu o copo a Bernie, que provou, tossiu e olhou lá dentro.

— Isto é uísque!

— Sim. Café faz mal. Cafeína. — Ele pegou de volta o copo e tomou outra grande golada, tampou-o cuidadosamente e, com muita dignidade, andou em linha retíssima até entrar no prédio.

Um homem saíra de um sedã bege sujo do outro lado da rua e andava na direção de Bernie. Um homem robusto com uma capa de chuva indigente. Tinha cabelo castanho, olhos claros, pele rosada. Era como se tivesse *Detetive* escrito na testa em letras de neon. Andava rápido, mas sem demonstrar pressa.

— Quem espera sempre alcança — disse Bernie. — Que bom que resolveu aparecer por aqui, Donlon.

— Muito trabalho e pouco salário, inspetor. Se a população quer ser atendida rápido, deve contratar mais detetives.

— Nesse meio-tempo, o criminoso poderia ter voltado três vezes para sumir com as provas.

Donlon encolheu os ombros.

— Mais de 1.800 homicídios na cidade de Nova York no ano passado. Não dá para resolver tudo. As pessoas não param de se matar; a gente só faz o que pode. Estou vindo de uma bela visão. Um corpo num hotel sem mãos, pés, nem cabeça. Não sei mais o que falta inventarem.

— Deixe eu te dizer... — Bernie se interrompeu. Três carros pararam rapidamente. Estavam sinalizados como IMPRENSA em seus para-brisas. — Imprensa — falou Bernie pelo canto da boca.

Donlon assentiu. Seu rosto pareceu se fechar. Como que obedecendo a uma deixa, ambos os homens se voltaram e entraram no prédio.

*

Quando Anna saiu do elevador, esperou a porta fechar. Ela observou os números mudarem: 10, 11, 12, 14, 15. Lentamente. Um elevador antigo e remanchão. Ela se virou para as portas dos apartamentos. Eram todas parecidas. De metal marrom lascado e engordurado.

Na noite passada tinham saído do elevador, virado à direita e entrado algumas portas depois. Ela não sabia quantas. Parou em frente a uma porta. O nome sob a campainha era "Miller".

Será que ele lhe dissera seu sobrenome? Ela não lembrava. Qual era o primeiro nome dele?

Ela tocou a campainha. Ouviu um movimento lá dentro, e logo um olho a encarava pelo olho mágico. Ela o fitou de volta. Ele desapareceu. Então o olho mágico se abriu de novo, o olho piscou e uma voz de mulher perguntou:

— Quem é?

Anna disse:

— Com licença. Eu não queria incomodar. Será que você poderia me ajudar...

— Não quero nada. Não recebemos vendedores aqui. — O olho mágico se fechou de repente. Anna achou que ouvia passos se afastarem.

— Não estou vendendo nada.

Não houve resposta.

Porta errada. Ela passou à seguinte e tocou a campainha. Não ouviu nada. A campainha não parecia estar funcionando. Ela ergueu a mão para bater na porta e notou que estava entreaberta. A piadinha boba de que Emmy gostava quando era pequena veio-lhe à cabeça: "Quando uma porta não é uma porta?" "Quando é torta." Por que tinha pensado nisso agora? Ela lembrou que a porta do homem não fechava direito. A tranca estava ruim, ele dissera. De repente era como se visse seu rosto, com seu sorriso bobo, mas tinha esquecido seu nome outra vez. Será que deixara a porta aberta ao sair? Suavemente, ela experimentou empurrar a porta com o dedo. Ela cedeu alguns centímetros. Via parte de um sofá castanho e uma mesa de vidro negro. Atrás do sofá havia algo vermelho. A sunga. Ele ainda devia estar dormindo. Não havia por que acordá-lo. Delicadamente, com o dedo, ela empurrou a porta mais alguns centímetros. O guarda-chuva estava onde ela o deixara, no canto junto à porta.

O elevador começava a descida. Anna o ouvia ranger no poço. Se não o pegasse, teria de esperar muito tempo.

Agilmente, meteu a mão ali dentro e pegou o guarda-chuva. Levou menos de um segundo. Ela o segurou firme, aliviada por estar com ele de novo.

Correu para tocar o botão do elevador. Atrás dela, ouviu um homem gritar "Ramirez?" e uma porta se abrir. O elevador parou e a porta abriu com um rangido. Ela entrou rápido, aliviada por ele estar vazio. O elevador preparou-se para descer, cansado. De repente, sentiu-se impaciente para estar em casa.

O elevador parou uma vez. Um homem entrou. Ele parecia meio sonolento e rabugento, e foi direto para o canto, onde se recostou e fechou os olhos, desfrutando de mais alguns segundos de sono. Ela ficou aliviada por ele não tentar conversar.

Quando por fim chegaram ao saguão, havia muita gente esperando o elevador. O policial baixo de pele escura estava lá, segurando uma placa. Ele estava com tanta pressa que abriu caminho aos empurrões, rude, sem esperar que ela saísse. Havia dois homens de branco. E o homem alto bonito. Ele estava ocupado conversando com outro grandão de capa de chuva. Ela imaginou que ele a tivesse notado. Imaginou que ele notava tudo ao seu redor. Percebeu um vislumbre de reconhecimento no rosto dele, e teria sorrido, mas ele não sorriu primeiro. Ela não queria parecer estar flertando. Ele era um homem muito atraente. Muito másculo. Jamais conhecia homens feito esse naquelas drogas de festas de solteiros. Homens como esse não precisavam ir a esses eventos. Homens bons ou estão com alguém ou estão mortos.

Ela ficou pensando no porquê de tanta gente aparecer de repente. Devia ter acontecido alguma coisa. Chegavam mais policiais, e pelas grandes portas externas de vidro ela via uma ambulância, as luzes girando.

Deu outra olhada para o elevador. As portas se fechavam. Anna achou que o homem alto estava olhando para ela. Pareceu até mesmo, por um instante, que ele ia sair dali e, talvez, vir falar com ela.

Ah, sim, Anna. Logo você vai estar vendo homem até embaixo da cama. Homens fortes, lindos e charmosos que vão se apaixonar por você à primeira vista.

Talvez Emily esteja certa. Você devia voltar para sua psicóloga, aquela maravilha sem sutiã.

Lá fora, a neblina havia se tornado uma lenta tentativa de chuva. Anna abriu seu guarda-chuva. Pensou que havia sido uma ótima ideia ter voltado na mesma hora para pegá-lo em vez de esperar até mais tarde. Observar o mundo através do plástico amarelo dava-lhe a impressão de que estava sol. Por isso ela escolhera o amarelo: para parecer um dia bem ensolarado mesmo quando estivesse chovendo. Um dia de sol seria ótimo.

Ela andou devagar até o carro. Não estava com pressa de chegar em casa.

Bernie a viu. A mulher de capa de chuva vermelha. Estava com um guarda-chuva amarelo de plástico. Era a mulher que vira subir de elevador com o velho. Assustou-se quando viu o guarda-chuva, mas então achou ser bobagem, pensando que devia haver milhões iguais àquele na rua, um por quarteirão. Ainda assim, algo naquela visão o perturbou. Ele a observou. Ela possuía um belo par de pernas. Ele tinha um fraco por pernas bonitas. Linda tinha belas pernas.

Ah, Linda. Como sua cabeça tinha sido insidiosa com essa lembrança.

Ele forçou o cérebro a se concentrar no caso. Na verdade, ainda era cedo. Não eram nem cinco e meia da manhã ainda. Ele tinha muito tempo antes do trabalho. Pensava em sair do elevador no terceiro andar, descer de escada e fugir dos repórteres pela entrada de serviço. Mas resolveu voltar ao apartamento. Dar uma mão. Dar mais uma olhada.

Capítulo 8

— Que guarda-chuva?

A pergunta fez Bernie disparar pelo corredor até o elevador. Pegou-o com as portas fechando e martelou o botão do térreo, mantendo o dedo nele como se isso fosse apressar o elevador. O maldito descia tão devagar que parecia estar com medo de cair. Quando parou aos trancos no quarto andar para uma moça com um cesto de roupa suja entrar, ele correu para as escadas, disparando numa descida de quatro lances, chegando ao saguão antes do elevador, e se precipitou para a rua. Por que não a havia parado? Ele sentira vontade. E quase o fizera. Bem que poderia ter falado com ela.

E falar o quê? "Você está presa por ter um guarda-chuva de plástico amarelo." Talvez nem fosse *aquele* guarda-chuva de plástico amarelo. Aquele estava com a haste quebrada. E mesmo isso não teria provado nada.

Ele poderia ter dito alguma coisa. Dito "oi". E seguir dali. O que ele era, um novato burro e fraco do estômago?

Talvez ela soubesse alguma coisa. Qualquer coisa. Talvez tivesse estado naquele apartamento na noite passada. Talvez fosse testemunha. Talvez pudesse lhes dar alguma pista. Talvez até pudesse ser a assassina.

Bernie ficou parado no meio da rua e examinou a via larga, olhando para ambos os lados. Que diabos havia de errado com ele? A mulher podia estar em qualquer lugar, a quarteirões de distância, ou num ônibus, metrô ou no próprio carro, sozinha ou com outra pessoa, ou em qualquer prédio, restaurante ou loja. E por que ele a estava perseguindo? Porque tinha um guarda-chuva de plástico amarelo igual ao que havia no apartamento. Um guarda-chuva que ninguém mais vira.

Pela primeira vez, ele notou que chovia. Forte. A chuva escorria em seu pescoço, pelo colarinho. Ele estava encharcado. Virou-se. E então a viu. Dentro de seu carro, na esquina, a curta distância, parada no sinal vermelho. Ele foi em direção ao carro. O sinal mudou. O carro dela andou. Ele gravou a placa.

A imprensa estava atrás dele. Bernie alcançou rapidamente o seu carro e partiu. Alguns quarteirões depois, ele parou e anotou o número da placa. Então ligou para a delegacia. Levaram menos de cinco minutos para conseguir a informação. Pegaram direto do computador em Albany. Ele anotou em seu caderno: Anna Welles. E o seu endereço.

Ele iria verificar. Pessoalmente. Discretamente. Não queria criar problemas desnecessários para a mulher. Talvez fosse um engano. Provavelmente era. Ela parecia uma boa pessoa. Tinha um rosto agradável e inteligente. Sensível. E ele sabia que ela possuía senso de humor. Ela era meio nervosa. Um pouco como... certo... vamos admitir.

Um pouco como a Linda. Fragilizada, talvez. Triste. Vulnerável.

Ele iria verificar. Algo naquele caso o incitava, o envolvia.

Capítulo 9

Já não era mais noite. Mas também não era manhã. Eram aqueles instantes sem ar. Cheios de suspense. Emily Dickinson escrevera sobre isso. "Haverá de fato uma manhã..."

Haviam batizado a filha em homenagem a Emily Dickinson. Por que estava se lembrando disso agora? Cansada. Sem controle. Sorte que não havia trânsito a essa hora. Simon a amara naquela época. Amara! Por que tinha dito que nunca a amara? Por que teve de tirar isso dela também? Era o mais cruel. Como se ela nunca tivesse sido amada. Ter esquecido como ele queria estar sempre tocando nela... na mão, no pescoço. Ele não sabia andar sem estar em contato com alguma parte dela. Por que havia se esquecido disso? Dissera que fora só a juventude. Sexo. Ignorância.

Culpa, disse a psicóloga. Ele se sentiria muito culpado. Precisou negar...

E por que teve de ser tão mal no final? Tão crítico, cruel e impaciente, sempre sarcástico, sempre desprezando sua opinião, menosprezando-a, colocando-a para baixo, catalogando seus defeitos, destruindo sua autoconfiança para que ela sequer tivesse forças para revidar. Ele não precisava fazer isso.

E por que de repente havia comprado aquele lindo anel de opala que ela admirara só casualmente?

Culpa, culpa, culpa...

Mas não o suficiente. Ele incluiu o anel ao computar os bens dela para o divórcio.

Chovia de novo. O limpador de para-brisa não estava ajudando.

Não, sua burra, não é chuva. São lágrimas. Você está chorando de novo. Foi assim que arrebentou seu carro da última vez.

Não, da última vez foi de propósito. A pessoa tem o direito de decidir quando já não aguenta mais.

Deixe disso, Anna. Pare de sentir pena de si mesma. Olhe só para as estatísticas sobre casamentos e divórcios.

As estatísticas não a ajudam. Elas *o* ajudam. Aliviam a culpa dele. Se tem tanto homem pedindo divórcio, não deve ter problema.

As mulheres também têm pedido divórcio. É o que se chama de direitos iguais. Bailes de solteiros. Festas de solteiros. Bares de solteiros. Encontros de solteiros. Quanto avanço, gata. Vamos trepar.

A mulher de Simon tem 32 anos. Eu a vi no teatro com ele uma vez. Sentaram na plateia. Ela estava com uma blusa de seda bege de alcinhas. Seus mamilos roçavam no tecido lustroso. Mamilos estão NA MODA. Não há nada melhor no mundo do que seios jovens, cheios e empinados, Simon. Quem poderia culpá-lo? Joga fora a velha, queremos aquilo que é novo. Quando ela tiver 50 anos e você tiver esquecido o que sentia por ela no começo, não vai importar mais. Nada vai ter importância. Eu não tenho importância agora. Para ninguém.

Rispidamente: você tem de ser importante para si própria.

Certo. Quando me enterrarem, escreverão na minha lápide:

PARA ELA, ELA FOI IMPORTANTE

Desligue, cérebro. Chega de pensar.

Que lembrança era aquela, importunando-a, atormentando suas ideias?

Esqueça.

Por que o cérebro não era como uma torneira? Abrir, fechar. Certamente o meu gotejaria.

A Emily gosta da nova mulher do pai. É uma boa pessoa, dizia Emily. Agradável, racional. Com certeza. Ela está feliz. E nunca enche a paciência de Emily. Pois não se importa o bastante para enchê-la nem se preocupar com ela. Emily ganhou duas mães: a velha reclamona e a nova, bonitona. Essa sim foi a verdadeira crueldade. A parte mais insuportável. Ele ter deixado outra mulher participar da vida de sua filha, a filha que ela gerara, que saíra de seu ventre. Ele transformara outra mulher em mãe de sua filha. Ele não tinha direito de fazer isso. Uma desconhecida mais nova e mais bonita. E Emily gostava dela. Talvez até a preferisse. Anna não conseguiu lidar com isso. Retirou-se de campo. Jogou a toalha. Acabou perdendo Emily também, pois não se atrevia a se sentir tão próxima da filha quanto antes. Seria verdade o que Emily dissera-lhe irada: "Você não me ama mais"?

Eu te amo, Emily. Eu te amo até mais. Você é tudo que eu tenho. Estou com medo de te amar demais, com medo de me tornar dependente demais de você ou de deixá-la com a sensação de ser responsável por mim. Por medo de perdê-la, também.

Cansada.

Grite. Vamos lá, grite. Não tem ninguém com você no carro.

E aí não achou vaga perto do seu prédio. Teve que estacionar a quarteirões de distância.

Concentre-se no caminhar, no toque dos saltos ressoando pela manhã, pelo céu que aos poucos desperta, em segurar o guarda-chuva nesse vento. Depois de dormir um pouco, ela haveria de se lembrar daquilo que perturbava seus pensamentos. Torceu para que, fosse o que fosse, não a obrigasse a voltar novamente a Manhattan.

Ela passara a noite toda fora. O que diria a Emmy? Espero que não esteja preocupada, coitadinha. Estou cansada demais para inventar desculpas.

Emily não estava em casa. Desde o divórcio, Emily muitas vezes ficava fora até tarde. Não telefonava nem se explicava.

Certo. Não vou pedir explicações. Não vou me preocupar nem fazer exigências. Vou ser casual e racional feito a senhorita-nova-esposa-de-trinta-e-dois-anos. Quanto terá custado aquele trapinho de seda bege, Simon, enquanto conto moedas, ajusto bainhas e uso guarda-chuvas quebrados? Preciso pagar a faculdade de Emily. O Simon não precisa. O tribunal disse que ele não precisava depois que ela fizesse 18 anos. A Emily também vai me deixar. É isso que os filhos fazem. Com toda razão.

Grite. Ninguém vai ouvi-la. Não tem ninguém em casa. Ou desligue o cérebro e vá dormir. Pendure uma placa: MENTE FECHADA ATÉ SEGUNDA ORDEM. Proibido pensar. Nada de se preocupar. Vou direto para a cama. Vou só escovar os dentes.

Sua boca estava com um gosto horrível.

A última coisa que passou pela cabeça de Anna antes de dormir foi que tinha deixado aquele lençol dobrado no carro. Era uma esquecida, mesmo.

Capítulo 10

Todos os dias de casada, antes de abrir os olhos, Anna apalpava a cama em busca de Simon. Gostava de sentir que ele estava ali. Gostava de tocar nele. Quando acordava durante a noite, ela sempre o buscava com o tato. Ela o tocava, isso a acalmava e ela caía novamente no sono.

Ela ainda o fazia. Toda manhã sua mão se estendia e então seus olhos se arregalavam em pânico.

Ele não estava ali. Não era pesadelo. Ele não estava.

Mas hoje Anna estava de pé, vestindo um robe, quando percebeu que não havia procurado Simon ao seu lado daquela vez. Havia acordado e saído da cama em seguida. Algo o tirara de sua cabeça. O que quer que tivesse sido, ela estava grata.

Era quase meio-dia. Ela nunca acordava nesse horário. Devia ter chegado muito tarde. Por onde andara? Por outra festança de solteiros, sem dúvida. Tentava esquecê-las no mesmo instante, nem sempre com muito êxito. O que teria feito na noite anterior?

Ela não conseguia pensar antes de um café.

Abriu silenciosamente a porta para a sala. Sua filha ainda dormia no sofá-cama. Seu jeans e sua camiseta jaziam no chão, onde ela os largara. Anna deu a volta neles, pé ante pé, até chegar à cozinha. Ela pagara ao zelador para colocar uma porta entre a sala e a cozinha. Era apenas uma porta sanfonada e não fechava direito, mas era melhor que nada. Tentou não fazer muito barulho. Serviu o café e esquentou pãezinhos no forno elétrico. O cômodo, sem janelas, era quente e abafado. Ela pôs a mesa para si, e para Emmy também, com jogos americanos e guardanapos, e colocou o leite que ia misturar no café numa jarrinha bonita. Sentia-se bem pondo a mesa direito. Não ia se tornar uma solteirona melancólica, dessas que comem seu jantar direto de uma lata.

A porta sanfonada é empurrada. Emmy enfiou a cabeça na cozinha.

— Bom dia. — Anna tentou soar alegre. Não deu certo.

Emily entrou e se enfurnou numa cadeira. Não podia ser sua Emily despreocupada que batia papo e dava risadas, sempre alegre, aquela menina com olhos injetados e cabelos desarrumados. Anna serviu-lhe café.

— Por que não pergunta se eu quero antes? — disse Emmy, irritada.

Anna corou.

— Desculpe, querida. Sempre penso que os outros são que nem eu, desesperados pelo primeiro gole de café. — Ela apanhou a xícara. — Eu ponho de volta.

— Não *precisa*! — Emmy pegou a xícara com raiva. O café derramou e queimou as mãos das duas. — Que merda, deixe eu tomar então! — Emmy largou a xícara na mesa. — Você sempre faz um escândalo por nada!

— Você se queimou?

— Esqueça; deixe pra lá, pode ser?

Anna deixou os dedos debaixo da água fria corrente. Fez isso principalmente para ficar de costas para a filha até ela se sentir mais calma. Então se serviu de uma segunda xícara. Emmy mexia seu café sem bebê-lo.

— Encontrou seu Príncipe de Dentadura Dourada ontem à noite?

Anna não respondeu. Será que devia repetir à filha que não havia vergonha nenhuma em ir a festas de solteiros? Como poderia convencer Emmy se ela mesma não acreditava nisso? Ela terminou seu café de um gole e se levantou.

— Você vai tomar mais café ou desligo a cafeteira?

— Não sei. Tanto faz. — A voz de Emily de repente soava deprimida. — Não. Acho que não. — Ela levantou, levou os pratos à pia e os lavou. Estava completamente curvada. Postura de derrotada.

— Está tudo bem com você, Emily?

A filha não respondeu. Terminou de lavar a louça e enxugou as mãos nos pijamas. Não se voltou.

— Fui a uma festa na casa da Betsy ontem — disse Emily, obviamente escolhendo bem as palavras. — Estava todo mundo lá. Todos os meus antigos amigos.

— Você ficou com medo de que eles não fossem querer mais nada com você.

— Eles não me ligam há muito tempo.

— Telefones são vias de mão dupla, Emmy.

— Os pais da Laura se separaram. E os pais do Eric estão divorciados.

— É uma epidemia.

— Não ataca todo mundo — disse Emmy.

— Assim como a peste negra.

— Para que eu ligaria para a Betsy ou para qualquer outra pessoa? Não posso mais fazer as coisas que eles fazem. Será que eu poderia convidá-los para vir aqui?

— Claro. Não é sua casa que eles querem ver, e sim você.

— Que merda! O Eric não vai ter que sair da escola dele e ir para uma faculdade municipal ridícula como eu.

— Faculdades municipais não são ridículas. São mais exigentes que as da Ivy League. Quem vai pagar a faculdade do Eric?

— O pai dele. E a mãe dele ficou com a casa, também.

A casa esteve no nome dos dois, dela e de Simon. Os advogados concordaram que ela deveria ser vendida e o dinheiro dividido igualmente, embora eles jamais teriam sido capazes de comprar a casa ou mantê-la, num primeiro momento, se Anna não tivesse ido trabalhar fora. Mesmo a renda atual de Simon sendo quase o triplo da dela. Depois de quitar as hipotecas, sobrou bastante a Anna para pagar seu advogado, mudar-se para um apartamento e pagar o primeiro ano da faculdade de Emmy. Ela não possuía economias, embora tivesse trabalhado durante todo o seu casamento. Tinha confiado em seu marido.

Estatísticas.

Emmy sabia disso tudo. Devia saber também as estatísticas.

— Talvez a mãe de Eric tenha tido cabeça para arranjar um advogado dos bons — disse Emmy. — Talvez ela não tenha se enfiado na terra feito avestruz.

— Você podia ter pegado um empréstimo e continuado em Skidmore.

— Lá vem você de novo. Empréstimos têm que ser pagos. Como uma formanda em artes liberais vai poder pagar empréstimos?

— Sei que a Laura tem dívidas. Já tinha antes de se separar.

— Já te disse mil vezes que a Laura é um gênio. Ela está cursando física, tem bolsa e com certeza vai arrumar um ótimo emprego assim que se formar. Ainda por cima, ela é linda; algum homem deve quitar tudo para ela.

— Se ela é mesmo um gênio, é esperta demais para contar com isso.

— Certas mulheres sabem conseguir o que querem dos homens.

— Sim — disse Anna. — Eu sei. Não tive êxito como mulher.

— Não foi isso que eu quis dizer. Não foi, mãe.

Anna se levantou.

Emmy se voltou rápido e olhou a mãe nos olhos. Seu rosto perdia a batalha contra as lágrimas.

— Eles vão todos para a Flórida para o recesso de primavera semana que vem.

Anna esperou.

— Perguntaram se não quero ir junto.

— Você sabe que não tenho dinheiro, Emmy.

— Seria só um empréstimo.

— Não tenho o dinheiro para te emprestar.

— Você podia pegar da sua pensão.

— Peguei da minha pensão para consertar o carro. Ainda não paguei.

— Se não tivesse arrebentado o carro, não estaríamos com tantos problemas.

Anna não respondeu.

— Você podia pegar emprestado do banco. A você, ele emprestaria dinheiro. Eu te pagaria do meu salário. Toda semana.

— Emmy, com seu salário você não está conseguindo nem pagar as despesas que tinha combinado comigo.
— Dá para fazer horas extras.
— Você mal está passando nas matérias do jeito que tem trabalhado.
— Então não sou inteligente.
— Eu não disse isso. Suas notas costumavam ser excelentes. Você está passando por uma fase ruim. Nós duas.

Emily afastou a mãe do caminho e saiu da cozinha. Atirou-se no sofá-cama aberto e pôs-se a soluçar. Anna a olhava sem ação. Não sabia como confortá-la.
— Sei o que você está sentindo, Emmy.
— Não sabe! Você não liga pra mim! Você não me ama! Nunca amou!
— Não é verdade. Eu te amo, Emmy.
— Você só pensa em arrumar um novo marido!
— Que pena, Emmy. Que pena que é isso que você pensa. Já fiz tudo o que eu podia. Mais do que eu podia.
— Eu *tenho* que ir à Flórida! Como vou ter amigos se não fizer o que eles fazem?
— Eu queria poder te ajudar.
— Ah, me deixe!

Anna disse aquilo que havia se prometido nunca, jamais, em tempo algum, dizer:
— Peça o dinheiro para o seu pai.

Odiando-se, ela cruzou rapidamente a sala para entrar em seu quarto. Emily gritava para ela:
— Você é maluca! Só gente maluca tenta se matar. Você tinha que ser internada! Trancafiada! Não o culpo por ter te deixado!

Anna fechou a porta do quarto. Tremendo, ela se apoiou na parede. *Não o culpo por ter te deixado!*

As palavras ressoavam em seus ouvidos. Era como nos seus pesadelos mais frequentes, seu medo mais persistente. Ela estava sozinha no centro de um círculo de mulheres que zombavam... suas amigas ainda casadas, conhecidas e desconhecidas, e, atrás delas, homens escarnecedores, todos com dedos apontados para ela, dizendo em coro: *Não o culpo por ter te deixado! Não o culpo por ter te deixado!*

Ela se obrigou a entrar no chuveiro e vestiu-se rapidamente. O segredo era não demorar, estar sempre em movimento, ocupada, sem pensar. Ela tirou a roupa de cama e juntou a roupa suja para levar à lavanderia no porão do prédio. Quando saiu à sala com o cesto de roupas, Emily estava sentada na cama desarrumada, com os pés pendurados para fora. Ela olhava para o nada, desconsolada.

— Tire essa roupa de cama, faça o favor, Emily. Vou pôr a roupa para lavar. Descongelo alguma coisa para o jantar? Você vai estar em casa?

— Sei lá. Que diferença faz? Que diferença qualquer coisa faz?

Hoje, não muita, pensou Anna. Mas ao se levantar naquela manhã, ela se sentira livre de Simon. Pela primeira vez, por um breve momento, sentiu como se ele não existisse mais...

Emily depositou seus lençóis no cesto.

— Já pedi pra ele — disse ela. — Pedi dinheiro ao papai. Ontem à noite. Ele disse que também não tinha. Agora tem uma vida nova. Ninguém tem espaço para mim.

Pobre Emily. Concebida com amor. O que fizemos com você? Anna suspirou.

— Vou ver, Emmy. Talvez eu consiga dar um jeito.

Talvez ela pudesse usar seu casaco de inverno por outro ano. O colarinho e os punhos estavam gastos, mas ela podia comprar um tecido, xadrez ou veludo, e fazer punhos e colarinho novos. O resto da capa não estava tão mau assim, especialmente se naquele ano ela não fosse inventar de mexer na bainha.

— Não se preocupe, Emmy. Você vai poder ir.

Ela saiu com a roupa suja.

Enquanto a roupa batia na máquina, Anna pegou seu carro e foi comprar algumas coisas na delicatéssen para o almoço. *Virginia ham* e salada de batatas alemã, comidas de que Emmy gostava. Novamente pensou em de onde teria saído o lençol feio que se encontrava em seu carro, porém estava mais apreensiva quanto a Emily. Como ia obter o dinheiro para ela? Estava preocupada com Emmy. Queria que conseguissem conversar. Será que a filha tinha alguém com quem conversar? Não com seus amigos antigos, disso ela sabia. Emmy seria orgulhosa demais para isso. Talvez conversassem hoje à noite. Pediria a Emmy que ficasse em casa para jantar. Mas Anna já tentara isso antes. Não conseguia nunca dizer a coisa certa. Tudo o que dizia parecia deixar a filha com raiva. Não era um bom momento na vida de uma menina para ficar sem o pai. Ela já tivera 17 anos. Adolescentes precisam do pai. Anna tentara dizer isso a Simon. Ele dissera a Emmy: "Vou ser uma pessoa feliz. Acho que você deve ficar feliz por mim." De camisa social justa aberta até o umbigo, corrente de ouro no pescoço, costeletas bem fartas. Ou será que as costeletas já existiam desde antes? Ou só depois? Ele pintava o cabelo, além disso. Jogava tênis para ficar em forma. Anna costumava fazer-lhe panquecas de mirtilo domingo de manhã, e se sentavam na saleta ou na varanda para ler o *Times*. Antigamente, ela adorava os domingos. Então ele começou a chegar cada vez mais tarde do tênis. Dizia que tinham lhe oferecido a quadra ao lado, que estava vazia. Anna ficava feliz por ele, por estar se divertindo.

Quando Anna voltou com as compras e a roupa lavada, o sofá-cama estava fechado e o apartamento cheirava a amônia e lustra-móveis. Emily estava de saia e suéter, sentada à mesa com o *Times* e um lápis. Chocada, Anna ficou pensando se deveria dizer a Emily o quanto ela ficava bem de cabelo penteado, ornado com uma faixa azul combinando com o suéter. Não se lembrava de quando a havia visto sem os jeans pela última vez. Ficou imaginando que, se dissesse "Está bonita, Emmy", a filha poderia arrancar a saia e botar um par de jeans amarrotados só de birra. Sabia que deveria ficar feliz com a mudança, mas ficou preocupada. Inquietou-se.

— Você devia comprar uma capa de chuva nova, mãe.

Anna não respondeu. Tirou a capa e pendurou-a no closet.

— Está tudo tão arrumado. Obrigada por ter feito a faxina.

— Eu também moro aqui.

— Você devia estar estudando. É mais importante você estudar.

— Vovô dizia que você queria ser artista.

— O vovô já morreu.

— Eu sei que ele já morreu — disse Emily com raiva. — É tão difícil conversar com você, mãe.

— Desculpe. — Ela estava feliz por ele ter morrido antes de Simon abandoná-la.

— É verdade que você queria ser pintora?

— Não. Eu tenho uma pequena habilidade. Um talento, na verdade. Eu desenho direitinho. Dava para ilustrar o boletim da Associação de Pais e Mestres. Eu gostava de fazer isso.

Ela começou a dobrar as roupas. Emily foi ajudar.

— Onde você conseguiu este lençol?

Ela o havia tirado do carro e lavado. Como estava com ele, era melhor devolvê-lo limpo, assim que lembrasse onde o conseguira.

— É uma longa história. Tenho que devolvê-lo.

— Você sempre fazia as melhores fantasias para os teatrinhos da escola. Sempre tive muito orgulho disso.

— Meu talento se resume a isso.

— Você sempre se desvalorizando.

Anna riu alto.

— Eu li essas matérias, Emmy. "Desisti da minha arte pelo crápula do meu marido, e agora que ele me deixou, me encontrei no meu trabalho." Não desisti da minha arte. Tinha tanto orgulho das fantasias que eu costurava quanto você. Eu jamais quis nenhuma arte além dessa.

— A mulher tem que ter mais do que marido e filhos.

— Qual mulher? — disse Anna. — Cada um com suas prioridades. Não deixe meu fracasso te tornar cínica a respeito do casamento.

— Você não fracassou sozinha. Ele também teve papel nesse fracasso. A mulher precisa ter um plano B na vida.

— Deviam começar a vender seguro de amor. Que nem seguro de vida. Se o amor morrer, você recebe.

— As empresas de seguro iriam falir. O amor sempre morre. Além disso, qualquer um preferiria ficar com o dinheiro.

— Não — disse Anna. E na mesma hora ficou com vergonha. Sugeriu com alegria excessiva: — Vamos almoçar?

Emmy entrou na cozinha enquanto Anna guardava os lençóis dobrados. Ela pôs o lençol misterioso na parte de baixo de seu criado-mudo. Não conseguia ignorar certo mau pressentimento.

Quando entrou na cozinha, Emmy disse:

— Papai e Rosemary vão fazer um cruzeiro.

Anna não falou nada. Por que aquilo doía tanto? Ela nunca tinha conseguido fazer Simon viajar além de Nova Jersey.

— Ele diz que é por isso que não pode me emprestar o dinheiro para ir à Flórida.

— Eu já disse que te empresto, Emmy.

— Não, mamãe. — Seu tom foi firme.

De novo, uma pontada de medo.

Emily tinha arrumado o pernil, o queijo e a salada de batata em uma travessa, decorando-os com azeitonas e picles, e pusera os pães em uma cestinha. Havia narcisos em um jarro azul sobre a mesa. Emmy devia tê-los comprado quando saiu para pegar o jornal.

— Está muito bonito, Emmy.

— Você não disse se estou bonita.

— Fiquei com medo. Pensei que você fosse pegar uns jeans sujos para vestir na mesma hora.

— Sou tão ruim assim? — Lágrimas brotaram nos olhos de Emily. Ela desviou o rosto. — Me desculpe.

A cabeça de Anna latejava.

— Você não é ruim. Nem um pouco. Você sempre foi uma menina maravilhosa. É... uma fase. Ser adolescente tem dessas coisas. Rebeldia. Além disso, você está passando por uma época ruim. Nós estamos. Até o papai.

— Ah, que se foda meu pai!

— Emily!

— Você ia renunciar a quê para me emprestar o dinheiro para ir à Flórida? Tem ideia de como me sinto culpada? Com todas essas bainhas rebaixadas e calças gastas nos fundilhos?

— Você queria que eu te emprestasse o dinheiro! Você me pediu!

— Eu sei. Me desculpe. Olhe, mãe, eu não quero brigar com você. Quero conversar. — Ela lhes serviu duas xícaras de chá e endireitou a postura. — Resolvi sair da faculdade.

— Emily, já disse que vou te dar o dinheiro.

— Eu sei. Eu sabia que você daria.

— Vou mesmo. Prometo. Eu entendo você. Você é jovem, e não se é jovem duas vezes. Quero que desfrute a vida ao máximo.

— E a sua vida?

— Não é responsabilidade sua nem problema seu. Eu tive a minha chance.

— Eu quero arrumar um emprego. Estou com 19 anos. Quero ter meu dinheiro e meu próprio apartamento.

— Eu sei que você não tem privacidade. Eu te ofereci o quarto.

— Pare de me oferecer coisas! — gritou Emily. Então ela começou a chorar. — Me desculpe. Desculpe por esta manhã. Desculpe por todas as manhãs. Eu venho me sentindo... em pedaços...

— Tudo bem, tudo bem. Não é motivo para sair da faculdade. Emily, não faça isso. Você sempre quis ir para a faculdade. Não é algo que só eu quis para você.

Emily tentou sorrir.

— Tem gente morrendo de fome no mundo todo. Um belo dia, um louco pode apertar um botão e acabar com tudo. Que diferença vai fazer ir para a faculdade?

— Vai fazer diferença para você. Para a sua vida.

— Que vida? Tudo isso fazia parte de uma outra vida. Cada vida tem seu próprio sonho. De qualquer modo — disse ela bruscamente —, andei experimentando roupas para procurar emprego. Estou legal?

— Sim. Linda. Ouça só, Emily, você está aborrecida. Vá à Flórida com seus amigos. Divirta-se. Há muito tempo que você não se diverte. Vai se sentir melhor na volta.

— Não. Vou me sentir pior.

— Pelo menos termine o semestre.

Emily balançou a cabeça negativamente.

— Preciso fazer isso enquanto posso. Penso em fazer isso há muito tempo. Hoje folheei o jornal e separei algumas possibilidades.

— Que tipo de emprego vai arrumar? Você não tem experiência.

— Garçonete. Fábricas. Qualquer coisa. Depois posso voltar a praticar digitação. — Ela levantou. — É melhor eu guardar essas roupas para amanhã. Mãe... quero que você entenda... a culpa não é sua.

— Não? — disse Anna, amargurada. — Então de quem é?

— De ninguém. Do mundo. Da época. Da vida. Tem que ser culpa de alguém? — De repente ela estava gritando. — Por que você está chorando?

Anna se levantou, decidida.

— Vou ligar para o seu pai. Nunca liguei para ele antes. Nunca pedi ajuda a ele antes. Mas vou ligar para ele agora.

Emily barrou seu caminho no umbral.

— Ele não está interessado. Minha vida mudou, mãe. Está diferente. Tenho que fazer outras coisas com ela. Tenho que encarar a realidade. Você também devia encarar a realidade. Ele não vai voltar nunca. Nunca.

— Mas eu sei disso.

Agora Emily chorava, lágrimas que Anna nunca tinha visto antes.

— Ele não quer mesmo mais saber da gente.

Anna abraçou-a.

— Não, querida. Sou *eu* quem ele não quer mais. Você sempre vai ser a filha dele.

Emily balançou a cabeça, soluçando.

— Ela está grávida. A Rosemary vai ter um filho. Ele tem 56 anos. Devia estar sendo avô, mas vai ser pai. Ele disse — Anna não sabia mais se Emily ria ou chorava — que me deix... deixava ficar de babá para eles...

Anna a abraçava, ninando-a, consolando-a, prendendo desesperadamente o próprio choro. Por um instante, ontem... seria ontem?... ela se sentira livre de Simon. Como se ele tivesse morrido. Ela se lembrava disso. Quando isso tinha acontecido? E como?

Emily saiu dos braços da mãe e secou os olhos.

— Mãe, por favor... me deixe fazer o que eu quero, sem me deixar com a sensação de que eu te desapontei, sem me sentir culpada.

— Tudo bem — disse Anna. — O que você quiser. — Queria dizer a ela: tente ser feliz. Porém não acreditava mais em felicidade. Não acreditava em mais nada. Já tivera um mundo e ele desmoronara. Desaparecera. Fora abandonada no vazio. No momento, não lhe restava sequer uma esperança.

— Mãe, eu vou me mudar.

— Tudo bem.

— Conheci duas meninas em uma festa no mês passado. Elas precisam de alguém para dividir o apartamento. Disseram que me ajudam até eu arranjar um emprego.

Emily devia estar com aquilo na cabeça há um bom tempo.

— Tudo bem.

O silêncio voltara a se alojar no quarto. Gélido. Mortal. Sentiu seu hálito frio. Queria pegá-la.

— Não vou te abandonar, mãe. Vamos nos ver. Vamos conversar. Você vai jantar comigo.

— Tudo bem.

— Não faça isso comigo! — gritou Emily. — Diga alguma coisa!

— Desculpe... me desculpe, Emily. Eu estava pensando em outra coisa. É claro que você tem que fazer o que acha melhor. A vida é sua. Você está crescida. Se não der certo, pode fazer outra coisa. Voltar a estudar. Você sempre será bem-vinda na minha casa.

— Você tem que começar uma vida sua.

— Se eu puder ajudar de alguma forma, me fale. Não vou oferecer nada. Sei que oferecer alguma coisa pode parecer vontade de interferir... — Agora ela falava demais e muito rápido. Isso não impedia o silêncio de cercá-la. — Quando você pretende se mudar?

— Quero me mudar o mais rápido possível. Hoje. Falei com minhas amigas enquanto você estava na rua. Se conseguir me acomodar lá hoje, posso procurar emprego amanhã de manhã. O apartamento fica em Manhattan.

— Ah... então é melhor fazer as malas. Posso ajudar?

— Não preciso... — começou ela, impaciente, mas se interrompeu e sorriu. — É claro que pode. Posso levar uns lençóis e fronhas e toalhas? Elas não têm para todas nós.

— Claro. Leve tudo o que quiser.

— Não vou conseguir levar tudo de uma vez. Vou voltar para pegar o resto. Venho te ver.

— Claro.

Emily parecia feliz. Havia muito tempo que ela não parecia feliz assim. Tagarelou sobre as meninas com quem ia morar e sobre os empregos que iria procurar no dia seguinte.

— Aviso você assim que conseguir alguma coisa. Amanhã à noite falo contigo.

Anna sorria, meneava a cabeça, dobrava coisas, fazia malas. O silêncio aguardava em sua tocaia. Estava por toda parte. Paciente. Inexorável.

As malas estavam feitas, fechadas e prontas. Emily provocou:

— Você não vai ter mais jeans e calcinhas pelo chão, nem cama desarrumada na sala.

— Vou sentir falta — disse Anna.

— Quando eu vier de visita, faço bagunça pra você. As meninas são bem organizadas. O lugar é pequeno.

Ambas riram.

— Obrigada pela ajuda, mãe. Você sempre foi boa em fazer malas. Eu me lembro de quando ia acampar, de quanta coisa você conseguia enfiar em uma só mala.

O espectro de Simon retornou, rindo da sua cara quando ela chorou ao mandar uma despreocupada Emily para o acampamento pela primeira vez. Ele lhe comprara um sundae com calda quente, nozes e creme chantili para consolá-la. "Como vou me sentir melhor ficando gorda?", dissera ela, rindo. Então seguiram para casa, arrancaram as roupas e foram para a cama. Foi uma segunda lua de mel.

— Escrevi o endereço e o número de telefone na sua agenda.

— Que bom. Se quiser, te dou carona até lá.

— Não. Quero começar sozinha. Cuidando da minha vida. Você entende...?

— Claro. — Tudo bem.

Emily ficou abraçada com ela um bom tempo.

— Vá. Suma daqui antes que eu chore — avisou Anna. — E boa sorte.

— Te amo, mãe — disse Emily.

E então já não estava lá.

Anna voltou-se para o apartamento e encarou o silêncio.

E a memória que forçava a entrada em sua consciência.

Capítulo 11

O caso tomou de assalto a mente de Bernie. Ele não lutou contra. Algo naquele caso o incitava. Ficou se perguntando se simplesmente procurava algo para entreter seus pensamentos.

Ele havia revisado os fatos várias vezes com Johnson e Ramirez. Eles não notaram nenhum guarda-chuva. Ainda não tinham feito buscas naquela parte do apartamento. Ramirez fechara a porta? Ele achava que sim. Bem, ele não tinha certeza. Saíra com pressa para pegar o elevador.

Alguém tinha vindo até a porta?

Não. Ou talvez tenha. Johnson pensou ter ouvido alguém à porta. Quando foi olhar, não havia ninguém ali.

A porta estava aberta quando Johnson foi até ela? Ele deu uma olhadela para Ramirez. Não queria causar problemas ao parceiro. Um parceiro era vital na vida de qualquer policial. Mas sim, a porta estava aberta.

Tinha alguém no corredor?

Sim. Uma mulher entrou no elevador. Ele não tinha certeza quanto às roupas que ela usava. Achava que eram vermelhas. Um casaco vermelho. O elevador estava no andar e ela entrou. Ele não notou guarda-chuva nenhum.

Quer dizer que ela não estava com nenhum guarda-chuva?

Não. Ele quis dizer que não reparou nisso.

Será que ela podia estar com um guarda-chuva? Há uma possibilidade? Uma pergunta dessas seria motivo para qualquer tribunal dar o caso por encerrado.

A porta estava aberta o bastante para alguém de pé do lado de fora enfiar a mão e pegar um guarda-chuva lá dentro? Qualquer advogado de porta de cadeia o mataria nessa pergunta.

Estavam pensando se ele tinha ficado maluco. Ele sabia. Afinal, de que guarda-chuva estava falando?

Não era nem um caso com que tivesse de se envolver. Ele poderia tê-lo deixado totalmente a cargo da Homicídios. Atendeu uma chamada do capitão Feeley, da Homicídios.

— O que tem esse guarda-chuva, inspetor? Tem certeza de que o viu? Quer dizer, sabe como é... às vezes a pessoa pensa ter visto alguma coisa e na verdade está lembrando de algo que viu em outro lugar.

— Não me diga. Isso acontece mesmo, Feeley?

— Eu sei que não preciso te dizer isso.

— Tem razão. Não precisa — rebateu ele. Não disse: "Sou o delegado. Seu superior." Já se conheciam há tempo demais para que fizesse isso. Feeley tinha sido seu primeiro parceiro.

— Ora, Bernie, o que é isso... você anda tão nervoso ultimamente, sabia?

— Não, não sabia. — E não sabia mesmo. Torceu para Feeley não estar certo. Não gostava de gente que lavava roupa suja no trabalho.

— O que minha equipe está vendo é um assassinato banal entre bichas. Talvez tenham brigado por drogas. Havia uma boa quantidade no local.

— Mas que pepino.

— Muito engraçado, inspetor. O cesto tinha dois tamanhos de roupa suja de homem. Nenhuma de mulher.

— Então era um guarda-chuva de veado. Eles também usam guarda-chuvas. Você só tem que encontrá-lo.

— Que guarda-chuva? E você viu como fatiaram o picles. Quem mais faz esse tipo de coisa?

— Não sei. Mas os veados não têm direitos reservados sobre essa performance. Além disso, não estava fatiado. O legista disse que foram dentadas.

— Você está mesmo interessado.

— Bastou um telefonema.

— Por quê?

— Era a forma mais rápida de obter informações.

— Você vai ganhar o Oscar de melhor comediante da delegacia. O que quero saber é por que está interessado.

— Aconteceu na minha jurisdição. Por acaso eu estava passando. Por acaso ouvi o 1010. Por acaso eu estava com tempo. Resolvi dar um pulo aqui. Às vezes faço isso. Meus homens ficam em alerta sabendo que eu posso aparecer em qualquer lugar, a qualquer hora. — Ele desligou. Mas entendeu. Todo departamento tinha de se proteger. Feeley sentia-se ameaçado. E Feeley era seu amigo.

— Então esqueça, Bernstein — disse para si mesmo. — Arrume outro caso com que se preocupar.

*

Sozinho em seu gabinete, Bernie começou a prestar atenção no ruído lá de fora. Vozerio e risadas rouquenhas. Vozes de mulher. Tinham recolhido as prostitutas. Os jornais andavam fazendo campanha contra a imoralidade urbana. O prefeito havia desencavado as velhas declarações sobre limpar as ruas. A mensagem fora passada às delegacias: "Catem as meninas." Puro aborrecimento. As meninas saíam de novo em um par de horas; só precisariam trabalhar mais tempo ou fazer mais programas para alcançar a meta de seus cafetões.

Tinham trazido um grupo barulhento dessa vez. Estavam-no deixando com dor de cabeça. Ele saiu para ver o que estava acontecendo.

Havia um grupo de oito ou dez, a maioria jovem, de calças justas de cores fosforescentes. Ainda estava muito frio para a temporada dos shortinhos, embora algumas delas tivessem abdicado das jaquetas e saído com blusas minúsculas. Todas já estiveram ali antes, exceto uma delas, uma mocinha loura muito nova, de uns 15 anos provavelmente, com uma blusa justíssima de amplo decote e mangas compridas. Sem dúvida, haveria marcas de agulha sob aquelas mangas.

Ele se aproximou delas.

— Calem a boca! — disse, furioso. — Estão me dando dor de cabeça.

A loura novinha chegou perto, perto o bastante para ele ver seus olhos avermelhados e injetados, e até as pupilas dilatadas. Ela era alta, bem magra, com quadris estreitos e seios fartos, e seu cabelo evocava campos de trigo, embora ele nunca tivesse visto um campo de trigo na vida.

— Sei a melhor cura para dores de cabeça — disse ela, com a fala meio arrastada. Ela pôs os braços ao redor do pescoço dele, apertando seu corpo contra o dele. — Eu consigo curar o que quer que você tenha, vovô — murmurou ela, exalando em sua orelha.

Para seu horror, Bernie sentiu uma dolorosa ereção despontar. Seu rosto se incendiou. Repeliu-a com tanta força que ela perdeu o equilíbrio e caiu.

— Podem autuá-la — disse ele, virando-se depressa para esconder o volume em suas calças. — Fiquem com ela até descobrirmos de onde saiu. Quanto às outras moças: silêncio. — Ele andou a passos largos até seu gabinete e bateu a porta.

Uma das moças negras deu risada.

— Ninguém te disse para não mexer com o rabino, menina?

— Vamos lá, Minnesota, upa-lalá. Levantando. Sua mãe vai ficar preocupada.

— Não vai, não. — A voz da menina era tristonha. — E você podia ter me pagado antes de me arrastar para cá.

— Cacete, não acredito que você vai tentar esse truque velho comigo — o policial riu.

— Não é truque nenhum.

— Você não conheceu o velho? Acha que eu ia tentar isso com ele de delegado? Menina, seu *lugar* é de volta na fazenda. Essa é a delegacia mais limpa que vai encontrar na vida.

Bernie entrou na parte mais reservada de seu gabinete para não os ouvir mais, e fechou a porta. Ele precisava de silêncio, precisava sentar e pensar. Seu corpo tremia. A menina, com seu corpo jovem e forte, cheirando a sexo e perfume vagabundo, tinha tido efeito sobre ele. Bernie sentiu uma mistura de vergonha e raiva. Raiva de Linda. Ele ainda era jovem, vigoroso e forte. Não era feito de pedra. Conversaria com ela e ela teria de entender. Ainda era a mulher dele.

Capítulo 12

Quando o telefone tocou, na penumbra do quarto, Janet Stone pensou que era o alarme. Seu braço emergiu entre os cobertores e estapeou o relógio sem que ela abrisse os olhos. Ela permaneceria ali deitada por mais dez minutos, acostumando-se a estar acordada, compondo-se. A campainha não parou. De repente, ela percebeu que não era o alarme, e sim o telefone. A uma hora daquelas, tinha de ser um dos filhos com problemas. Ela saiu voando da cama e agarrou o fone.

— Alô!

— Mãe...

Ao ouvir a voz de Stevie, ela soube na mesma hora que algo tinha saído muito errado. Ele nunca ligava para ela.

— O que houve? Qual é o problema? — gritou ela.

Stevie sentiu uma raiva familiar. Logo de cara, já devia ser algum problema. Ela era assim. Chata pra cacete.

— Quem disse que tem algo errado?

— Você tem ideia de que horas são? Por que está ligando a uma hora dessas?

— Então se não vai querer falar comigo, eu desligo.

— Stevie, é claro que quero falar com você! Mas são cinco da manhã. Onde você está?

— Não sei.

— Como assim você não sabe? Não está com o seu pai?

— Estou em um telefone público. — Ele espirrou. Seu nariz escorria. Sentia um frio horrível.

— O que está fazendo num telefone público a uma hora dessas? Você devia estar dormindo.

Jesus, ela era pior que a droga da polícia. Talvez ele devesse voltar à casa de George. Os policiais já deviam ter ido embora. Mas ele não tinha grana. E se os caras ainda estivessem lá? E se fosse *ele* quem eles quisessem?

Stevie chorou de novo.

— Stevie, ouça, não desligue. Vá lá fora e veja se consegue ler uma placa de rua. Espere. Primeiro me dê o número desse telefone. Pode ser?

— Tá.

— Tudo bem. Leia o número para mim.

Ele o leu para a mãe. Ela o confirmou.

— Certo, agora desligue. Vou te ligar de volta em seguida. Não vá embora, Stevie.

Maldito George. Nunca deveria ter deixado Stevie ir embora para morar com ele. Nunca deveria ter dado ouvidos àquela maldita assistente social. Deveria ter obrigado Stevie a ficar com ela. O tribunal o teria obrigado. Queria ver a cara que aquela assistente social faria agora. Ela discou freneticamente. O telefone foi atendido após o primeiro toque.

— Steven?

— Sim.

— Graças a Deus. Não desligue, tá bom. Saia para descobrir onde você está. Olhe as placas das ruas. Depois volte e me diga.

Ele precisou ir até a esquina seguinte para encontrar uma placa de rua. Seu corpo parecia ser de gelo quando voltou e disse onde estava.

— Vou aí te pegar. Me espere.
— Você sabe onde fica?
— Eu encontro. Não vá embora.
— Quanto tempo você vai demorar?
— Não muito. Meia hora. O trânsito não é ruim a essa hora. Você consegue chegar em casa sozinho?
— Estou sem grana — respondeu ele, aborrecido. — E não tem táxis por aqui.

Não devia ter ligado para ela. Não queria ir para casa. Faça o dever; arrume sua cama; pratique o maldito violino. E sempre criticando George. Ele queria continuar com George. Quem será que tinha dedurado o George? Talvez aquela puta velha tivesse parte com a polícia. George estava sempre trazendo essas putas de merda para casa. Era de se imaginar que uma delas podia no mínimo lavar a louça deles.

— Stevie, ainda está aí?
— Está muito frio.
— Vou levar o casaco que você deixou aqui. E chocolates. Espere na cabine, assim posso te ligar se por acaso acontecer alguma coisa.

Ela estava sempre esperando que algo acontecesse. É assim que vivia sua vida. "Se por acaso..." E que diabos era para ele fazer enquanto a esperava?

Janet Stone estava determinada a ter o máximo de cuidado. A assistente social sempre dizia: "*Não* critique o pai na frente dele. *Não* o obrigue a defender o pai nem a fazer escolhas. Sobretudo, *não* faça o menino se sentir culpado por não te ligar nem por nada que ele possa ter feito ou deixado de fazer. *Não* lhe diga que seus olhos estão injetados. *Não* lhe faça perguntas. Deixe que ele conte o que quiser lhe contar. Se você oferecer alguma coisa a ele, *não* insista para que aceite. *Não* discuta. *Aceite-o.* Lembre-se de que você o ama. ACEITE-O."

Tudo bem. Ela tentaria fazer dessa forma. Tentaria de *qualquer* forma que pudesse. Mas não deixaria que ele saísse de perto dela de novo.

Janet não disse nada ao encontrá-lo encolhido no chão da cabine telefônica. Deu-lhe o casaco e o chocolate dentro do carro, e a garrafa térmica com chá quente que fizera enquanto vestia alguma coisa. Ligou o aquecedor no máximo. Não reclamou quando ele ligou alto o rádio numa estação de rock. "*Não se deixe cair em provocações. Ele vai tentar provocá-la.*"

Quando chegaram em casa, ela lhe perguntou se ele queria um banho quente e Stevie disse que não. Ela não insistiu. O rosto dele estava ruborizado, parecia febril. Depois que ele subiu para o segundo andar, ela ouviu a água correndo na banheira. Ele desceu de pijama e robe; ela perguntou:

— Quer tomar café da manhã?

— Eu mesmo posso me servir — disse ele. — Não sou mais criança, sabe.

Apertando os lábios, ela saiu do cômodo. Ouviu a geladeira e os armários serem abertos e fechados, e os pratos e talheres colidirem. Quando o ouviu resmungar que não havia cereal açucarado, subiu e arrumou sua cama, além de limpar o banheiro. Quando subiu, ele olhou no quarto dela.

— Você não vai trabalhar hoje?
— Hoje é domingo.
— Ah, é. Sorte a sua não trabalhar hoje.
— Eu teria ido te buscar de qualquer forma, Stevie.
Era a coisa errada a dizer. Ela viu que ele reagiu mal.
— Só estou de visita — disse ele. Virou-se aborrecido e foi até o quarto, onde bateu a porta.

Ela queria saber o que havia acontecido. Mas a última pessoa com quem queria falar no mundo era George. Aquele filho da puta. Ela teria de esperar até Stevie resolver contar para ela. O importante era que o filho estava em casa e ela não ia deixá-lo ir embora de novo.

Uma hora depois, Janet abriu suavemente a porta dele e espiou. Ele dormia, respirando forte pela boca. Seus olhos marejaram. Ela se lembrou de quando ele era bebê, época em que costumava andar na ponta do pé pelo quarto para observar seu sono. Filho dela. As irmãs dele costumavam acusá-la de gostar mais dele por ser menino. Rechonchudo e gentil. Este é meu filho, Dr. Steven Stone...

Meu Deus... meu filho, o maconheiro.

Meu marido, o filho da puta.

Ela fechou a porta. Tudo bem, assistente social, um dia de cada vez. Sobrevivi ao de ontem; sobreviverei ao de amanhã. Vou superar isso. Sou forte. E você também vai superar isso, Stevie, pois está em casa comigo.

Voltou à cozinha, lavou e secou os pratos, e por fim os guardou. À noite, faria lasanha. Stevie adorava sua lasanha. E ensopado de vagem com cebolas e cogumelos ao molho branco e salada temperada com *sour cream* e pudim de chocolate com chantili de verdade. Amanhã ela o faria retomar a dieta. Ele havia engordado de novo. Comendo porcarias na casa do pai. Hoje ela o alimentaria com tudo o que ele gostava. Devagar. Precisava ir devagar.

Stevie ainda dormia no meio da tarde. O molho da lasanha borbulhava no fogão e o ensopado de vagem estava sobre o balcão, pronto para ir ao forno, quando a campainha tocou. Ela espiou pela janelinha em losango da porta antes de abri-la, como sempre fazia.

Havia dois policiais à porta; um negro, robusto; o outro parecia hispânico.

— Por favor, meu Deus... que não seja por causa do Stevie...

Ela inspirou profundamente e abriu a porta.

— Sra. Stone?

Janet precisava pensar. Precisava atrasá-los um minuto.

— Posso ver seus distintivos, por favor?

Educadamente, eles lhe estenderam seus documentos. Ela os examinou com cuidado, sem ver nada, tentando ganhar tempo para se acalmar. O medo que pulsava em sua cabeça embaçava seus olhos.

— Obrigada. É preciso ter muito cuidado sendo uma mulher sozinha — disse ela. Precisava ficar calma. Não podia deixar que vissem suas mãos tremendo. Devolveu-lhes os documentos.

— Sim, senhora. Você é a Sra. Stone?

Ela ainda hesitava. Agora se sentia pouco à vontade em dizer que era. Algum dia ainda mudaria aquele nome. Quando as crianças estivessem crescidas e isso não importasse mais a elas. Por que deveria dizer que era a Sra. Stone quando não era mais a Sra. Stone?

— Sim — afirmou ela por fim. — É meu nome.

— Sra. Stone, houve um problema no apartamento do seu marido.

— Ex-marido.

Ela saiu à varanda e fechou a porta. Se aquilo tinha algo a ver com George, ela não queria que Stevie ficasse sabendo nem se envolvesse.

— Que tipo de problema?

Eles pareciam constrangidos.

— Foi encontrado um corpo no quarto dele, na cama. Um corpo de homem. Precisamos identificá-lo.

— Posso lhes dar um retrato. Vocês mesmos podem fazer a comparação.

— Não é assim tão simples, senhora. O corpo está num estado de difícil identificação. Pode nos dizer se o Sr. Stone possuía algum sinal identificável? Sinais de nascença ou cicatrizes. Qualquer coisa digna de nota.

— O Sr. Stone não tem nada digno de nota — falou ela, seca.

— Você sabe quem era o dentista dele? Ele pode ser identificado por meio dos dentes. Coroas ou pontes...

— Posso dizer quem é o dentista com quem ele costumava se consultar. No Brooklyn. Não sei a que dentista ele vai agora. Por que não conseguem reconhecê-lo pelo rosto?

— Parece ter havido algum... acidente.

— Que tipo de acidente?

— É possível que tenham assassinado o Sr. Stone. Se aquela pessoa for o Sr. Stone.

Ela forçou seu rosto a não demonstrar nada, mas estremeceu.

— Estou com frio aqui fora — disse ela. — Desculpem, mas não posso convidá-los para entrar; acabei de lavar o chão. Não posso ajudá-los. Desculpem.

— Você seria capaz de reconhecer o corpo dele? O tronco. O resto ficaria coberto.

— Faz 8 anos. Dez, na verdade, desde que vi o corpo do Sr. Stone. Não creio que possa ajudá-los. — Agora ela estava mais calma.

— A senhora poderia tentar?

— É obrigatório?

— Não.

— Eu não quero vê-lo.

— Saberia nos dizer com quem ele está morando?

— Não. Não sei nada sobre ele. Não o vejo pessoalmente nem falo com ele há anos. Só tratamos por meio de advogados. Creio que ele... mudou... bastante desde que nós.. desde que eu o vi.

— Você não sabe com quem ele possa estar dividindo o apartamento? Um homem?

— Não. Não, não sei. Algum vagabundo da laia dele, talvez. Eu não tenho tido nenhum tipo de contato com ele. Desculpe não poder ajudá-los. Está muito frio. — Tremendo, ela se voltou para a porta.

— Parece que você não gostava muito dele — disse o policial negro.

Ela se voltou para ele.

— Nós nos divorciamos — declarou friamente. — Veio me prender por isso?

— Não, senhora. Não viemos prender ninguém.

— Então, boa tarde — disse ela, entrando rápido em casa. Escorou-se na porta fechada, tremendo violentamente. Não conseguia se controlar. Teve medo de que do outro lado da rua eles ouvissem seus dentes batendo.

Ela se virou e espiou pela janelinha da porta. Viu os policiais indo embora. Estava certa de que o quarteirão inteiro os vira, também. Maldito George. Maldito, maldito, maldito.

Ainda tremendo, sentou-se à mesa da cozinha para pensar. Não queria saber o que tinha acontecido. Só sabia que precisava afastar Stevie dali. Da cidade. Do estado. Mandá-lo para bem longe. Longe de qualquer problema em que tivesse se metido. A culpa era toda do pai dele. Ela não queria que a polícia o interrogasse.

Capítulo 13

Dirigir era o mais difícil, pensou Bernie. Não conseguia controlar seus pensamentos enquanto dirigia; eles o sufocavam. O rádio não ajudava. Estava repleto dos homicídios daquela manhã. Os repórteres estavam todos na rua. Sentia-se prisioneiro em seu carro, cativo da própria mente, atormentado por ela. A chuva também não ajudava. Era como uma cortina negra molhada que o embuçava, isolando-o do mundo exterior.

O incidente com a jovem prostituta o desestabilizara. Havia muito tempo que estava sem mulher, sem Linda. Naquela noite trataria desse assunto. Já tinha sido paciente por um bom tempo. Por tempo demais.

Ele repassou meticulosamente na cabeça o que haveria de conversar com ela. Revisando. Planejando. Ensaiando. Deviam viajar juntos. Tirar férias. Só eles dois. Ficar sozinhos. Sem o Theo. Nunca iam a parte alguma sem o filho. Nunca iam a *parte alguma*. Poderiam tirar uns dias e ir. Relaxar. Dar risada. Amar. "Eu te amo, Linda. Preciso de você..." Ele a envolveria em seus braços, a beijaria...

Ela devia precisar dele. Não havia outro homem. Disso ele estava certo.

Parou em uma floricultura e comprou-lhe flores. Rosas de talo comprido. Caras. Não se importou. Estava animado. Há tempos que não comprava flores para Linda. Antigamente, trazia-lhe flores todas as sextas, como seu pai fazia com sua mãe, para dar boas-vindas ao Sabá. Ele voltaria a fazê-lo. As coisas haviam de mudar. Ele mal podia esperar para chegar em casa.

Quando chegou, saiu correndo do carro, indiferente à chuva. As coisas iam melhorar. Ele sabia. Sabia que podia ao menos convencê-la a tentar. Só tentar. Linda precisava tentar. Um dia, ela já o amara.

Estava empolgado demais para esperar o elevador. Subiu correndo três andares de escada até o apartamento, as chaves na mão.

A chave não entrava na fechadura. Ele fez força. Só entrou pela metade. Quase não conseguiu tirá-la. Droga! Deviam ser as chaves do gabinete.

Mas não eram as chaves do gabinete. Examinou-as com cuidado. As chaves nunca tinham emperrado. Ele tentou a fechadura de cima. A chave nem sequer entrou.

Será que estava no andar errado? No apartamento errado? Não. O número era 3D. A plaqueta do nome era "Bernstein". As fechaduras brilhavam como novas na porta metálica escura.

Eram novas. Tinham trocado as fechaduras. Ele não parecia entender o que havia acontecido.

Pôs o dedo na campainha e firmou-o lá. Ele a ouvia lá dentro, um som áspero e contínuo. Mais nada. Nem sinal de passos no interior vindo atender a porta.

Ela estava em casa. Tinha certeza de que ela estava em casa. Achou que conseguia ouvi-la respirar atrás da porta. Ela sempre estava em casa a essa hora. Estaria em casa com Theo. Ele socou a porta e gritou:

— Linda!

A porta vizinha se abriu. Uma adolescente pôs a cabeça para fora.

— Oi, inspetor Bernstein — disse ela com a voz tímida.

Ele tirou o dedo da campainha e lutou para controlar sua voz.

— Oi. Oi, Patty.

— A Sra. Bernstein me pediu para te dar esta carta. Ela disse que precisou sair com o Theo.

Ele esboçou uma dolorosa tentativa de sorriso.

— Obrigado, Patty.

Ela o observava, esperando-o abrir a carta. A mocinha inoportuna tinha uma queda por ele.

— Obrigado — disse ele outra vez.

— Ah... tá. De nada. — Ela recolheu a cabeça, piscando e sorrindo, e por fim fechou a porta.

As mãos dele tremiam. Havia deixado o envelope todo amassado. O bilhete dentro dele era curto.

> Troquei as fechaduras. Penso em fazer isso há muito tempo. O Theo vai viver melhor longe de você. Fiz uma mala com as suas coisas. Está com o zelador. Me ligue quando estiver pronto para vir buscar o resto. Assim vai ser melhor para todo mundo. Deixei 300 dólares no banco para você. Levei todo o resto do dinheiro e o coloquei no nome de Theo, eu sou a responsável. Você sabe que o Theo vai precisar dele.

Ele lia e relia o bilhete. Não sabia o que fazer. Sentia-se absolutamente impotente. Seu cérebro e seu corpo estavam paralisados.

No final do corredor, uma porta se abriu e uma mulher veio em sua direção. Ela passou por ele e sorriu, seguindo o caminho até o elevador. Bernie sorriu também. Conhecia todo mundo daquele andar. Ele e Linda moraram ali o casamento inteiro.

Era assim que terminava um casamento? Com um bilhete nem sequer assinado? Nem mesmo se dirigindo a ele? Sem "Querido Bernie... da sua querida esposa, Linda..."

— Seguro o elevador?

— O quê?

— Seguro o elevador para você, inspetor? Você vai descer? — A mulher estava segurando a porta do elevador.

— Não. Não, obrigado. Obrigado mesmo assim, Sra. Gardner.

Tinha certeza de que Linda estava no apartamento. Provavelmente trancada no quarto de Theo com ele, lendo para ele, ajudando-o com o dever, ou dando banho nele. O menino tinha 12 anos e ela ainda lhe dava banho.

Ele poderia ficar esmurrando a porta até ela atender. Esmurrar a porta e tocar a campainha. Fazer uma cena. Ela iria detestar. Isso a deixaria totalmente desconcertada. Estava sempre tão preocupada com o que "as pessoas" iriam pensar. Vizinhos. Amigos. Desconhecidos.

E quanto ao que eu sinto, Linda? O que eu sinto?

Se ele esmurrasse a porta, será que ela chamaria a polícia? Ele sorriu com amargura. A polícia já estava lá.

Ele poderia trazer um chaveiro e dizer que tinha perdido as chaves. Abrir a porta. E depois o quê? Fazer o que

Sean faria? O Sean tão querido por ela. Deixar seus olhos roxos, o nariz quebrado, alguns dentes a menos. E depois o quê? Recolher aqueles 49 quilos de mulher, jogá-la na cama e rasgar suas roupas...

E depois o que, Bernie Bernstein, bom rapaz judeu? Depois o quê?

Estava cansado demais. Não tinha dormido muito durante a noite anterior. Sua cabeça voltara a latejar no local dos pontos dados pelo médico. Hoje ele precisou responder muitas perguntas sobre aqueles pontos, e mentir bastante em resposta. Bernie não gostava de mentir.

Ele não podia permanecer no corredor a noite inteira. Apanhou sua mala com o zelador.

— Indo viajar, inspetor?

— Hummm... — fez ele, meneando a cabeça e tentando sorrir.

— Sei. Missão secreta da polícia.

Bernie sorriu mais.

Colocou a bolsa dentro do porta-malas. Ainda estava com o buquê de flores na mão; atirou-o dentro do porta-malas também. Sentou no banco do motorista e sentiu-se novamente paralisado. Estava ensopado, com frio e sozinho. O que ia fazer agora? Para onde poderia ir?

Não tinha amigos de verdade. Com o passar dos anos, Linda foi cortando seu contato com os amigos. Não se lembrava mais de quando tinham convidado alguém a visitá-los pela última vez, exceto por Sean e sua esposa, ou saído com alguém a não ser para visitar Sean em uma ocasional tarde de domingo. Não tinha família a quem pudesse recorrer. Sua mãe estava em uma casa de repouso para idosos. Às vezes ela o reconhecia; na maioria das vezes, ela não sabia quem ele era. Suas duas irmãs moravam na Califórnia..

Ficou sentado em seu carro por um bom tempo, sem pensar, sem sentir. Entorpecido. O vento arremessava chuva contra o para-brisa.

De repente se sentiu extremamente solitário e com medo. Nunca tinha sentido medo de verdade antes, mesmo em situações de perigo físico. Não tinha nem mesmo certeza do que temia.

E estava gelado, ensopado. Espirrou.

— *Gesundheit*, inspetor — falou. — É bem do que precisa agora: de um resfriado. Arrume um hotel e uma banheira quente e depois...

Depois?

Capítulo 14

O mensageiro disse:

— Obrigado, senhor. Caso deseje mais alguma coisa, não hesite... — Demorou-se mais um pouco no quarto, mas por fim saiu e fechou a porta.

Bernie estava sozinho.

Nada se mexia no quarto sombrio. Madeira escura, colcha escura, cortinas escuras. Ele andou até a janela e abriu as cortinas. A janela dava para um pátio interno. Quadrado, escuro e vazio, com todas as janelas ao redor fechadas e vedadas, tal e qual um túmulo. Até o vento parecia ter cessado ali, e a chuva caía reto. Ele fechou as cortinas e virou-se para o quarto. Sentia-se desoladíssimo, abandonado naquele hotel lúgubre e estranho. Tinha 1,93m, 90 quilos de carne firme, e se sentia abandonado. Sentir-se assim o humilhou. Ele era atraente, sabia disso. Se Linda não o quisesse, era ela quem estava perdendo. Ele era um homem com muito amor para dar.

Bernie tremia em suas roupas molhadas. Policial de cidade grande. Conhecedor das ruas. Tinha galgado escalões até chegar a inspetor. As coisas que vira, com que lidara, ao longo do caminho... e essa era a primeira vez em que se hospedava sozinho em um hotel na cidade. Ficara constrangido em se registrar sozinho. Como um mendigo imprestável, sem casa, sem lugar para fugir da chuva. Sem mulher para lhe abrir a porta sorrindo, com amor. Ah, sim, e canja de galinha, Bernstein. Não se esqueça da canja...

Ele espirrou. Ande logo, antes que pegue um resfriado.

Abriu a mala. Linda tinha feito uma mala irrepreensível, como sempre. Ele sabia que teria tudo que fosse necessário. Encontrou cuecas e um robe, tirou as roupas molhadas e entrou num banho quente.

Ficou um bom tempo no chuveiro. Com a água quente se derramando sobre ele, concentrou-se em se aquecer, em relaxar os nervos tensos de seus membros.

Ao sair do chuveiro, ligou todas as luzes e a televisão. Não ajudava, mas ele deixou tudo ligado assim mesmo. Ao menos, a televisão era uma voz. Distraía-o, embora não a estivesse ouvindo. Impedia-o de pensar. Ele ainda não queria pensar. Começou a desfazer a mala, admirando o capricho com que Linda tinha se preparado para despachá-lo: cuecas dentro da dobra de calças para que não amarrotassem, meias enfiadas em espaços vagos, sapatos em sacolas plásticas. Até uma escova de dentes nova. Há quanto tempo ela estaria planejando isso?

Ele deixou cair a tampa da mala. De repente desfazê-la parecia doloroso demais. Desfazer a mala tornaria tudo definitivo. Significaria aceitação.

Consultou o relógio. Cinco da tarde. Você precisa, Bernstein, é de algo para comer. Não que estivesse com fome, mas seria algo para fazer. Ele não queria sair de novo na chuva. Ligou para o serviço de quarto.

O mesmo rapaz que carregara as malas lhe trouxe o jantar. Um jovem magrelo, um garoto da cidade. Tinha pegado a mala antes que Bernie pudesse impedi-lo e a levara para cima. Bernie jamais gostou que alguém carregasse malas para ele. Era sempre maior que qualquer carregador. O rapaz se demorou novamente depois de Bernie ter lhe dado a gorjeta.

— O senhor vai querer mais alguma coisa?
— Isso aqui está bom — disse Bernie.
— Além de comida. — O rapaz olhou para ele diretamente, franco.

Bernie torceu para não aparentar o desconforto que sentia. Você é o quê, Bernie, um adolescente virgem que sonha em ser poeta?

— O que você tem?
— Loura, morena ou ruiva — respondeu o mensageiro — Branca, preta ou amarela.
— Como você sabe que não sou policial?
— Você é?
— Tenho cara de policial?

Ele deu de ombros.

— Tem cara de cansado e sozinho. — E aguardou.
— Nada de louras — ouviu-se dizer Bernie com voz rouca, exasperado e triste.
— Em mais ou menos uma hora, senhor?

Bernie fez que sim. Aumentou mais a TV e olhou fixamente para ela porque não havia mais o que fazer, e comeu um pouco da comida que tinha pedido porque não havia mais o que fazer, e escovou os dentes com a escova nova porque não havia mais o que fazer. E aguardou. No quarto desolado com a luz vacilante da TV. Ouviu uma risada e ficou alarmado. Tinha sido na televisão. Ele estava espantado com o fato de as pessoas ainda papearem e rirem.

Levantou-se, desligou o som e deitou de novo. De repente, começou a pensar na garota que estava vindo. Será que ele conseguiria mesmo fazer aquilo?

Ele nunca estivera com uma prostituta. Ouviu a voz de Linda: "Bernie Bernstein, bom menino judeu", zombando dele.

Bem, foda-se, Linda.

Estava pronto para a garota quando ela chegou, uma moça rechonchuda de seios grandes, com cabelo laranja comprido e armado. Ela disse:

— Mas você é dos grandes, hein?

— Por toda parte — disse ele. — Não quero conversar.

— Como quiser, querido — concordou ela. — Mas primeiro o pagamento. Cinquenta dólares

— O rapaz disse 25.

— Trinta e cinco.

— Trinta. — Você esta se esquivando, Bernstein.

— Não — disse ela, firme. — Trinta e cinco.

Ele se levantou e pegou o dinheiro na carteira. Separou 35 dólares contados e lhe deu, colocando o resto de volta na carteira. Ela pôs o dinheiro na bolsinha. Então estendeu a mão às costas, abriu o zíper do vestido, saiu dele e dobrou-o sobre uma cadeira, em cima da bolsa. Seus seios grandes balançavam livremente feito pêndulos a cada movimento. Ela usava apenas uma calcinha verde de estampa floral, que tirou quando foi até a cama se equilibrando nos saltos altíssimos.

— Você quer algo especial, querido?

— Que fique quieta.

Bernie apagou todas as luzes. Quando voltou à cama, ela estava deitada, de costas, de pernas separadas e joelhos apontando para o alto. Suas coxas eram gordas e muito brancas. Por um terrível momento ele pensou que não ia conseguir ir adiante com aquilo. Mas ela ficou de lado, pegou seu pênis com suas mãos gorduchas macias e o manipulou. Era uma profissional experiente.

— Mete este pau grande aqui na sua gostosa, querido — disse ela. Ele a empurrou para que ficasse de bruços. Não queria ver o seu rosto. E subiu em cima dela.

Por um momento, por um momento prolongado, intenso, delirante, ele amou; amou aquela carne macia, receptiva, que se abria para ele, reagia a ele. Ouvia-se gemer, tremer e suspirar...

Depois ficou deitado de bruços ao lado dela, com o braço cobrindo seus seios, quase caindo no sono. Ele a ouviu dizer baixinho:

— Você é ótimo, querido...

Não respondeu. Respirava profunda e ritmadamente, como se tivesse adormecido, desejando, de repente, com certo desespero, que ela sumisse dali.

— Dormindo, querido?

Não respondeu. Estava grato por ter pagado adiantado. Talvez ela fosse embora e ele pudesse dormir. Suavemente, muito devagar, ela deslizou até sair de debaixo do seu braço, e ficou ao lado, deitada. Ele sentia o corpo dela tenso, tenso na espera.

— Querido... — sussurrou ela. De pronto ele ficou desperto, alerta, mas não respondeu. Não se mexeu.

Ele a ouviu levantar. Abriu os olhos. Ela calçara os sapatos e andava em silêncio pelo chão acarpetado na direção da cadeira com seu vestido. Ela o vestiu e deu uma olhada ressabiada para Bernie. Na penumbra, ele sabia que ela não conseguia enxergar os olhos dele que, entreabertos, a observavam. Ela só via que ele não tinha se mexido. Ela abriu a bolsa, remexeu, e tirou algo que segurou na mão fechada. Dando outra olhada para o corpo inerte de Bernie, andou sem fazer barulho até as calças dele. Estava com a carteira aberta nas mãos quando ele se mexeu. Pulou da cama e a atacou. Ela desviou, deixando cair a carteira. Ele ouviu um clique e viu a lâmina nas mãos dela ser arremetida contra o ventre dele. Bernie se jogou no chão, agarrando-a pelos joelhos com uma das mãos, puxando-os em sua direção, e empurrando-a para trás com a outra. Ela caiu de costas, derrubando a cadeira, mas não largou o canivete. Ela rolou rápido para longe dele, ficando de joelhos, com o canivete à frente e a virilha dele na mira.

— Fique aí — disse ela. — Fique aí senão corto seu saco fora. — Lentamente, tensa, os olhos nunca despregando dele, ela levantou e se esgueirou na direção da porta. O canivete em suas mãos estava firme. Ela girou a tranca atrás de si, abrindo-a. O clique soou como um tiro no silêncio do quarto.

Ele poderia tê-la deixado ir embora.

Mas a raiva inundou seu corpo. E a vergonha, por ter se colocado naquela situação. E mais uma coisa. Ódio. Por Linda. Rasgou-o feito uma bala.

Ele saltou sobre a garota, segurando seu pulso com as enormes mãos, e torceu-o. Ela gemeu, e o canivete caiu de sua mão. Ela tentava dar uma joelhada no órgão dele com o joelho. As mãos dele apertavam-lhe o pescoço; ele batia a cabeça dela contra a parede. Ela resistia, tentando gritar. Não saía um som. Os olhos dela começaram a saltar e sua língua a pender da boca; ele não percebeu. Ele não escutava nada. Um trovejar de tempestade rugia em seus ouvidos, ensurdecendo-o.

Ela unhou o rosto dele. Ele não sentiu nada. Os braços dela penderam ao lado, moles, assim como seu corpo. Algo gotejou da testa dele para os olhos. Ele tirou uma das mãos da garganta dela para enxugá-los. Olhou a sua mão. Estava vermelha. Pegajosa e vermelha. Como sangue. E, de repente, acabou a luta. Ele soltou a moça. Ela deslizou para o chão, arfando e tossindo.

Ele a observava de pé, sem atinar o que via. Sentia cheiro de vômito e de urina. O vestido dela estava sujo dos dois e de sangue. O pulso dele sangrava, e seu rosto também.

A garota se reequilibrou e ficou de pé. Tremendo violentamente, ela se esgueirou pelo canto até a porta. Ele se afastou dela. Bernie Assassino, seu apelido de infância. Ele não gostava de brigar, mas, quando brigava, tirava sangue...

Ele podia ter matado aquela garota, aquela pobre coitada imbecil.

Ela estava abrindo a porta.

— Moça... — fez ele, rouco.

Ela não olhou para trás. Ele se curvou e pegou sua carteira; tirou as notas e estendeu-as na direção dela, mas ela já havia saído. Ele abriu mais a porta.

— Ei, tome aqui... por favor... — chamou ele, atirando notas no corredor e trancando a porta. Ele se escorou na madeira fria, tremendo.

Bernie tomou consciência da luz vacilante branco-acinzentada à sua frente. A televisão. Estivera ligada o tempo todo, no mudo. A única fonte de luz do cômodo. Mostrava uma ambulância em frente a um grande prédio, com dois homens guiando uma maca coberta. Pareceu-lhe familiar.

Será que ele havia matado a garota? Era o corpo dela que levavam? Ele se aproximou e ligou o som.

— ... assassinato macabro hoje de manhã... homem não identificado... corpo mutilado...

Tinha sido naquela manhã? Naquela mesma manhã? Parecia ter sido há anos, em outra vida.

O trabalho. Sempre havia feito a vida seguir. Ele dormiria um pouco e trabalharia. Talvez, naquele caso. Ele o interessava.

E, é claro, teria de encontrar outro hotel.

Mas ele não conseguia dormir. Duas vezes, pegou o telefone, pensando em ligar para Linda, mas o colocou de volta no gancho. Se Linda quisesse falar com ele, poderia ligar para a delegacia, pois ela sabia o número de lá.

Por fim, levantou, lavou o rosto e fez a barba. Havia dois arranhões profundos, bem feios, em sua testa. Um deles estava aberto e sangrava em cima da sobrancelha. E havia três longas lanhadas em suas faces.

— Que lindo, Bernstein. Está combinando direitinho com os pontos na sua testa.

Ele pegou seu caderno. A melancólica dama do guarda-chuva com seu sorriso tímido. Ela morava no Queens. Bernie conhecia um pouco a área. Prédios altos em uma rua de grande movimento, onde as pessoas pagavam aluguéis altos por uma enorme portaria com um candelabro feio e apartamentos minúsculos. Eles pensavam que as ruas eram mais seguras que em Manhattan.

Às oito da noite, vestido no conjunto impecável de paletó esporte bege de tweed com calças marrom-escuras, cortesia do planejamento de Linda, Bernie estava na enorme portaria do prédio de Anna. Apertou o botão no interfone do prédio que dizia "A & E Welles". Apertou-o várias vezes. Estava quase desistindo e colocando o interfone de volta quando ouviu o ruído de alguém atendendo, e depois uma voz fraca em meio à estática:

— Sim? Alô? Emmy? Quem é?
— Encomendas United. É da casa do Arthur Welles?
— Arthur? Não. O A é de Anna. Anna Welles.
— Ah. Desculpe incomodar.

Ele desligou e foi até seu carro, que estava parado em fila dupla, a três carros da entrada do prédio, onde veria perfeitamente qualquer pessoa que entrasse ou saísse.

Capítulo 15

Encolhida num canto do sofá, segurando as pernas, os pés abrigados embaixo de si, Anna ouviu vagamente o ruído áspero, abafado, como se ele estivesse forçando sua passagem pelo algodão. Ele persistiu até penetrar em sua consciência, despertando-a com certo alarme. Ela não lembrava onde estava nem onde havia estado. Teria dormido?

Ouviu de novo a campainha. Parecia afugentar o silêncio, à maneira dos galos, que, ao cacarejar na alvorada, espantavam os fantasmas e terrores noturnos. Mas eles não foram embora. Não foram destruídos. Eles se escondem, como o silêncio, e esperam. Esperam a hora de voltar.

Quando a campainha parava, o silêncio se instalava novamente.

O som voltou, áspero, persistente. Ela o reconheceu de repente. Era o interfone. Talvez fosse Emmy, de volta.

Ela colocou rápido as pernas no chão e quase caiu. Suas pernas estavam dormentes; não conseguia senti-las. Devia ter passado horas sentada sobre elas. Sentia formigamento na sola dos pés. E algo caiu de seu colo. Mas ela devia chegar ao interfone antes que Emmy fosse embora. Segurou na parede e se arrastou até o hall de entrada.

— Sim? Alô? Emmy? Quem é?

Era apenas um homem estranho querendo falar com um Arthur. Ela desligou. Não voltou para o quarto. Será que o silêncio voltaria a se instalar? Será que tinha chegado a ir embora?

Desafiadora, ela pressionou o interruptor da luz do hall, e da cozinha, e depois o da sala, piscando com o súbito clarão. Mas o silêncio não tinha medo de luz. Não tinha sequer medo de barulho.

Ela friccionou suas pernas e pés bem forte e notou o microfone do gravador de Emmy no chão. Devia ter caído quando ela se levantou. Ela o apanhou e o colocou, junto com o gravador, sobre uma prateleira da sala. O que ela estava fazendo com o gravador? Não sabia. Ela guardou as roupas que Emmy tinha preferido não levar e deixara sobre o sofá.

Quando Emmy tinha ido embora? Foi hoje? Domingo? Ainda era domingo?

Ela precisava continuar em movimento. Se ocupar, fugir daquilo.

Aos domingos havia o Encontro e Baile de Solteiros naquela igreja de Long Island. Era relativamente barato. Quatro dólares. Ela raramente saía duas noites seguidas. Era muito caro. Mas aquela noite era diferente. Naquela noite ela precisava escapar. Certa vez, Anna contara quantas formas de cometer suicídio havia em uma casa comum. Tinha parado de contar depois da décima. Talvez a décima primeira lhe parecesse atraente.

Ela renunciaria a alguma coisa naquela semana e sairia hoje à noite. Daria um jeito. Logo depois do casamento, quando Simon ainda estava no final da faculdade, ela dera seu jeito. Simon sempre a considerara uma excelente pequena gestora. Ela era boa em renunciar às coisas, isso sim.

— *Você ia renunciar a quê para me emprestar o dinheiro para ir à Flórida?*

Ela tapava os ouvidos com as mãos. Tantos fantasmas... tantos fantasmas... ela não conseguia bloqueá-los todos. Não olhe para trás, Anna; lembre-se do que aconteceu à esposa de Ló. Virou uma coluna de sal. Não era sal. Eram lágrimas. E onde Ló estava quando tudo isso aconteceu? Por que não a protegeu? Pelo menos não intercedeu junto a Deus por ela? Devia era estar feliz por se livrar dela. Arquitetou tudo com seus advogados e com os dela. Tinha uma mulher de 32 anos já na reserva.

As lágrimas não ajudavam. O riso não ajudava. O silêncio retornava, rastejante. Ela precisava sair dali. Rápido.

Sua boca estava com um gosto horrível. Ela escovou os dentes e usou bastante enxaguante bucal e tomou um rápido banho.

Emily tinha falado em "... calças gastas nos fundilhos...". O que usar, então? Não havia muito o que escolher no armário. Só tinha mesmo o vestido de seda lilás. Era a coisa mais nova que possuía. Uma pechincha fantástica no bazar da igreja. Ela havia guardado aquele vestido. Guardado para quê? Para *ele*, é claro. Para o príncipe no cavalo branco. Com a sorte dela, o cavalo ia fazer cocô na portaria e ela seria expulsa pelo senhorio.

Vista-o. Use-o. Viva a vida. Amanhã você pode muito bem estar morta (com um pouco de sorte). E a pobre Emily ia ficar sobrecarregada com as enormes despesas do funeral. Eu quero ser cremada e quero que minhas cinzas sejam jogadas num cruzeiro para o Caribe. É o único jeito de eu chegar lá um dia.

Ela possuía uma bela echarpe, com apenas 10 anos, que ficava bonita com o vestido de seda lilás.

Às oito e meia, em sua capa de chuva vermelha e empunhando seu guarda-chuva de plástico amarelo, ela saiu apressada do saguão para a chuva fina em direção ao carro. Anna não notou o sedã preto que a seguiu.

Capítulo 16

Jake Harris olhou as fotografias sobre a mesa do detetive, o capitão Kevin Feeley, e acendeu um cigarro. Era desculpa para desviar o olhar das fotos. Ele já tinha um cigarro aceso em um cinzeiro à sua frente.

O legista, bebericando em seu copo de papel, estendeu-lhes uma ampliação fotográfica do pênis amputado.

— Tenho uma manchete perfeita para você, Jake — disse ele. — *Você conhece esse escroto?*

— Você desperdiçou sua vocação, doutor — falou Jake.

— Pois é. Minha mãe queria que eu fosse jornalista, mas eu não suportava o cheiro de uísque. — Ele ergueu o copo para um longo gole e saiu da sala.

— Ótimo fim de semana que tivemos nesta merda de cidade — disse Jake. — Um cadáver sem cabeça, outro sem pau, uma adolescente tem overdose e voa pela janela do quinto andar.

— A menina não foi no nosso distrito — lembrou Feeley.

— Certo — disse Jake. — Então não conta. Tem alguma coisa para mim que valha a pena publicar?

Feeley fez que não com a cabeça.

— Nada sobre o sujeito sem cabeça. Quanto ao outro... o clarinete deve ter sido usado na cara. Está no laboratório agora. Não há registros de digitais para a vítima. Não temos certeza de quem ele é. Estamos fazendo o de sempre: amostras de pelos da cama. Sêmen. Maconha. Cigarro. Pipoca.

— Pipoca?

— A cama estava bem usada. E, claro, estamos interrogando todo mundo no prédio: vizinhos, porteiros, zelador. Algo vai aparecer. A essa altura, você já sabe como é. Nunca é nada glamouroso. É um trabalho lento.

— Vocês não identificaram mesmo a pessoa?

— Bem... há uma hipótese. Um tal de George Stone. Não pode usar ainda, Jake.

— OK. Fala-se de homossexuais.

— Talvez. Havia outro homem morando no apartamento. Vocês estão usando e abusando desse caso, hein.

— O público está farto dos assaltos a velhinhas de sempre. Querem algo mais excitante.

— Ótimo. Aí começam a imitar. Em pouco tempo vamos ter uma epidemia de pênis comidos.

— Não depois que vocês pegarem o assassino.

— A gente está trabalhando nisso; a gente está trabalhando — disse Feeley, irritado.

Capítulo 17

Janet Stone detestava passar roupas. Mas sabia que a única forma de controlar seu nervosismo até que Stevie acordasse era se ocupar. Tinha um cesto cheio de roupas que andava protelando para passar. Ela só conseguia passar roupas com a TV ligada, coisa que jamais teria feito durante o dia normalmente. Foi por isso que acabou assistindo à reportagem sobre aquele terrível assassinato. Viu uma maca entrando em uma ambulância cercada de gente. Reconheceu o prédio ao fundo. O sangue latejava tão forte em sua cabeça que ela mal conseguiu ouvir. "Possível vínculo com homossexuais... possível ligação com drogas... grande apreensão de maconha, além de cocaína e heroína... procura-se o rapaz com quem ele dividia o apartamento..." Seu corpo todo tremeu. Havia visto sangue na camisa de Stevie. Estavam atrás dele. Não tinha dúvida disso. Ela sabia que teria de tirá-lo de Nova York. Agora sabia que teria de fazer isso correndo. Imediatamente. Não ia lhe fazer nenhuma pergunta.

O locutor passou a falar da crise no Oriente Médio e da inflação. Janet tirou o ferro da tomada. Sentou-se. Precisava pensar.

Quando a polícia lhe dissera que George poderia estar morto, a ficha não caíra completamente. Ela estava tão distante dele. Agora que nem dinheiro ele lhe mandava mais, era como se seu último vínculo com ele tivesse sido cortado. Ela só sentira que devia, de alguma forma, ocultar a informação de Stevie. Levá-lo para bem longe.

Agora o mais urgente era tirá-lo dali.

Ela não conseguia imaginar o que havia acontecido com George. Ela não dava a mínima. Quantas vezes não desejara vê-lo morto? E agora não dava a mínima. Não fazia diferença. Ela não tinha sequer curiosidade sobre como ele morrera. Só queria proteger seu filho. O que quer que tenha acontecido, o que quer que Stevie tivesse feito, era culpa de George. Ainda assim, ela percebeu que nem sequer o odiava mais. Era uma parte encerrada de sua vida. Ela não havia conseguido iniciar uma nova vida satisfatória. Depois do divórcio, usara toda a sua energia para arrumar um emprego, seguir adiante, manter a família unida. Ela se sentira, num primeiro momento, aleijada; tinha tentado prosseguir com sua vida antiga, seus velhos amigos e atividades, e havia sido como um homem de uma perna fingindo andar com duas. Mas ela se acostumara a isso também depois de um tempo. Acomodara-se naquela vida sem marido, deixando de procurar outro. Um baile de solteiros foi o bastante para decidir isso. Além disso, quem se interessaria por uma mulher de meia-idade com três filhos e uma casa que mal conseguia manter com seu salário de contadora e pensões alimentícias ocasionalmente pagas? Estava cada vez mais difícil. Agora que as meninas moravam sozinhas, que eram quase independentes, ela até passara a pensar em vender a casa. Não sabia por que se apegava a ela. Era seu último vestígio de vida normal, uma com marido e família, churrascos no quintal, todos juntos na sala de estar, lendo jornais, vendo TV, discutindo, dando risada, jogando Scrabble ou Banco Imobiliário; netos brincando em uma piscininha de plástico no quintal perto de vovô e vovó. O sonho tinha acabado houvera muito tempo. Por fim ela despertara. Venderia a casa. Talvez outra mulher tivesse mais sorte ali. Além do mais, ela precisava do dinheiro.

Janet não faria nenhuma pergunta a Stevie porque não queria saber as respostas. Precisava se concentrar em mantê-lo longe da polícia.

Primeiro, precisava ter certeza de que ele não veria TV. Sabia que ele a ligaria assim que acordasse. Isso ou o rádio. Naquela altura, o corpo já devia estar identificado. Ela sabia que era George o morto naquela maca como se tivesse visto o corpo. Tinham-no separado do pênis? Que bom. Torceu para terem usado uma faca cega. Ela devia ter feito isso com ele quando descobriu a outra. Impotente com ela, dissera ele. Culpa dela, dissera também. Ele vinha gastando sua potência com outra.

Esqueça-o. Esqueça o George. Concentre-se em Stevie. Ela precisava garantir que ele não recebesse a notícia.

Ela foi ao porão e soltou todos os fusíveis na caixa de luz. Diria a ele que estavam sem luz temporariamente, algum tipo de blecaute que só seria resolvido no dia seguinte. Amanhã, já teriam ido embora.

Os pais dela moravam na Flórida. Ela e Stevie poderiam se hospedar com eles. Mas Stevie não iria gostar de ficar com eles. George fizera a cabeça do filho contra eles. Talvez se visitassem a Disney World. Disso ele iria gostar. Janet diria que eram as férias dela e que iriam à Disney World. Ainda hoje ela compraria os ingressos. Ela diria: "Não te contei isso porque você estava cansado, Stevie. Eu também não quis que você pensasse que estava incomodando. Mas são minhas férias. Eu já tinha um ingresso. Consegui arrumar outro para você. Para a Disney World. Você sempre disse que queria ir à Disney."

Ela não queria que ele a ouvisse ao telefone caso acordasse agora. E, naquele meio-tempo, não queria que ele ligasse para o apartamento de George. Quem sabe? Talvez a polícia conseguisse rastrear a ligação. Havia um telefone na cozinha e outro no quarto dela, e uma extensão na lavanderia. Stevie não conhecia a terceira. Era nova. E ele nunca iria até lá, de qualquer modo. Ela desceu correndo para o porão e tirou o fone do gancho, e, para garantir, esvaziou um cesto de roupa suja sobre ele. Com o fone fora do gancho, ele não poderia fazer nem receber ligações.

Ela deixou um bilhete sobre a mesa da cozinha caso ele acordasse. "Acabou a luz. O telefone não funciona. Saí para telefonar para o conserto. Um beijo, mamãe." Não. Ela apagou *um beijo*. Ele não ia gostar disso. Nem *mamãe*. Mas nem morta ela assinaria "Janet". Ele chamava o pai de George. George não gostava de ser pai. Ela deixou sem assinatura.

Janet pôs rapidamente um casaco e correu para o carro para ligar para os pais e para as empresas aéreas.

Capítulo 18

Freda Miller estava determinada. Absolutamente. Afinal de contas, não tinha discutido tudo nos mínimos detalhes com Morris? Não importava ele estar morto. Ela sabia que ele estava morto; ela não era maluca. Mas, quando você havia sido casada com alguém por 47 anos... por 47 anos você jantava com ele todas as noites, e com ele tomava café toda manhã, às vezes até almoçavam juntos... sem esquecer o chocolate quente de toda noite por 47 anos. Até no verão, porque Morris acreditava que, quando estava calor, uma bebida quente refrescava o corpo melhor do que uma fria. Depois de 47 anos ela não precisava conversar com ele para saber o que ele ia dizer. E o que ele dizia era:

— Não se meta, Freda. Cuide da sua vida. — Ele sempre dizia isso.

Ela não ia falar nada à polícia. Poderiam bater nela e prendê-la; ela não iria se envolver. Então estava preparada para eles quando tocaram a campainha.

Seu cabelo estava recém-lavado e cuidadosamente penteado para esconder o couro cabeludo, e ela estava de dentadura; usava seu espartilho, meias-calças e sapatos. Penoso, mas digno. Ninguém poderia dizer jamais que Freda Miller foi atender a porta desmazelada. Ela havia até mesmo aplicado um pouco de rouge e pó de arroz. Ninguém desconfiaria que ela dormira tão pouco na noite passada. Como é que sua mãe dizia mesmo? "Um pouco de pó e bastante pintura deixam até a feia uma formosura."

Ela foi lentamente atender a porta. Que tocassem de novo: ela era velha demais para ir correndo.

Abriu o olho mágico.

— O que quer que seja, não quero comprar — disse ela.

— É da polícia, senhora. Abra a porta, por favor.

Ela abriu a porta, mas não tirou a correntinha. Viu um homem robusto de capa de chuva que parecia que não a tirara nem para dormir.

— Posso ver?

Ele a entregou pela fresta da porta. Ela leu com cuidado, segurando-a próximo aos olhos. Andrew Donlon. Irlandês. Poderia ser um documento falso. Ele poderia ser italiano. Da máfia. O assassinato no vizinho podia ser coisa da máfia. O rádio tinha falado em drogas. Ela devolveu o documento e abriu um pouco mais a porta, mas ainda sem remover a corrente.

O policial disse educadamente, com paciência:

— Gostaríamos de lhe fazer algumas perguntas sobre a noite passada, senhora. Poderia nos dizer o que ouviu?

— O que ouvi? Não ouvi nada.

— A parede do quarto da senhora não é colada na sala do vizinho?

— Não sei. Nunca estive no vizinho. Não sou do tipo que fica inventando desculpas para ir xeretar na cozinha dos outros.

— Entendo, senhora. — A mãe dele estava certa. Ele devia ter virado professor de educação física como o irmão.

— A senhora se importaria em me deixar dar uma olhada no seu apartamento?

Freda se esticou, resoluta.

— Faz diferença se eu me importar? — perguntou ela, amargamente. Abriu a corrente e o deixou entrar. Andava junto dele. O homem foi direto ao quarto e bateu na parede. Ela ficou aliviada por ter arrumado a cama com colcha e tudo.

— Bem fina, madame. Daria para ouvir um espirro do outro lado.

— Minha audição não é tão boa assim — disse ela. — Além do mais, ontem eu tomei um remédio para dormir.

— Eles funcionam com a senhora? Que sorte. Minha mãe tem noites que não consegue pegar no sono até quatro, cinco da manhã. Não tem o que dê jeito. — Em certas noites a matrona roncava tão alto que seu pai ia dormir no porão.

— Ela já tentou tomar um pouco de leite quente antes de ir para a cama?

— Leite quente? Não sei. Vou falar com ela. Muitíssimo obrigado. — A mãe dele estava mais para conhaque quente. — Belo apartamento. Muito bem-conservado. Você mora aqui há muito tempo?

— Desde a inauguração. Há 26 anos.

— É mesmo? Que coisa linda. Isso é lindo, senhora. A senhora deve conhecer todo mundo.

— Não conheço ninguém — disse ela asperamente.

Merda. Ele a perdera de novo.

— Me surpreende ouvir isso. Você parece uma boa pessoa, fácil de se entender com os outros.

— Quando Morris era vivo... Morris era meu marido.. nós tínhamos um ao outro. Não precisávamos de mais ninguém.

— Que beleza, senhora. Muito bonito mesmo. Há quanto tempo ele... se foi?

— Cinco anos.

— Já faz tempo. A gente nunca se acostuma.

— Não — disse ela, rígida novamente.

Ele não conseguia conquistá-la. Talvez não fosse tarde demais para voltar a estudar e se tornar professor de educação física.

— É difícil falar sobre isso, eu sei. Meu pai, que Deus o tenha... — E Deus me perdoe se ele ouvir que eu o matei assim, ainda mais aquele homem forte feito um touro que ainda conseguiria me derrubar com um só tapa. — Está sendo difícil para a minha mãe...

— Ele faleceu há quanto tempo?

— Três anos. — Ele fez o sinal da cruz.

Freda não pareceu ouvi-lo num primeiro momento.

— É mentira, sabe, isso que dizem sobre o tempo — continuou ela finalmente. — O tempo não cura nada. A cada ano fica mais difícil. — De repente, ela se voltou para o lado oposto. — Mais alguma coisa que o senhor deseja ver?

— Não, senhora. No momento, não. — Ele a acompanhou até a porta. — Esta área mudou bastante em 26 anos — disse ele, bem baixinho.

— Sim.

Não havia nada de errado com a audição dela. Ela já estava com a mão na porta.

Ele disse com voz mais suave, suplicante:

— Seria de grande ajuda se a senhora pudesse me dizer qualquer coisa. Qualquer detalhe. Um homem morreu, veja bem.

— Eu sei.

— Sabe?

— Ouvi no rádio.

— Poderia nos dizer quem morava aqui ao lado? Talvez o tenha visto no corredor ou o encontrado no elevador.

— Eu o vi uma ou duas vezes.

— Como ele era?

— Cabelo grisalho, comprido demais. Calças jeans muito justas. Pessoa ridícula. Antigamente não tinha gente assim no prédio.

— Como era o outro homem?

— Não vi outro homem nenhum.

— Parece que havia dois homens morando ali.

— Só há um mês ou coisa assim. Não era bem um homem. Era um rapaz. Chamava o homem de George. Era gordinho. Parecia que não tomava banho. E usava uma camiseta obscena.

— Obscena, senhora? Como assim?

— Tinha uma palavra escrita atrás.

— A senhora poderia... soletrá-la para mim, por favor?

— P-H... — disse ela. Seu rosto ficou vermelho. — P-H... em vez de F...

— Mas que coisa horrível — falou Donlon. — Você não chegou a ouvir o nome dele?

— Não. Só ouvi George porque ele gritou no corredor. Ele disse: "Estou segurando a... a..." um palavrão... "do elevador, George. Cadê você?" ...e disse outro palavrão, sabe.

— Ele estava no apartamento na noite passada?

— Eu não sei nada sobre a noite passada.

— A senhora não ouviu barulho nenhum? Música? Uma festa? Uma briga?

— Não.

— Viu alguém entrando ou saindo do apartamento?

— Não. Já lhe disse. Tomei um remédio para dormir e fui para a cama.

— Tem gente neste andar que ouviu música alta.

— Converse com eles.

Dela, ele não ia conseguir mais nada. Não hoje. Era mais fácil fazer um assassino da máfia se abrir do que uma velha dessas falar alguma coisa. Donlon teria que tentar de novo mais tarde.

— Muito obrigado, senhora. Espero não tê-la incomodado muito.

Ela não respondeu.

— Vou falar com a minha mãe sobre o leite quente.

Ela abanou a cabeça. Havia se fechado de novo. Bem, havia quatrocentos outros inquilinos naquele prédio. Talvez um deles soubesse alguma coisa.

— Podemos ter que voltar a conversar com a senhora. A senhora entende...

— Não sei nada sobre ontem à noite. Cuido só da minha vida.

Capítulo 19

Ocorreu algumas vezes a Bernie que Anna Welles sabia que ele a seguia por causa da forma como ela dirigia. Primeiro, ela entrou na via expressa de Long Island em direção à cidade e, pegando a primeira saída que viu, voltou à via expressa no outro sentido, na direção de Long Island. Ao entrar na via, ela nem parou para ver se a pista estava livre, enfiando-se centímetros à frente de um carro cujo dono meteu a mão na buzina e fez gestos furiosos para ela. Então ficou dirigindo a uns 30 quilômetros por hora, retendo o trânsito por quilômetros a fio. Os carros que a ultrapassavam olhavam para ela e buzinavam. Anna parecia apática. Um caminhão entrou à sua frente, mais lento que ela, e, de repente, sem ligar a seta, ela trocou de pista e continuou a dirigir como se tivesse despertado naquele instante. De novo sem dar seta, jogou o carro na pista da direita e pegou uma saída. Bernie, seguindo-a, teve de dar uma guinada com o carro e quase bateu num caminhão atrás dela. O primeiro sinal vermelho ela furou, e depois, ao encontrar uma placa "Pare", ela ficou parada por tanto tempo que, em um gesto automático, Bernie, colado em sua traseira, buzinou. Ele não estava fazendo nenhuma força para se esconder. Ela olhou para trás surpresa e, imediatamente, se deslocou, sem olhar para a esquerda nem para a direita, por pouco não foi pega por outro carro. Bernie teve de esperar vários carros passarem antes de poder novamente se aproximar dela. Ele percebeu que ela não estava tentando despistá-lo. Anna não estava mais consciente da presença dele do que estava dos demais motoristas na estrada. Ou ela era a motorista mais insana do mundo, ou uma mulher com muitos problemas pessoais. Aonde quer que ela estivesse indo, ele começou a ter sérias dúvidas de que fosse chegar lá inteira, e a temer por sua própria sobrevivência caso ficasse muito colado ao carro dela. Várias vezes ele se pegou pensando se ela não estava tentando se matar, e se ela estaria consciente disso ou não. Então se arrastaram por uma via principal suburbana engarrafada que ele achou que ela já conhecia, pois parecia prever os sinais de trânsito e reduzir a velocidade com antecedência, e por fim saíram dessa rua para uma alameda sinuosa, ladeada de árvores, em que todas as casas eram recuadíssimas como se fosse por alguma norma. Anna estava dirigindo devagar de novo, remanchando, pensou ele. Agora ele se mantinha mais atrás, chegando a deixar um carro se interpor entre eles às vezes.

Quando ela dobrou à esquerda para entrar no estacionamento de uma igreja, ele continuou por mais alguns metros, e só então fez a meia-volta, voltando ao ponto em que estava. Ele a viu parar no estacionamento lotado, passou direto e parou um pouco adiante.

Será que ela fizera aquele trajeto todo só para rezar? Só se fosse para são Cristóvão, padroeiro dos viajantes, que lhe poupara a vida. Ele também poderia entrar e acender uma vela. Esse negócio de ser policial não era seguro.

Anna não saiu imediatamente do carro. Ele pensava nela desta forma: Anna. Não sabia por quê. Algo nela o tocava. Ele viu que estava sorrindo. Talvez fosse por ter corrido risco junto com ela, e sentido alívio depois de sobreviverem ao trajeto.

Outro carro entrou no estacionamento e duas mulheres saíram. Estavam com vestidos decotados, saltos altos e a maquiagem carregada que geralmente se faz acompanhar por perfumes fortes. Ele viu Anna segui-las com o olhar. Após elas passarem, Anna recostou a cabeça no descanso do banco. Cinco minutos depois, lentamente, aprumou-se, penteou o cabelo e aplicou batom. Ainda titubeante, ela saiu do carro. Caprichou na postura e andou toda reta até a entrada. Ele percebeu que ela não levara seu guarda-chuva.

Bernie esperou até que ela tivesse sumido na esquina do prédio antes de segui-la. Duas mulheres saíram de seus carros e andaram junto a ele, que se deixou ficar para trás.

— Ainda bem que parou de chover. Meu cabelo fica todo cheio de *frizz*.

— O que será que vai aparecer hoje?

— Não espere demais. Assim, você não se decepciona.

— Está brincando? Depois daqueles tarados de ontem no Temple, nada mais pode me decepcionar.

— Você acha? Devia ter ido ao Encontro de Pais e Mães Solteiros na sexta passada. Quase que me convenceu a voltar para o Irving.

As duas riram. Eram mulheres mais ou menos novas, com menos de 30 anos. Era um daqueles encontros de solteiros sobre os quais ele havia lido. Estremeceu, pensando em Linda. Era a isso que estaria condenada caso algo acontecesse a ele? Então lembrou que Linda *o* havia trancado do lado de fora.

Pagou 4 dólares a uma mulher atrás de uma mesa no corredor, que lhe perguntou se ele queria receber o boletim do evento. Ele buscou o nome dela na lista. Lá estava. Ela havia começado a escrever "An..." e então riscara e escrevera Allegra. Allegra Welles, junto a seu endereço e telefone. Ele escreveu "Kevin Feeley" e o endereço de Feeley. Sentiu-se ótimo com isso. A mulher de Feeley ligava várias vezes por dia para a delegacia sob os mais diversos pretextos, procurando vigiá-lo. Isso deixava Feeley enlouquecido. Bernie queria poder ouvi-la no momento em que chegassem os boletins do Encontro e Baile de Solteiros.

O corredor ficava do lado de fora do salão recreativo da igreja. Ele ouvia música dançante lá dentro, sentiu o ritmo. A banda era boa. Ele entrou. O salão estava lotado. Talvez umas duzentas pessoas. Algumas dançavam, outras estavam de pé, conversando ou observando. À volta do salão, havia mesas com gente sentada.

Ele observou os que dançavam. Não via Anna. Por um momento, ficou com medo de tê-la perdido, de que ela o tivesse levado até lá e então escapulido, por saber que estava sendo seguida.

Então ela apareceu à porta. Provavelmente fora pendurar o casaco lá fora.

Gostou do vestido dela. De seda lilás, justo no corpo e a saia rodada. Bom vestido para dançar. E tinha uma echarpe bonita no pescoço. Ele gostava disso. Linda fazia muito isso.

Linda. Como estaria sua querida Linda? Será que ela pensava nele? Será que se preocupava com ele?

Anna não olhava na direção de Bernie. Ela havia entrado, parado e olhava ao redor, avaliando. Timidamente. Pareceu a ele que ela soltou um suspiro antes de finalmente se misturar à multidão.

Deus do céu, ele havia esquecido completamente como é que se convidava uma mulher para dançar. E que pensamento era esse? Ele não tinha vindo dançar. O que ele estava fazendo ali? Observou Anna ir em direção ao bar. Foi atrás dela.

— Oi, Bernie.

Ele se virou, sentindo culpa. Era uma mulher alta de blusa de seda com vários botões abertos. Brincos de aro dourado faiscavam sobre seu cabelo negro. Ele não a conhecia.

Bernie disse:

— Oi... hã... — E procurou pela etiqueta com o nome dela.

— Estraga o tecido. — Ela estendeu o braço, mostrando-lhe o pulso. Ali estava a etiqueta. "Shelley" era o que dizia.

— Na verdade é Shirley — explicou ela. — Mas, se me chamar de Shirley, eu dou um grito e sumo que nem fumaça.

— Não faça isso — disse ele, nervoso.

— Tudo bem, Bernie. Você sabe o chá-chá-chá?

— Antigamente eu sabia.

— Vamos tentar.

— Claro. Obrigado.

— Nunca vi você em nenhum lugar. Você é novo neste meio?

— Que meio?

— Neste. No mercado dos solteiros.

— Ah. Sim. Sou novo

Ela tomou sua mão e o levou até a pista de dança. Estava alta sobre os saltos, quase tão alta quanto ele. Bernie não estava acostumado a dançar com uma mulher tão alta. Ele estava acostumado a dançar com sua mulher, que conhecia todos os seus passos. Ele dançou mal, e ficou encabulado. Não parava de procurar Anna pelo salão, e acabou pisando no pé de Shelley. Quando a música acabou, se afastou dela rapidamente.

— Obrigado pela dança — disse ele, seguindo para o bar.

Anna estava próxima do bar com uma taça de vinho branco, observando o movimento da pista de dança.

Ele se aproximou e disse:

— Oi, Allegra.

Anna ficou surpresa. Bernie apontou para a etiqueta Anna; ela sorriu. Ele adorou o sorriso dela.

— Meu nome é Bernie.

— Você não me é estranho — disse ela. — Já esteve aqui antes?

Ele fez que não com a cabeça.

— E você?

— Já — disse ela. Olhou de novo para ele. — Você não me é estranho mesmo.

— É o tipo de rosto que eu tenho.

— É um rosto muito bonito — disse ela. E ficou ruborizada. — Devo estar bêbada.

— Espero que não tenha que estar bêbada para achar meu rosto bonito.

— Ah, não — disse ela rápido, enrubescendo de novo e ele riu.

A música começava de novo. Era música gravada, vinha do palco. Um foxtrote. Isso ele podia dar um jeito de dançar sem massacrar os pés dela.

— Quer dançar? — perguntou ele.

Ela assentiu e pôs sua taça e sua bolsa em uma mesa próxima. Ele pegou a mão dela e abriu caminho pela multidão que já ocupava a pista. Bernie a envolveu com os braços. Anna se encaixou perfeitamente. Ele percebeu na mesma hora que gostou de senti-la em seus braços. Suas coxas se roçavam; ela o acompanhava como se dançassem juntos há anos. Não conversavam. O foxtrote emendou em um *lindy*, que deu lugar a outro foxtrote. Quando terminou a sequência, ele continuou na pista de dança, segurando a mão dela, e disse:

— Você tem 1,63m e pesa 50 quilos.

— Quarenta e nove. Olhos azuis, loura... com uma ajudinha. Sei dizer se você é divorciado ou viúvo. Quase sempre acerto.

— Como consegue saber?

— Não sei. Mas sempre sei. Exceto por você.

— Separado — disse ele. — E você?

— Divorciada — falou ela. — Há dois anos. Tenho uma filha. Moro no Queens. Sou bibliotecária em uma biblioteca pública. Agora você sabe todas as estatísticas.

— Moro em Manhattan. Você vai a Manhattan?

— Claro. Fui a uma festa em Manhattan ontem à noite.

— É mesmo? Onde?

— Na casa de uma pessoa na West End Avenue. Você conhece a Louise King?

— Louise King — disse ele, para recordar. — Não.

— Ela dá festas para solteiros. Foi ela que deu esta. Você não deve estar solteiro há muito tempo.

— Não.

— É uma palavra feia, não? *Solteiro*. Detesto. — Ela sorriu. — Olhe só, é um *hustle*

— O quê?

— A música.

— Infelizmente não sei dançar isso.

— Eu lhe ensino. Não dá para ter sucesso como solteiro sem saber o *hustle*. — Ela o conduziu para um canto do salão, longe da pista. — É bem fácil. É só contar seis tempos...

Ele gostou. Aprendeu a dança rápido, e ela lhe ensinou dois passos simples. Dançaram sozinhos em seu canto e riam quando erravam o passo. Continuaram dançando depois que a música parou. Então o locutor anunciou:

— É a hora latina. Rumba!

Mas eles não voltaram à pista de dança. Ficaram em seu lugar. Um homem passou perto deles com duas taças de vinho, e Bernie puxou-a para perto, tirando-a do caminho do homem, e ela ficou ali, perto dele. Ele sentiu que, caso fechasse os olhos, poderia estar abraçando Linda. A antiga Linda...

— Creio que seu marido é um idiota — disse ele.

— Há uma mulher de 32 anos que não acha isso. Você também é capaz de conseguir uma, com certeza.

— O que eu faria com uma mulher de 32 anos? Ela provavelmente acharia que a Grande Depressão é um buraco e que John L. Lewis é o nome de uma banda de rock.

Ela deu uma risada. Foi agradável, por um momento, fazer uma mulher rir.

— Seu vestido é bonito — disse ele. — Você está muito bem.

— Estou? — indagou ela, parecendo genuinamente curiosa. — Não sei mais dizer se estou ou não. Eu só sabia o que via no olhar do meu marido.

Ele queria consolá-la, acariciar seus cabelos macios, recém-lavados, puxá-la mais para perto. Era o tamanho dela, provavelmente, tão próximo ao de Linda.

De repente ficou doloroso continuar com ela em seus braços. Ele estava esquecendo o que fora fazer ali. Bernie disse:

— Você gostaria de ir a algum lugar tomar café?

— Tudo bem. Mas não posso ficar até muito tarde. Amanhã tenho que trabalhar.

— Eu também.

— Em que você trabalha?

Ele não havia preparado uma resposta.

— Adivinhe.

— Você é grande demais para ser anão de circo e pequeno demais para ser o gigante verde. Desisto.

Ele riu.

— Você é uma graça — comentou. E ficou assombrado por aquela declaração ser verdade. Não era apenas uma manobra para evitar dar uma resposta. — Jamais conheci uma bibliotecária.

— Sempre me dizem isso. Acho que as pessoas ainda pensam que a bibliotecária é uma velhinha miúda atrás de uma mesa, que fica carimbando livros.

— Bem, eu não esperaria que ela fosse professora de dança. — Ele pegou a capa de chuva dela para segurar enquanto ela a vestia. — Você deve conhecer gente interessante em uma biblioteca.

— Quase não conheço ninguém. Sou a catalogadora. Na maior parte do tempo, fico no escritório. Classifico e

catalogo os livros. Quero dizer, dou a eles um numero e os assuntos para a ficha catalográfica. Eu achava que éramos uma ótima combinação. Bibliotecária e contador.
— Contador?
— George era contador.
— Quem era George?
— George? — disse ela, confusa.
— Você falou George.
— Falei?
— George era o seu marido?
— Ah, não. Simon era o meu marido. Não conheço ninguém chamado George. — Ela estava desconcertada. — Por que será que falei num George?

Será que ele deveria arriscar alguma coisa? Será que poderia assustá-la? Bernie não conseguia decifrá-la. Não era possível prender alguém por ter um guarda-chuva de plástico amarelo. Bernie queria vê-lo, no entanto. Tinha a haste quebrada, ele lembrava. Disse, de leve, casualmente:

— Você deve ter ouvido o nome no noticiário. Mataram um homem chamado George ontem à noite. Estão fazendo um estardalhaço sobre o caso. — Mas o nome não fora divulgado. Será que ela saberia disso?

— Nunca ouço o noticiário.
— Sei. É deprimente.
— Não. Não é isso. O que me incomoda é que eu sei que as notícias deveriam me deprimir, mas não deprimem. Não importam. Nada me importa mais. Exceto... — Ela se deteve. — Me desculpe. Não quis falar nesse tom tão sério. Sei que os homens não gostam disso. Assim não sou uma boa companhia.

Chegaram ao carro dela no estacionamento e ficaram de pé ao lado dele.

— Exceto pelo quê? — perguntou ele. — Você dizia que não sente nada exceto...

— De vez em quando. Sinto de vez em quando.

— Todo mundo só sente felicidade de vez em quando.

— Não. Nunca estou feliz. O que sinto de vez em quando é raiva, medo e desamparo. Desespero absoluto. Mas na maior parte do tempo, não sinto nada. — Ela riu. — Não pretendia te entediar. Acho que não conversava de verdade com alguém há muito tempo.

— Desde que se divorciou do George?

— Simon. O nome do meu marido era Simon. Não. Foi desde antes do divórcio. Ele parou de querer me ouvir. Tinha encontrado outra voz de que gostava mais. Uma voz nova é melhor do que lealdade antiga. Hoje, as coisas são assim. Bem, você sabe... você deixou sua esposa.

— Não deixei! — disse ele, veemente. — Ela me expulsou!

— Por que você estava se divertindo por aí?

— Não, não estava. Talvez devesse ter feito isso. Você tem uma péssima imagem dos homens. Tem muita mulher que faz das suas também, sabe?

— Foi isso o que sua mulher fez?

— Não. Pelo menos, acho que não. Foi... não sei bem o que foi.

— Desculpe. Não quero me intrometer. Talvez sua separação só seja temporária. Talvez sua esposa só precise de um tempo para ficar sozinha e pensar.

— Talvez eu mesmo queira pensar bem — disse ele, bravo.

Anna tocou a mão dele.

— Não faça isso não, Bernie. Vocês dois sofreram, e teria sido por nada. Você não deve nunca desperdiçar o sofrimento. — Ela sorriu.

— Por que não? Que diabo, sempre dá para encontrar novos sofrimentos.

— Não é a mesma coisa. Sofrimento novo, que não é familiar, é difícil de se lidar. E sofrimento sofrido sozinho pode ser insuportável. Pode te deixar maluco...

Ela estava perto dele. Com a iluminação do estacionamento, Bernie via o rosto dela, sorridente, mas sem alegria. Anna tinha um sorriso triste, tímido. Ele se sentia muito próximo a ela; quis poder confortá-la.

Ele disse, surpreso:

— Eu também não converso de verdade com ninguém há muito tempo.

Ela inclinou a cabeça para o lado e olhou para cima, para ele.

— Sua mulher não entende você — disse ela.

Bernie ficou espantado. O gesto dela lembrava tanto o de Linda, um menear de cabeça seguido de um olhar para ele: um gesto acanhado, zombeteiro e tão feminino. Muitas vezes ele tomava seu queixo com a mão e se dobrava para beijá-la na boca quando ela fazia isso. Ele se pegou a caminho de beijá-la, mas se deteve. Pela janela do carro, viu o guarda-chuva sobre o banco do carona no carro dela.

Ele disse:

— Pode ser complicado irmos em dois carros. Não conheço bem esta área.

— Você pode me seguir.

— Por que não vamos os dois no seu carro? Depois voltamos aqui e eu pego o meu.

— Não ficaria muito tarde? Você ainda precisa voltar a Manhattan.

Não era o momento de ele dizer "Eu poderia ir à sua casa ou você à minha"? A frase era "Na minha casa ou na sua?", não era? Ele não a pronunciou. Não soube por quê. Seria por ela não ter dito "Poderíamos tomar café na minha casa... é mais perto"? Seria por causa do seu ar de resignação, de vulnerabilidade? Será que um lampejo de amargura tinha cruzado o rosto dela? Seria outra coisa que ele não compreendia? Algum sentimento ou intuição? Seria simplesmente por que ele não sabia como dizer isso, como bom rapaz judeu?

De repente, Anna sorriu.

— Obrigada — agradeceu ela. — Por não dizer.

— Dizer o quê?

— Na minha casa ou na sua?

— O que a fez pensar que eu diria uma coisa dessas?

— Era o momento certo para dizer.

— Você teria dito que sim?

Ela corou. Mesmo sob a luz de postes de rua ele viu perfeitamente.

— Sim — disse ela. — Não é nada pessoal. Hoje, é o esperado.

— Por que não ligo para você amanhã? Poderíamos jantar. Não estou acostumado a comer sozinho.

— Eu estou — disse ela. — É uma droga. — Ela esticou a mão e puxou a etiqueta do casaco dele, tirou uma caneta da bolsa e escreveu seu número nela. Ele a colocou no bolso.

— Amanhã — repetiu ele.

Anna era tudo que ele tinha para começar. Ele podia continuar a partir daí.

— Qual é sua cor preferida?

— Não sei. Azul, acho. Todo mundo não adora azul? Qual é a sua?

Linda adorava verde. Seus olhos eram verdes. Verde-escuros, pontilhados de amarelo. Ele declarou:

— Amarelo. Adoro amarelo. É tão alegre. Use algo amarelo.

— Se chover. Tenho um guarda-chuva amarelo

— É mesmo?

— Está no carro. — Ela virou para a janela e apontou-o — Olhe lá. Na verdade, não está muito bom. Quebrou.

— Quebrou onde? Talvez eu possa consertar para você Me deixe vê-lo. — Ele precisava vê-lo de perto.

— Não dá para consertar, na verdade. Eu devia jogá-lo fora.

— Não, não faça isso. — Ele se esforçava para não parecer ansioso. — Talvez eu consiga consertá-lo amanhã para você. Sou bom em consertos.

Ele segurou a mão dela.

— Boa noite — disse ela.

Bernie ainda segurava a mão dela.

— Boa noite, Anna. Até amanhã.

Impulsivamente, na ponta dos pés, ela se esticou e beijou-o na bochecha. Ela abriu a porta do carro e entrou. Não havia trancado a porta.

— Você sempre deixa a porta do carro aberta?

Ela encolheu os ombros.

Ele esperou até que ela tivesse ligado o carro e observou sua saída do estacionamento. Então entrou imediatamente em seu carro e a seguiu. Ela não conhecia o carro dele. Nunca perceberia se ele a seguisse até seu local de estacionamento. Se deixava a porta do carro aberta e o guarda-chuva no carro, ele poderia vê-lo. Valia a tentativa. Ela já havia deixado o guarda-chuva no carro antes. Talvez deixasse de novo. Mesmo que trancasse a porta do seu carro, qual bom policial não tinha um cabide no carro para abrir veículos trancados? Ele queria muito ver aquele guarda-chuva. Não podia prender alguém por ter um guarda-chuva quebrado. Só queria vê-lo.

Ele distinguiu facilmente o carro dela na estrada e seguiu-a a dois carros de distância a maior parte do tempo. Ela dirigiu um tanto menos insensatamente desta vez, mas não chegava a fazer jus a nenhum prêmio de melhor direção. Ele se perguntou algumas vezes se ela estaria tentando se matar. Carros eram uma das armas mais usadas para suicídio.

O carro dela estava aquecido. Anna se sacudiu para sair da capa de chuva. Vislumbrou a etiqueta no ombro do vestido. Allegra. Destacou-a cuidadosamente e colocou na lixeira do piso do carro. O homem, Bernie, parecera-lhe familiar. Depois de algum tempo todos os homens começavam a se tornar iguais.

Ele parecia boa pessoa. Sensível. Ficou pensando o que havia de errado. Por que um homem tão bonito e agradável teria interesse nela? Um homem como ele poderia arranjar alguém muito melhor, bem mais jovem. Menos danificada. Nenhum homem como ele jamais perguntara o número dela.

Era muito másculo; ela gostara da voz dele. Em que ele trabalhava? Não era contabilidade. Ela não se lembrava do que ele havia dito. Bernie tinha boas mãos, fortes e grandes. Aperto de mão firme. Ela lembrava como fora gostoso quando ele segurara sua mão e dissera boa noite. "Boa noite, Anna."

Ele *tinha* dito Anna. Ela pegou a etiqueta da lixeira. Dizia "Allegra". Será que ela lhe dissera "Anna"?

Não fazia diferença. Ele não ia ligar. Homens como ele nunca ligavam. Ainda assim, por que a havia chamado de Anna?

Parou a apenas um quarteirão de casa. Ele havia demonstrado surpresa com o fato de ela não ter trancado o carro. Não exatamente surpresa. Curiosidade. Ela levou o guarda-chuva e trancou o carro.

Foi estranha a facilidade com que tinham conversado, como se sentira à vontade com ele. Esqueça, Anna. Anna/Allegra.

Não havia estrelas no céu. A rua estava escura e vazia, limpa após ser varrida pela chuva. Uma rua que parecia à espera...

O lixo estava ordenadamente empilhado junto ao meio-fio, em latas de metal tampadas e grandes sacos plásticos pretos. Ela deixou o guarda-chuva sobre uma das sacolas. Estava quebrado, afinal de contas. Que bobagem ficar com um guarda-chuva quebrado. Agora que Emmy não estava lá para testemunhar tudo, ela se daria um novo de presente. Talvez um de tecido amarelo florido, bem bonito, e de boa qualidade que não quebrasse com tanta facilidade.

Anna não viu o carro que encostou poucos metros atrás dela e desligou os faróis. Ela não viu que o homem no carro a observava. Um homem alto. Ele a viu jogar o guarda-chuva fora. Observou-a passar pelas moitas decorativas da entrada e chegar às portas ornamentadas de metal e vidro. Ele saiu do carro em direção à pilha de lixo, andando em silêncio, sem chamar atenção.

O céu estava escuro. Sem estrelas. A lua estava presa atrás de nuvens espessas. Se chovesse amanhã, ela ficaria sem guarda-chuva para ir ao trabalho. Talvez ela não conseguisse outro guarda-chuva amarelo. Ela deu meia-volta, correu à pilha de lixo e o pegou de volta.

Não viu o homem que se agachou rápido atrás de um carro estacionado.

Ela reteve o guarda-chuva junto ao corpo.

Talvez ele ligasse.

Ela correu de volta para o seu prédio.

Capítulo 20

Bernie trancou a porta do quarto e entrou. Ele sentia a presença da prostituta gorda; ele sentia seu cheiro, um cheiro enjoativo de cabelo sujo com perfume vagabundo. Ao se virar, ele a viu, com sua expressão aterrorizada, esgueirando-se para a porta aberta, tentando escapar. Ele avançou na direção dela. Mas ela não estava lá. Só a porta estava. Trancada. Ele a havia trancado. Tremendo, acendeu a luz. Acendeu todas as luzes... a principal, o abajur ao lado da cama, a luminária da penteadeira, a do banheiro. Olhou até mesmo dentro do armário. O quarto estava vazio. Até o cheiro havia saído.

Ele não conseguia parar de tremer. Ao permanecer no meio do clarão do quarto onde quase havia assassinado uma pobre prostituta que teria sido mais fácil deixar fugir, Bernie se sentiu catapultado de repente a um mundo sórdido e horrível. Por boa parte de sua vida adulta, ele tinha transitado, inexpugnável e imune, feito um deus por aquele mundo. E agora aquele mundo o havia tocado. Infectado. Ele sentia medo. A culpa era de Linda. Não. A culpa era dele. Havia errado com ela de alguma forma.

O suor brotava em sua fronte; seu corpo já estava encharcado. Ele tirou o paletó e a camisa. Não sabia o que fazer com eles. Onde deveria colocar a camisa? Linda sempre cuidara de suas camisas, de todas as roupas dele. Não sabia o que a mulher fazia com elas. Linda decidia quando estavam sujas e as levava para algum lugar, e as pendurava, limpas, passadas, prontas para ele usar. Sua cueca e suas meias estavam sempre perfeitamente dobradas nas gavetas. Ela fora uma ótima esposa. Cuidara dele. Cozinhava, fazia compras, cuidava da casa e das contas. Seu lar era impecável. Se uma barata entrasse na cozinha, era capaz de quebrar uma pata, disse Sean certa vez, rindo. A mulher de Sean era uma dona de casa desleixada. Também, com tantos filhos... Onde estaria Linda naquela noite? Como estaria se virando sem ele? Será que sentia a sua falta?

Ele queria ligar para ela e perguntar se estava tudo bem. Ela precisava de alguma coisa? Precisava dele? Bernie devia pelo menos lhe dizer onde estava. Poderia haver alguma emergência.

Toda sua vida a dois tinha sido uma emergência. Se ela tivesse problemas, poderia ligar para Sean. Ela não o queria. Ele precisava encarar esse fato. Ela já não o queria há anos. Precisava aprender a aceitar isso. Ele não estaria ali se ela o quisesse.

Será que era assim mesmo que um casamento terminava?

Ele tinha tirado toda a roupa. As peças jaziam a seus pés. Seu corpo estava úmido e Bernie sentia frio. Sentia-se pegajoso, imundo. Tomar banho. Se entrasse no banho, não poderia ligar para Linda.

O chuveiro era uma porcaria. O jato era muito fino e não podia ser direcionado para a altura dele. E a água não ficava muito quente. Bernie saiu em pouco tempo, secou-se e entrou debaixo das cobertas. Viu suas roupas no chão, saiu da cama e pendurou o paletó e as calças. Dobrou o restante com cuidado e colocou sobre o piso do armário. Era melhor ele aprender a cuidar de si. Desligou todas as luzes, voltou para a cama e ficou lá, sem sono, de olhos abertos no escuro, pensando: Linda. Vendo suas pernas ainda elegantes, vendo seus grandes olhos verde-escuros que não queriam olhar para ele, que se fechavam feito persianas quando ele puxava o rosto dela para o dele, vendo uma echarpe lilás e verde bem entrelaçada, vendo o cabelo ruivo e cheio como um algodão-doce grotesco deitado sem rosto sobre um travesseiro, vendo um rosto como o de Theo mordendo um seio amplo, pendular, bem no mamilo...

Ele ouviu um grito e reagiu de um pulo, salvando Linda, protegendo Linda. Ela não estava lá. Ele estava só.

Sua cabeça começou a latejar como se ele a tivesse batido contra algo duro. O grito voltou a perfurar o silêncio. Não era um grito. Era o telefone. Ele estendeu o braço e bateu num abajur ao lado da cama. De onde tinha vindo isso? Aquele quarto era desconhecido.

Ele se sentia um homem saído do fundo d'água, como se quase tivesse se afogado. Não conseguia respirar. Sua cabeça ia explodir.

Deslizou as pernas para fora da cama e reconheceu o quarto de hotel, e, quando ouviu o grito de novo, entendeu onde estava. Ao atender o telefone, uma voz de mulher disse:

— Chamada-despertador, senhor. Seis e meia.

Ele agradeceu e deitou de novo, fechando os olhos. Não acreditava que estivera dormindo. Bernie ficou tentando recuperar as imagens que haviam sido dissolvidas pela chamada. Não conseguia focalizá-las. Sua mente se agarrava à realidade.

Teria de ligar para Linda e pegar o resto de suas coisas. Mas para isso havia tempo. Ela fizera a mala com o suficiente para três ou quatro dias, no mínimo. Talvez ele devesse arrumar um lugar melhor para morar, antes. Um apartamento. Ele não sabia ao certo que medidas eram necessárias para isso. Moravam há 27 anos no mesmo apartamento. Ela escolhera toda a mobília e tudo o mais, tudo o que possuíam. Até as suas roupas. Por ele, tudo bem. Achava que Linda tinha bom gosto. Classe. Achava que ela era uma mulher de classe.

Não faria mal ligar para ela. Linda poderia estar preocupada.

Ele sorriu.

— Bernstein — disse em voz alta —, você é durão. Não existe maldade no coração dos homens que você não tenha encontrado ou ouvido falar nos seus 31 anos de polícia. Já viu de tudo. Nada te abala. Nada te surpreende. Exceto a forma como você mente para si próprio.

Trabalhar. Era isso o que tinha de fazer. Ele acreditava no trabalho, que nunca havia falhado com ele.

Sua mão estava sobre o telefone. Não teve plena consciência do que fazia até ouvir a voz dela. Anna. Ou melhor, Allegra. Ela lhe dissera Allegra. Era melhor ele se policiar. Era melhor começar a pensar nela como Allegra.

Capítulo 21

— Espero não ter acordado você. Sei que é cedo — disse ele.
— Tudo bem. Eu não estava dormindo. Dormir não é minha especialidade.
— Então qual é?
— Ser esposa e mãe, eu achava. Não sei mais. Você quer mesmo que eu te fale tudo sobre mim às seis e meia da manhã?
— Está tão cedo assim? Desculpe.
— Tudo bem. Você não está com a sensação de que estamos nos repetindo?
Ele riu.
— Você estava mesmo acordada?
— Sim.
— Em que estava pensando?
— Se você ia ligar.
— Eu disse que ia ligar.
Ela não respondeu. Por fim, falou:
— Por que está de pé tão cedo?
— Não sei. É essa cama desconhecida nesse hotel desconhecido, acho. Nunca fiquei sozinho antes.
— Sua separação é bem recente, não?
— Sim. Depois melhora?

— Não de forma que dê para notar. Você acredita que o tempo cura qualquer coisa? Ele só torna as coisas familiares.

— E familiar não é mais fácil?

— Não. Mais difícil. Começa a querer dizer sem escapatória. — Ela soltou de repente uma risada falsa. — Ainda não tomei meu café. Antes do café sou muito rabugenta. É melhor você conversar comigo mais tarde.

— Tudo bem. Que tal na hora do jantar? Hoje?

Outra vez ela não respondeu. Ficou em silêncio tanto tempo que ele disse:

— Alô? Ainda está aí?

— Sim.

— Onde você quer jantar?

— Por que eu? — questionou ela.

— Não entendi.

— Não tenho nada de especial.

— Ele deve ter agredido muito sua autoestima, não é?

— Quem?

— Seu marido. Qual era o nome dele?

— Simon.

— Certo. Simon. — E não George. — Então a que horas eu passo para te buscar?

— O que quero dizer é que... eu posso... posso vir a gostar muito de você. E o que eu faço quando sua mulher te quiser de volta?

— Por que você pensa que ela vai querer?

— Quando ela vir a selva que está este mundo, vai voltar para você.

— Às sete em ponto está bom?

Ela ficou sem responder outra vez.

— Pode ser que eu decida que não sou um sapato velho que ela joga no lixo e depois resolve que quer manter.

— Eu tenho 50 anos.

— Parabéns. Muita gente não chega a isso.

— Quantos anos você tem?

— Tenho 51. Você vai me empurrar para uma mulher de 30 de novo?

— Elas mesmas se oferecem.

— Não te pedi em casamento. Só para ir jantar comigo. Você não se dá valor.

— Isso se chama ser realista.

— É possível ser realista em excesso. Você sempre foi assim tão insegura?

— Quando eu era criança. Acho que é para onde voltamos nos tempos ruins. — Ela deu uma risada. Mesmo pelo telefone pareceu forçada e distante.

— Allegra...

Ela não respondeu. Ele sentiu que ela ia escapando dele. Ia perdê-la.

Ele disse alto:

— Allegra!

— Sim? — Ela soou alarmada, como se tivesse sido puxada de um lugar muito distante.

— Preciso de alguém com quem conversar. Com quem estar. É fácil conversar com você. Por favor.

— Tudo bem.

— A que horas?

— Não precisa ser jantar. Você pode vir até aqui, conversar.

— Olha aí de novo.

— O quê?

— Se apegando à sua baixa autoestima. Não vou gastar muito dinheiro com você. Assim se sente melhor?

Ela riu. Uma risada mais franca.

— Às sete está ótimo — falou. — Se você tiver um lápis, eu te digo o endereço.

Ele quase ia dizendo que já sabia. Deteve-se bem a tempo. Precisava se policiar. Algo nela o fazia baixar a guarda. Ele representou a farsa de ir pegar uma caneta, escrever o endereço, repeti-lo e pegar referências.

— Te vejo às sete — disse ele.

Bernie pulou da cama, repentinamente cheio de energia, louco para chegar ao trabalho e descobrir se havia alguma novidade sobre o caso. Sentia-se jovem. Mal podia esperar para começar o dia.

Capítulo 22

Feeley estava ao telefone no gabinete quando Bernie abriu a porta. Seus cotovelos descansavam na escrivaninha e sua cabeça estava baixa. Sua participação na conversa resumia-se a "Sim, querida". Bernie fez que ia sair, mas Feeley acenou que ficasse, apontando uma cadeira. Ele tapou o bocal e olhou inquisitivo para Bernie.

— O que temos sobre o cortador de picas? — perguntou Bernie, ciente de que havia perguntado com *nós*, e não *você,* incluindo-se, portanto, no caso.

Sem parar de responder *sim, querida*, Feeley procurou nas pastas em sua mesa, tirou uma do meio, e entregou-a a Bernie, que a leu, pensativo.

Assim que Bernie fez uma pausa na leitura, Feeley disse bruscamente:

— Preciso desligar, querida. O inspetor esta aqui. — Ele ficou ouvindo mais um momento. — *Amor*... eu tenho um emprego... — Ele desligou e disse, desculpando-se — Ela me ama...

— Não menospreze — disse Bernie sem expressão. Ele indicou a pasta à sua frente. — Vamos sintetizar. O que a gente tem?

— Pouca coisa. Horário da morte entre uma e duas da manhã de domingo. Acho que o mais importante é que pensamos saber quem é a vítima, mas ainda não temos a prova. O Donlon está trabalhando nisso. Ele procurou na agenda telefônica do apartamento e encontrou o dentista. A vítima tinha coroas nos dentes. O dentista as identificou. George Stone. Era morador do apartamento. Aliás, o locador tem ligado sem parar perguntando quando vai poder limpar o lugar para alugá-lo. Diz que não quer perder dinheiro.

— Que cidade sentimental — disse Bernie. Passou pela sua cabeça tentar alugar o apartamento. Parecia bom. Como conseguir apartamento em Nova York: siga aquele caixão. — Alguém tem pista sobre a pessoa que morava com ele?

— Não. Só os porteiros admitem tê-lo visto. Dizem que era bem novo. Gordinho. Cabelo cacheado. Não tinha hora para chegar, dia e noite. Um deles o ouviu chamar a vítima de George. Ele interfonou da portaria uma vez para saber se George estava em casa.

— Qual idade?

— Uns 16, 17. Difícil dizer, segundo eles. Um tipo que usava jeans e camiseta, tênis sem meias. Algumas vezes, vinha chapado. Uma vez, os dois chegaram chapados juntos. O porteiro teve que apertar o botão do elevador para eles.

— Ele viu a vítima na noite do homicídio?

— Não se lembra. Acha que não. Diz que tem mais de quatrocentos moradores no prédio, não tem como se lembrar de todos que viu a cada noite.

Bernie se lembrava de um morador. Um senhor de idade. Bernie sorriu ao pensar nele. O senhor que estava com Anna... isto é, Allegra.

— Por volta de 16, 17. Tem idade pra ser filho dele, talvez — disse Bernie. — Já tentaram falar com a ex-mulher depois do Johnson e do Ramirez?

— Sim. Não estava em casa. Tentamos ontem à noite. Embora ela tenha dito que não vê o ex-marido há oito anos.

— Continue tentando. Divorciados costumam ficar de olho na vida do ex-cônjuge; o ódio é um laço forte. O dentista sabia mais alguma coisa sobre ele?

— Não. Só que tinha achado ele com jeito de ser um boêmio. Eu queria conversar mesmo é com a vizinha de porta. Uma velhinha. Mas teria de ser surda como uma porta para não ter ouvido nada. O prédio é período pós-guerra. Paredes finas.

— Faça com que venha aqui. Às vezes, estar na delegacia mexe com eles. Deixa tudo mais oficial. Tem um homem também. Um senhor. Alto, magro, de voz forte. Tem uma capa de chuva escura xadrez, daquelas antigas, e lê o *Times* de domingo. Talvez vá pegar com o porteiro. Havia uma pilha de jornais no balcão dele. Queria que viesse aqui também. Quero conversar com pessoalmente.

Feeley fazia um visível esforço para não encarar Bernie, mas não fez perguntas.

— Mande vir todos os moradores do nono andar. E os do 8E e 10E. Marque horários diferentes para não ficarem amontoados aqui.

Feeley disse:

— Certo, inspetor. — Mas seu rosto questionava: *Por que este caso? Por que tanto envolvimento?* Ele prosseguiu:

— Estamos com algumas boas pistas naquela outra beleza de sábado à noite. O torso sem mãos, pés nem cabeça.

— Ótimo, ótimo — disse Bernie. — Vou ficar com esta pasta também. Vou ler na minha sala.

Será que Feeley estava olhando estranho ou era imaginação sua? Talvez você esteja se olhando estranho, Bernstein. Ele pegou as pastas e se levantou.

— É a pior coisa — disse Feeley. — Há alguns anos, você conseguia quem testemunhasse um crime. Dez pessoas diziam que tinham visto ou ouvido alguma coisa. Hoje, ninguém quer se envolver. Ninguém se importa. Ninguém se importa nem com os seus. Gente casada há trinta anos se separando, jovens morando juntos há cinco anos sem querer assumir compromisso, com medo de responsabilidades, sem querer ter filhos.

Bernie comentou:

— Das dez pessoas que costumavam dizer que tinham visto ou ouvido alguma coisa, nove estavam inventando.

— Eu não sei, eu não sei — continuou Feeley. — Uma mulher grita *socorro* na rua, as pessoas fecham a janela. Um homem é jogado de um carro em movimento, sangrando, e as pessoas passam direto. Ninguém quer se envolver. Não sei. Às vezes acho que a culpa é toda dessa tal de liberação feminina.

— Nunca devíamos tê-las deixado votar — declarou Bernie, e saiu rápido antes que Feeley entrasse em seu verdadeiro assunto preferido: mulheres na polícia.

Sozinho em seu gabinete, Bernie leu atentamente a pasta sobre Stone. Donlon fizera um bom trabalho. Havia entrevistas com boa parte dos moradores do prédio e com os que haviam saído e entrado o dia todo. Nada que tivesse acrescentado algo de novo. A moradora do apartamento de baixo, 8E, tinha ouvido a música alta. Não havia reclamado. Tinha uma filha adolescente que ouvia rock and roll em sistema quadrifônico. Ela já ficava feliz se ninguém reclamava dela. Também ouvira passos, dança e talvez alguns gritos. Pensou que era uma festa. Não, não conhecia o homem do apartamento de cima. Não se importava com homens.

    O casal do 10E tinha viajado no fim de semana. Só havia chegado em casa tarde da noite, domingo. Os moradores do 9D haviam saído na noite de sábado. Jovens não casados. Só chegaram por volta das quatro da manhã. Uma vez ou outra tinham ouvido música alta no 9E. O que se pode fazer, disseram. É um prédio residencial, não um subúrbio com árvores entre uma casa e outra. Não reclamavam. A vida é assim. Não conheciam o vizinho de porta. Achavam que era um sujeito mais velho. De uns 40 ou 50 anos. Não sabiam se ele morava com alguém. Já tinham visto alguma mulher no local? Uma noite, talvez, há um ano. Uma mulher de cabelos compridos. Fazia um tipo de artista plástica. Só moravam ali há mais ou menos um ano.

    Mas *alguém* havia ligado para a polícia. *Alguém* tinha dito que encontrara o corpo. Ninguém sabia quem.

    A melhor aposta era a Sra. Miller. Do 9F. Tinha ficado em casa a noite inteira. Bernie resolveu falar com ela pessoalmente.

    O porteiro disse que a dona Miller era uma senhora calada. Muito digna. Sempre dizia bom dia e boa noite e sempre contribuía bem para a caixinha de Natal. Ela não tinha muito em comum com ninguém. Ele não gostava nem desgostava dela. A senhora não dava dor de cabeça, só isso.

Havia muitas senhoras de idade no prédio, e senhores também. Ele soube na mesma hora quem era o sujeito sobre o qual o detetive lhe indagara. Alto, magro, cabelos brancos, reclamando de tudo o tempo todo. O mundo só estava lá para ser comentado por ele. Senhor Russell, 15A.

— Ele carrega um tijolo num saco de papel o tempo todo. Fala isso para todo mundo.

O Sr. Russell abriu a porta quando o detetive Donlon tocou a campainha e fez questão de passar pelo ritual de exibição de documentos. Todos assistiam à TV, e agora estavam muito espertos. Antes da TV, ele apostava que ninguém sabia que deveria pedir documentos.

— Donlon — disse o Sr. Russell. — É irlandês?

— Sim, senhor.

— Não faria mal usar gravata, sendo o senhor um detetive. Você deveria dar o exemplo. Eu sempre uso gravata, até sozinho no meu apartamento.

— Sim, senhor. — Ele ia pedir transferência para Repressão a Entorpecentes. Algo assim, fácil. Algo que lidasse com a máfia. Ele não podia era com esses velhos. — Sr. Russell, suponho que saiba que houve um... um problema no prédio.

— Problemas no prédio há milhares. O boiler de água quente vive quebrado. Mas eu não acredito nisso. Acho que o senhorio está economizando em água quente. E ladrões! Vi um ladrão outro dia.

— O senhor viu?

— Claro. Ontem mesmo. Eu o vi sair do elevador com um policial. Era um homem alto. Maior que você.

— Quando foi isso, Sr. Russell?

— De manhã. Bem cedo. Por volta de cinco da manhã. Eu desci à portaria para pegar meu jornal. Volta e meia aquele porteiro cretino nem está com ele para mim. Ele esquece. Eu nunca me esqueço de nada.

— Você tem certeza de que era um ladrão?

— É claro que tenho certeza. Conheço um ladrão quando vejo um, você não? Eu disse àquela jovem que ele era ladrão, mas ela disse que não era. Uma boa moça. Disse que me deixaria tomar conta do clima, se pudesse. Mas achava que ele não era ladrão. Ela foi simpática. Tem gente que entra no elevador e nem fala com você.

Donlon não tinha ficado sabendo de nenhum roubo ontem no prédio. Anotou para verificar depois.

— O que quero dizer, senhor, é que parece que aconteceu um homicídio no prédio.

— Parece que aconteceu? Você não tem certeza? Devia assistir à TV. Está em todos os canais. Mostraram até o prédio, bem no meio da tela. E no jornal de hoje também. Eu passei a tarde e a noite de ontem na casa da minha filha. Ela não parava de me dizer: "Papai, você tem que se mudar. Tem que sair daquele prédio. Estão até matando gente naquele prédio agora." O que ela quer, ela quer é me mandar para um daqueles lugares de velhos, aqueles asilos, onde colocam coisas na comida. Salitre, para tirar seu tesão.

Donlon pigarreou.

— Senhor — disse ele —, estamos pedindo a todos os moradores e funcionários do prédio para ir à delegacia responder algumas perguntas. Caso não se importe, posso levá-lo até lá agora mesmo.

— Vou com prazer. Vou só pegar minha capa e meu saco de papel. Aposto como foi ele quem matou.

— Quem, senhor?
— O ladrão. Aposto como foi ele quem matou.
— Você saberia identificá-lo se o visse?
— É claro — disse ele. — Meus parafusos estão todos no lugar. E tem um tijolo no meu saco de papel.

Donlon suspirou. Ele ia pedir demissão. Ia virar professor de educação física. Ou abrir um bar.

— É bom levar um guarda-chuva também, senhor. Está chovendo de novo.

O Sr. Russell ficou claramente chocado com o prédio da delegacia. Disse de imediato:

— Esse lugar precisa ser pintado. Que desgraça.

A sargento Isabel Petersen, que cuidava da recepção, disse simpática:

— O senhor está certo. Adoraríamos que o senhor escrevesse ao prefeito e lhe dissesse isso. O prefeito é Koch. K-O-C-H.

— Eu sei quem é o prefeito — reagiu o Sr. Russell. — Eu sei dizer todos os prefeitos desde LaGuardia: William O'Dwyer, Vincent Impelliteri, Robert Wagner, John V. Lindsay, Abraham Beame, Edward Koch. Tudo patife! Menos o Fiorello. O *Little Flower*. Escrevo cartas o tempo todo. A maioria para o *New York Times*. Eles não publicam. Aquelas cartas são todas falsas. Todas são escritas pelas mesmas pessoas. São todas parecidas, até quando uma discorda da outra.

— Sim, senhor. — A sargento Petersen lhe entregou papel e caneta.

— Eu era professor de escola. Me aposentei há 15 anos. Se você pensa que dá para alguém viver com aquela pensão, deve ser maluco. Acho que também vou dizer isso ao prefeito. Me aposentei aos 65. Estou com 80.

— Que saúde! — disse a sargento Petersen. — Não parece.

— É claro que parece — afirmou o Sr. Russell impaciente. — Por que não deveria? Não é nenhuma desgraça aparentar a idade que se tem. Mas estou pensando em tingir meu cabelo. Cabelo branco não combina comigo.

Donlon saiu do gabinete de Feeley e fez um sinal a Petersen, que disse:

— Ficaríamos felizes se você conseguisse que o prefeito pintasse o nosso prédio.

— Aproveite e peça papel de parede — resmungou Donlon. — E flores frescas todo dia.

Petersen indicou a porta de Feeley.

— Se fizer o favor de entrar na sala, Sr. Russell...

O velho andava na direção da sala de Feeley quando Bernie abriu sua porta e saiu, com uma pasta na mão, também a caminho da sala de Feeley. O Sr. Russell parou abruptamente e disse muito alto:

— É ele!

— Quem, senhor?

— O ladrão! — Apontava com seu guarda-chuva para Bernie, que parou e ficou olhando para ele, com um sorriso rasgado, que nem fizera na portaria. — É ele — disse o Sr. Russell com veemência.

— Este homem? — Petersen tinha uma expressão confusa.

— Sim.

— Este é o delegado, senhor. Inspetor Bernstein.

— Que nada. É ladrão, estou lhe dizendo. Você deve estar mancomunada com ele.

A sargento Petersen suspirou.

— O detetive Feeley o aguarda, senhor.

O Sr. Russell passou indignadamente por Bernie, entrando pela porta aberta. Bernie entrou atrás dele e a fechou.

Feeley ficou de pé.

— Como vai o senhor, Sr. Russell. Sou o detetive Feeley. Desculpe fazê-lo sair na chuva. — Ele indicou uma cadeira. — Faça o favor de se sentar. Este é o inspetor Bernstein. Gostaríamos de fazer algumas perguntas quanto ao homicídio que ocorreu ontem de madrugada no prédio do senhor. Tentamos falar com o senhor ontem, quando conversamos com outros moradores do prédio, mas o senhor não estava. Será que o senhor sabe de algo que possa vir a nos ajudar a encontrar o assassino?

— Pergunte para ele. — O velho apontou para Bernie, mas também olhava a sala inteira com grande curiosidade.

Feeley fez cara de confuso.

Bernie puxou uma cadeira próxima ao Sr. Russell e se sentou. Cruzou suas pernas compridas e sorriu tranquilamente, entregando ao velho um porta-documentos negro.

— Eis minha identidade, Sr. Russell. Que pena que pensa que sou um ladrão.

O Sr. Russell a examinou atentamente, levantando os óculos para ler melhor, sem pressa, conferindo se o rosto de Bernie era o da fotografia, e por fim lhe devolveu o porta-documentos.

— Estou liberado? — Bernie sorriu.

O Sr. Russell olhou feio para Bernie.

— Não sei. Não tenho certeza.

Bernie se levantou com um profundo suspiro.

— Acho que podíamos bem levar o Sr. Russell de volta para casa, Feeley. Ele não vai nos ajudar.

O Sr. Russell não se mexeu.

— Eu não sei... talvez devamos dar mais uma chance. Se importa se eu fumar, Sr. Russell? — perguntou Feeley.

— É claro que me importo. Você não acha que eu cheguei aos 80 com a saúde perfeita ficando perto de fumantes!

— Oitenta anos? É mesmo? Que saúde!

— Por quê? Eu não espirrei. Toda vez que digo que tenho 80 anos, alguém diz "que saúde". — Ele se voltou para Bernie. — O que vocês querem me perguntar?

— Você conhecia o morador do apartamento 9E?

— É verdade que ele foi decapitado e ficou sem mãos nem pés?

— Não, senhor. Esse é outro caso.

— Ah, sim. Este foi aquele em que...

— Outra parte da anatomia. Sim.

— Ele não merecia um pênis se não sabia cuidar dele — disse o Sr. Russell.

— Você o conhecia?

— Não.

— Alguma ideia de quem ele era? Alguma coisa a respeito dele?

— Não.

— Mas você conhece certos amigos dele.

— Que amigos?

— Uma mulher. Ela estava com você no corredor ontem de manhã. Uma mulher de cerca de 1,60m, vestindo uma capa de chuva vermelha.

— Não sei de quem você está falando.

— Vocês estavam conversando. Ela disse que eu não era ladrão.

— Não me lembro de mulher nenhuma ter dito isso.

— Talvez você tenha se esquecido.

— Eu nunca esqueço nada. Sei dizer todas as capitais de todos os estados dos Estados Unidos. Quer ouvir?

— Claro — concordou Bernie.

— Ai, meu Deus — disse Feeley.

— Alabama, Montgomery. Alasca, Juneau. Arizona, Phoenix. Arkansas, Little Rock...

Bernie ouviu atentamente enquanto o Sr. Russell matraqueava todas as capitais de todos os estados. De todos os cinquenta.

— Que fenômeno — disse ele, aplaudindo. — Não é, Feeley?

— Fantástico. Tem certeza de que se importa com *um* cigarro?

— Absoluta.

— A mulher tem um guarda-chuva amarelo. De plástico amarelo — disse Bernie, e Feeley parou de se remexer.

— Uma dessas coisas modernas? De bolha, não é assim que se chamam?

— Sim — concordou Bernie.

— Não duram nada — disse o Sr. Russell. — Um lixo. Tenho o mesmo guarda-chuva há vinte anos. Nunca perco nada.

— O senhor conhece ela?

— Quem?

— Talvez possa nos dizer o nome dela. Era muito amiga do homem do 9E?

— Eu não sei. Não sei de quem você está falando.

— Ela subiu de elevador ontem com o senhor.

— Não me lembro de ninguém ter subido de elevador comigo.

— O senhor lembra em que andar ela desceu?

— Não havia ninguém no elevador comigo.

— Nós só queremos fazer algumas perguntas sobre a noite de sábado. Ela pode ter visto alguma coisa — disse Bernie. — A mulher tinha um sorriso bonito. Loura. Olhos azuis. Magra. Capa de chuva vermelha.

O Sr. Russell comprimiu os lábios e pensou um pouco.

— Não — falou ele por fim. — Não me lembro de ninguém assim.

Bernie suspirou. Escreveu seu nome e telefone num papel que estava na mesa de Feeley e o deu ao Sr. Russell.

— Certo. Se por acaso o senhor se lembrar de alguma coisa, se lembrar de ter visto a moça, me ligue. Queria conversar sobre isso. Gostei mesmo de ouvir as capitais de todos os estados. Não sei todas elas.

— Você saberia se eu tivesse sido seu professor de estudos sociais — declarou ele. — E você não seria ladrão.

— Certo — disse Bernie. — Foi bom conversar com o senhor, Sr. Russell. Não perca meu número.

— Nunca perdi nada na minha vida — reafirmou ele. — Sei todos os presidentes dos Estados Unidos, de Washington a Reagan, e todos os vice-presidentes.

Feeley ficou pálido. Levantou-se rapidamente e levou o idoso da porta até a recepção, voltando às pressas para sua sala. A sargento Petersen disse:

— Boa tarde, Sr. Russell. Um dos homens de patrulha irá levá-lo para casa. Ele o espera lá fora.

O Sr. Russell assentiu e saiu. Havia um gato gordo de rua se abrigando da chuva sob a marquise que protegia os degraus da delegacia.

— Eu não contei nada a eles — disse o Sr. Russell ao gato. — Isso não é uma delegacia de verdade. É fachada de alguma coisa. Provavelmente uma casa de apostas. Talvez até um bordel. Por que quereriam encontrar a coitada da moça? Devem estar querendo matá-la para silenciá-la.

O gato se arqueou, agitando o rabo, e ronronou para ele.

— Comporte-se! — ordenou o Sr. Russell veemente, apontando seu guarda-chuva para ele. O gato lhe deu as costas e bateu em retirada escada abaixo. O Sr. Russell marchou na mesma direção. — Eles nem tiraram foto ou pegaram minhas digitais — disse ele ao entrar no carro de polícia que o esperava. — Conheço um ladrão quando vejo um.

Capítulo 23

Feeley voltou à sala de Bernie e se sentou.

— O que você acha, inspetor?

— Será que eu me daria bem como ladrão?

— Você é grande demais. Ficaria preso na janela de alguma casa. Melhor continuar fazendo o que já faz. Aliás, o que você está fazendo, se eu puder perguntar, senhor?

— Do que está falando?

— Não há nada na pasta sobre uma mulher de capa vermelha.

— Não. Nem sobre nenhum guarda-chuva — disse Bernie.

— Quando começamos a brincar de policial de TV e ladrão?

Bernie ficou em silêncio um minuto.

— Não tenho nada que se sustente num tribunal — falou ele apreensivo. — Eu poderia prejudicar alguém seriamente. Alguém que não precisa de problemas. — Ele parou. Feeley esperou.

Por fim, Feeley disse·

— É só isso?

— Se acabar sendo algo mais, eu passo para a equipe. Não sou de fazer justiça com as próprias mãos, Feeley.

— Você acha que o velho sabe de alguma coisa?

— Ele sabe todas as capitais de todos os estados e todos os presidentes de Washington a Reagan.

Feeley não ria.

— Aposto que ele sabe fazer divisões de números grandes e operações com frações também. Você sabe frações, Feeley?

— E a mulher de capa de chuva vermelha e guarda-chuva de plástico amarelo, inspetor? Sabe fazer frações?

— Que mulher, Feeley?

— Você é que sabe, senhor.

— Pergunto a ela se encontrá-la. E depois eu te falo.

Feeley assentiu e se levantou. Na porta, ele parou e se voltou.

— Bernie — disse ele —, vou ter que me intrometer. Quero dizer... está tudo bem com você? Sabe... esses arranhões na sua cara, os pontos na sua testa... quero dizer... você tem andado... não parece você mesmo...

— Se não pareço eu mesmo, quem sou eu então, Kevin?

— Está tudo bem? Digo... em casa?

Foi um dos momentos em que Bernie desejou não ter parado de fumar. Ele poderia colocar um cigarro na boca e acendê-lo, cobrindo a chama, e seu rosto, com as mãos. Teria com o que se ocupar. Ele lutou para que seu corpo não enrijecesse. Conhecia Kevin Feeley há trinta anos. Até mais. Havia ido ao casamento de Kevin, aos batizados de seus quatro filhos, ao funeral de sua mãe. Mas Bernie nunca tinha falado sobre Theo com Kevin. Nunca tinha falado sobre ele com ninguém. O que poderia dizer? Meu filho é maluco?

— Josephine e eu... sabe... não vemos você nem Linda há muito tempo.

— Mil desculpas — disse Bernie. — Não é nada pessoal. Não temos visto... ninguém...

— Eu sei — afirmou Feeley, o rosto vermelho. Ele era um homem alto, ruivo, de face rosada, que vinha adquirindo uma barriguinha, ficando mole. Confortável. — Quero dizer... ah, você sabe... nós vemos o Sean e a Kathy...

— Sim — falou Bernie. Então Feeley sabia a respeito de Theo. Do que mais saberia? Saberia de algo que Bernie não sabia? — Tudo bem, Kevin. — Ele passou a mão pelo rosto. — Gilete cega. Obrigado por se preocupar. — Ele pegou uma pasta em sua mesa e a abriu.

Feeley hesitou. Ia dizer mais alguma coisa. O telefone tocou na mesa de Bernie. Ele atendeu avidamente.

— Inspetor Bernstein.

A voz lhe respondeu controlada, impessoal.

— Bernie, aqui é a Linda.

— Sim. Oi, Linda. — Sua voz, esperava ele, era do mesmo tom que a dela. — Só um minuto, por favor. — Ele pôs a mão sobre o bocal. — Mais alguma coisa, Kevin?

— Não, senhor.

Feeley saiu rápido e fechou a porta. Bernie olhava para o telefone em sua mão como se fosse mostrar Linda, como se fosse capaz de ver o rosto dela ali. Ele inspirou fundo e retirou a mão do bocal.

— Desculpe — falou ele. E não sabia mais o que dizer. Ficou em silêncio.

— Você está me ouvindo?

— Sim.

— Desculpe te ligar no trabalho. — Ela falava como se estivesse fazendo uma pesquisa por telefone. — Eu não sabia mais como falar com você. E você não me informou onde está ficando.

— Queria saber onde eu estou ficando?

— Bernie, espero que possamos agir de forma adulta quanto a isso. Temos que fazer o melhor para o Theo.

— E você acha que é melhor para o Theo ficar sem pai.

— Isso é ridículo. Você ainda é pai dele. Na verdade, estou te ligando para lembrar: hoje é segunda-feira. Você tem que apanhar o Theo na escola e levá-lo ao dentista.

— Como ele vai chegar em casa?

— Você vai trazê-lo, naturalmente.

— O que há de natural nisso? Você me expulsou de casa. Ele deve saber disso.

— Eu expliquei para ele.

— Explique para mim.

— Bernie, você não tem me escutado. Há anos. Eu falo e falo. O Theo vai ficar melhor sem você em casa. Ele não vai esperar certas coisas de você se você não estiver por lá, coisas que não pode dar a ele.

— Que coisas?

— Você não o ama.

— Você disse isso para ele?

— É claro que não. Mas ele sabe. Ele sente.

— Eu já o magoei alguma vez? É você quem grita com ele, bate nele, pressiona e exige coisas.

— Você não exige nada porque não liga para ele.

— Suponho que tenha dito isso a ele também.

— Não lhe disse nada que fosse magoá-lo. Eu disse a ele que você vai continuar sendo o pai dele; ainda vai vê-lo e levá-lo para passear... ir ao parque... ao jogo...

— Ele detesta esportes. Tem medo do parque. Tem medo de pássaros, esquilos e minhocas.

— Eu disse que você vai levá-lo à praia esse verão por uma semana, nas suas férias, para vocês pescarem.

— Ele tem medo de praia. Tem medo de areia. Tem medo que ela entre pelo nariz dele e o sufoque.

— Ele diz que não vai ter medo.

Quantas vezes já haviam tido aquela conversa?

— Ele disse isso ano passado e no ano anterior. E eu não confio nele com um anzol na mão.

— Está vendo? Que negatividade com o menino! Ele vai ficar melhor sem você por perto sendo negativo o tempo todo!

— Linda... — ele tomou fôlego —, você vai ficar melhor sem mim?

— Eu conversei com o médico dele. Conversamos inúmeras vezes sobre isso.

— Vai ficar, Linda? Vai ficar melhor sem mim?

— Não há nada mais entre nós, Bernie. Você tem uma noção exagerada e obsessiva de lealdade, de certo e errado. É "errado" um homem abandonar sua esposa e seu filho. Não tem nada a ver com amor.

— Talvez seja um amor obsessivo.

— É só sua experiência pessoal, sua... herança cultural.

— Certo. Sou um judeu desgraçado.

— Eu não disse isso — gritou ela. — Nunca, nunca disse isso!

— É minha herança cultural. Judeu desgraçado.

— Você é sensível demais quanto a isso.

— Não sou nem um pouco sensível quanto a isso. Tenho orgulho disso.

— Eu sei. Seu povo pôs os Dez Mandamentos no mundo e você virou policial para garantir que todo mundo vai obedecê-los.

— Por que o Sean entrou para a polícia?

— É um emprego. Só isso. Só um emprego. Para você parece o Santo Graal.

— Você não está misturando as metáforas?

— Eu tinha esperança de que não fôssemos discutir. Que você fosse compreender.

— É isso que você esperava? Também esperava que eu fosse viver para sempre com 300 dólares no banco?

— O dinheiro é para o Theo.

— O Theo ainda tem pai, como você mesma assinalou. O pai dele vai sustentá-lo. O pai dele também vai procurar um advogado para recuperar o dinheiro.

— Eu não achei que você fosse ser tão horrivelmente egoísta com isso.

— Eu não achei que fosse chegar em casa uma bela noite e me encontrar trancado fora dela.

— Assim vai ser melhor para todo mundo. Inclusive para você.

— Obrigado por pensar em mim.

— Nada que você possa dizer vai me fazer mudar de ideia.

— Linda — falou Bernie, vagarosa e claramente —, você me ouviu pedir para mudar de ideia? — As palavras o deixaram chocado. Ele não estava ciente de que poderia dizê-las, nem mesmo de que estavam em sua cabeça.

Ele achou que ela também pareceu chocada, porque ficou calada tanto tempo antes de dizer com frieza:

— O Theo espera você na escola. Vai estar lá?

— Naturalmente, como você disse. Vai estar em casa quando eu o levar?

— Não. Você sabe que hoje eu tenho meu curso.

— Eu não tenho chave. Lembra?

— O Theo tem a chave.

— E se ele perdê-la?

— Você sempre espera o pior.

— Espero o de sempre.

— O Sean tem as chaves. Hoje ele está de folga.

— Você espera que eu vá bater na porta do seu irmão para pedir as chaves da minha própria casa?

— Não é mais sua casa.

— Na mosca, Linda. Bem no alvo. Espero que ele não perca as chaves. Porque, se perder, eu vou entregá-lo na sua sala de aula.

— Eu prendi as chaves com alfinete por dentro do casaco dele.

Deveria lembrá-la que ela já fizera isso antes e que, mesmo assim, Theo perdera as chaves? De que valeria isso? Ela sabia ou nunca admitiria que sabia. De repente isso não lhe importava mais. Ele disse:

— Eu ainda tenho a chave da caixa de correio, a não ser que você também a tenha trocado. Ponha as chaves num envelope na caixa.

Ela hesitou.

— Não vou tentar ficar com elas, Linda.

— Tudo bem. Você pode levar o restante das suas coisas enquanto estiver lá hoje — disse ela. — Eu fiz o resto das suas malas.

— Gostaria que você também incluísse algum dinheiro nessas malas. Estou quebrado. Trezentos dólares, caso não perceba, não vão me arrumar um apartamento.

— Pegue emprestado — disse ela. — Não posso tocar em nada daquele dinheiro. Está aplicado num fundo irrevogável para o Theo. Ele também é seu filho, não importa o que você sinta por ele ou não. Vai vê-lo neste domingo?

— Domingo eu trabalho.

— Você trabalhou no domingo passado, e ontem.

— A dura vida do Judeu do Santo Graal. Deu tempo o bastante para você traçar esse seu planinho.

— Quando digo a ele que você vai vê-lo?

— Vou vê-lo hoje.

— Falo de um dia inteiro.

— Vou conversar sobre os dias de visita com os advogados.

— Você o odeia mesmo.

— Não. Não odeio. Ele também é meu filho, como você disse. Nem você eu odeio, Linda.

Bernie desligou.

Seria verdade, pensou ele. Seria verdade que ele não a odiava?

Capítulo 24

Bernie permaneceu em seu carro, perto da escola de Theo, por alguns minutos. Precisava libertar seus pensamentos da pasta em sua mesa. E precisava se fortalecer para enfrentar o filho.

Seria aquela a quarta ou a quinta escola especial de Theo naqueles poucos anos? Escolas particulares. Escolas para crianças "excepcionais". Estavam esgotando as possibilidades. Ele havia sido expulso da escola pública no segundo ano.

Algumas crianças saíam do prédio. Era hora de sair e buscar seu filho. Theo não tinha permissão para sair com as outras crianças. Quando saía, frequentemente se metia em briga. Ele dizia que as outras crianças implicavam com ele, chamavam-no por apelidos e o empurravam. Ele precisava se defender, não precisava, dizia Linda.

Bernie ficou pensando se o comportamento de Theo teria sido diferente hoje, sem o pai em casa. Será que estava torcendo para o menino ter sido pior do que de costume, mais brigão, zangado e rebelde?

Theo estava em uma mesa na diretoria, desenhando, quieto. Ele olhou para o pai que chegava e voltou a desenhar imediatamente. Por um momento dilacerante, Bernie imaginou um menino alto e forte, de sorriso aberto, que dissesse "Oi, pai". Um menino que pudesse abraçar, jogar bola, pescar, talvez simplesmente correr à toa e conversar. Aquele menino o inquietava. Era baixo, magrinho, de braços e pernas finos, com cabelo negro, encaracolado, muito bonito e sempre comprido demais, pois ele tinha medo do barbeiro, e olhos negros, enormes e intensos. Bernie não sabia como conversar com ele. Por um segundo se sentiu tentado a sair dali na ponta dos pés. Fugir. Para onde? Adultos não fogem, Bernstein.

— Oi, Theo — começou ele.

Theo continuou desenhando concentrado.

— Não consigo fazer as pernas do cachorro direito.

— Quer que eu te ajude?

— Não.

— Sr. Bernstein, o senhor desenha? — A diretora havia entrado no aposento e permanecera junto à porta, observando-os. Ela depositou papéis e livros sobre a mesa e olhou sorrindo para Bernie. Ele notou que ela não usava aliança na mão esquerda. De repente, tinha começado a perceber coisas como alianças de casamento.

— Ele não é *Sr.* Bernstein — disse Theo. — Ele é *inspetor* Bernstein. Ele desenha muito bem. Mamãe diz que ele poderia ter sido artista.

— Eu sei desenhar. Só isso. Não tenho sensibilidade artística. A mãe dele é que tem.

— O Theo é muito talentoso — disse a Srta. Farber. Ela estava em pé junto a Bernie, encostando-se ligeiramente nele. — Podemos ver o que você está desenhando, Theo?

O menino atirou longe os gizes de cera e, agarrando o mais escuro deles, rabiscou furiosamente seu desenho inteiro com tanta força que o giz quebrou. Ele arremessou os pedaços de giz contra a parede e, amassando o papel com as duas mãos, lançou-o na mesma direção. Seu corpo tremia violentamente.

— S-sua vaca burra! — gritou ele à Srta. Farber, e saiu correndo da sala.

— Desculpe — falou Bernie. — Ele se comportou mal hoje? Pior do que de costume?

— Que eu saiba, não — disse ela. — Aconteceu alguma coisa em casa?

— Minha esposa não conversou com você?

— Não.

— Devia ter conversado. O professor dele tem que estar preparado para o caso de ele ficar alterado. A Sra. Bernstein e eu... bem, nos separamos.

— Que bom que você me contou isso. É importante que fiquemos a par. Vou conversar com o professor dele. Se ele já tiver ido para casa, eu ligo para lá. Se quiser, você pode me ligar em casa hoje à noite. Eu te conto como foram as coisas. — Ela escreveu seu nome e número em um papel e o entregou a Bernie. Ela sorriu. Era uma mulher bonita, alta e magra, de seus 40 anos. Seus lábios brilhavam úmidos como se ela tivesse acabado de passar batom. — Sinta-se à vontade para ligar hoje à noite ou quando quiser — disse ela.

— Muito obrigado. Eu não ousaria incomodá-la em casa.

— Não é nenhum incômodo. Não tenho muito o que fazer depois que meu marido faleceu.

— Sinto muito..

— Faz dois anos. Hoje à tarde vou conversar com o professor do Theo.

— Obrigado. — Ele enfiou o papel no bolso. — É melhor eu encontrar meu filho.

Theo o esperava do lado de fora da diretoria.

— Agora você ficou com raiva de mim — disse ele. — Agora me odeia mesmo.

— Eu não te odeio. Não estou bravo com você. Só queria saber por que você age assim, Theo.

— Eu também queria saber. — Seus lábios tremiam. Lágrimas pendiam dos seus olhos.

— A Srta. Farber é mesmo uma vaca, Theo?

— Não. Ela é legal.

— Você acha que poderia dizer isso para ela?

— Pode ser amanhã?

— Tudo bem. É melhor irmos. Vamos chegar tarde no dentista.

— Não quero ir ao dentista.

A cabeça de Bernie começou a latejar de repente.

— Olhe, Theo — disse ele firmemente, em tom grave. — Tive um dia péssimo. Ainda tenho tamanho para pegar você, enfiar no carro à força e depois tirar aos gritos para ir ao dentista. Nós dois odiamos isso. Não vamos fazer desse jeito desta vez. — Ele rezou para que isso funcionasse. Às vezes, funcionava. Ele já dissera inúmeras vezes a Linda que era melhor deixar Theo perder todos os dentes do que passar por todas aquelas cenas. Os dentes do menino eram ruins de nascença e provavelmente pioravam por causa de sua dieta ruim.

Theo parecia em conflito. Bernie apoiou suavemente a mão sobre seu ombro. Ele era tão ridiculamente magro que doía em Bernie tocá-lo. Andaram juntos até o carro.

— A mamãe mudou muito a casa — disse Theo.

Bernie não fez nenhum comentário. Não sabia o que dizer. Quando já estavam no carro há algum tempo, dirigindo pela cidade, Theo falou:

— Quando eu tiver idade suficiente, vou te matar.

Bernie não respondeu.

— Não quis dizer isso, papai. Você sabe que eu não quis.

— Eu sei. O dentista não vai te machucar. Ele nunca machucou. Ele vai fazer você dormir, vai fazer o trabalho dele e aí você vai acordar. Vou ficar junto de você na sala o tempo todo. Prometo.

— Como é que eu sei que você vai continuar lá o tempo todo?

— Alguma vez você já acordou e não me viu?

— Mas não sei o que você faz enquanto eu durmo.

— Vou ficar lá, do seu lado. Juro. Você dormirá por pouco tempo.

Quantas vezes já tinham passado por aquela litania?

— Não gosto de abrir minha boca daquele jeito.

— Ninguém gosta. Eu também não. Mas é preciso.

— Tem tanta coisa que é preciso fazer que a gente não gosta.

— É verdade. Faz parte de crescer.

— Eu nunca vou crescer! Nunca!

Ele estava começando a se alterar de novo. Bernie disse:

— É, Theo. Você deve estar certo quanto a isso.

Theo estava sonolento no caminho para casa e ficou quietamente apoiado no pai. De repente perguntou:

— Por que seu dia foi péssimo, pai?

— Às vezes a vida é assim, Theo. Talvez amanhã seja melhor.

— A mamãe mudou muito a casa.

— É, você já disse isso — comentou Bernie. Ele não fez perguntas. Não queria que Theo se envolvesse por causa de suas perguntas. Ou estaria com medo de ouvir as respostas? Não tinha certeza de qual. Passaram por um McDonald's, um Burger King e uma padaria kosher. Bernie ficou pensando, como já fizera tantas vezes, como seria levar o filho para um hambúrguer com fritas e um milk-shake ou um sanduíche de carne-seca. Talvez até um *knish*.

— Você está me levando para casa, papai?

— Sim, é claro.

— Você vai ficar lá?

— O que sua mãe lhe disse?

— Ela disse que você não ia mais morar com a gente.

— Bem... estamos experimentando isso. Mas ainda sou seu pai.

— Foi o que ela disse também. Mas por que você teve que se mudar? É por minha causa, porque sou mau?

— Não, Theo. Não é por sua causa. E você não é mau.

— A mamãe mudou muito a casa — disse ele de novo

Theo o alertara. Mas o choque que Bernie sentiu ao chegar em casa e descobrir as fechaduras trocadas não foi nada comparado ao que sentiu ao entrar no apartamento que fora seu lar por 27 anos. Linda o expurgara. Era como se ele jamais tivesse vivido, jamais tivesse existido. Sua cama não estava mais no quarto. Seu retrato de casamento, o casal feliz sorrindo um para o outro, tinha sido retirado da cômoda. Todas as suas fotos, seus diplomas, suas comendas por bravura, tudo sumira. Todo quadro pendurado por ele, todos os desenhos que fizera no começo do seu casamento, seus livros; a foto de seus pais se casando... outro casal feliz e sorridente... sumira.

Sua mente se turvou. Se ele tivesse morrido, haveria algum sinal de que vivera; mas ela não conservara nada. Sua escrivaninha tinha sumido do escritório. No lugar, estava a máquina de costura e a tábua de passar dela, além da televisão da sala.

Um bilhete sobre a mesa da cozinha o avisava de que suas roupas estavam nas malas no armário da entrada. O resto das suas coisas estava no porão de Sean. Ele podia buscá-las quando bem entendesse. Sean, escrevera ela, nada tivera a ver com isso. Ela mesma mandara alguém levá-las ao local.

Ele fitou o apartamento como se estivesse comparecendo ao próprio funeral. Sentia-se entorpecido. Ela queria apagá-lo de sua vida como se jamais o tivesse conhecido. Esse pensamento era insuportável.

Theo puxava seu braço, gritando com ele. Bernie forçou sua atenção a se voltar para filho. Era como avançar na neblina.

— Estou falando com você, papai... — gritava Theo. — Você nunca me ouve. Você nunca presta atenção...

— A casa... está toda mudada...

— Eu te falei isso — gritou Theo, de forma petulante. — Quero suco!

Feito um sonâmbulo, Bernie pegou uma lata de suco e a abriu para o filho. Ele a serviu no copo de Theo, o único copo de que ele bebia.

— Você ficou chateado com as mudanças, Theo?

— A mamãe disse que desse jeito seria melhor. Ela disse que, quando você viesse me visitar, seria para me ver e mais nada. Ela disse que você ia me dar toda a sua atenção porque sua visita seria para isso.

Nos primeiros anos, antes de Theo, haviam viajado para Irlanda, Inglaterra, Espanha, Itália, França. Tinham trazido coisas para a casa, coisas que escolheram juntos, sobre as quais discutiram e riram juntos, coisas que estimavam juntos. Porcelana Belleek irlandesa, vasos italianos, louça, quadros, enfeites de parede, vidros e couros. Ela havia tirado tudo de vista. Linda o transformara num ser sem história, sem passado, sem lugar. Um não ser. Um homem que nunca amara nem fora amado.

Ela deve ter trabalhado como louca para ter feito tanto em tão pouco tempo.

— Joga comigo.

— O quê?

— Joga xadrez comigo.

— Theo, por favor... agora não posso. Não dá mesmo. Estou muito chateado. Pode tentar entender isso?...

— A mamãe disse que você ia jogar comigo!

— Eu vou! Domingo. Venho te ver no domingo.

— Não! Não vem, não! Não acredito em você! Quero jogar agora! — Seu rosto ficara vermelho. — Eu te odeio! Você é um merda! Seu grande merda! — Ele jogou o copo de suco de uva em cima de Bernie. O suco bateu no rosto dele e em sua camisa e escorreu pelo pescoço. O menino pegou a lata de suco vazia e a esmagou entre as mãos. Com o choque do líquido gelado, Bernie se alterou. Viu a lata nas mãos do filho.

— Não jogue isso! — disse furioso.

— Vou jogar! Vou jogar! — Theo esticou o braço para trás. Bernie agarrou seu pulso, torcendo-o, mas Theo não soltou a lata.

— Largue isto! — rugiu Bernie.

— Não! — gritando, Theo chutou a canela do pai com toda a sua força. A dor tomou conta da perna de Bernie. Sem pensar, ele virou sua mão livre e deu um tapa no rosto de Theo. O menino parou de se remexer. A lata caiu de sua mão. Uma expressão assombrada se apossou de seu rosto. Ele olhou fixamente para o pai. Encararam-se por algum tempo, ambos tremendo, o menino magro e franzino e o homem enorme. Bernie sentiu vergonha. O menino era tão indefeso. Ele nunca havia batido nele antes. Já o dominara, já o apanhara e retirara de certos lugares, já o atirara à força em uma cama ou em um carro. Mas nunca batera nele. Ficava revoltado com Linda quando ela o fazia.

O assombro no rosto de Theo mudou para ódio.

— Que bom que você não vai mais morar aqui — gritou ele. — Espero nunca mais ver você! Espero que você morra!

Ele se curvou para apanhar a lata caída no chão, mas Bernie chegou primeiro. Ao se curvar para pegá-la, ficou na altura do rosto de Theo, que o fitou com ódio e cuspiu. A cusparada roxa atingiu o olho de Bernie. Escorreu pelo seu rosto.

— Que bom que a mamãe te expulsou — berrava Theo. — A gente não precisa de você aqui! — Ele correu para o quarto e bateu a porta. Bernie ouviu a tranca ser passada. Um som já conhecido.

Ele vacilou um momento. Parte dele queria ir ver o filho, tentar conversar com ele.

Conversar com quem? Com o quê? Como entrar naquele cérebro violento e fazê-lo dar ouvidos?

Ele abriu a porta do closet e pegou as duas enormes malas que Linda havia arrumado e saiu do apartamento sem olhar para trás. Obrigou-se a não sentir nada. Torpor. Era o mais seguro. Porque homens não choram.

Capítulo 25

Janet Stone não deixou o filho ter tempo para reclamar do "blecaute". Ela reservara duas passagens em um voo no início da tarde para Miami. A sorte fora, disse ela, ele ter ligado quando ligou. Poderiam matar as saudades do vovô e da vovó, que estariam esperando por eles no aeroporto e emprestariam o carro para que fossem à Disney por duas semanas. O vovô com certeza daria um bom presente para Stevie; sempre dava, não era?

Antes ele precisava falar com o George, disse Stevie.

George não estava em casa, disse ela. Tentara falar com ele quando saíra para conseguir uma passagem aérea para Stevie, para que ele soubesse por onde o filho andava.

— Você pode ligar para ele do aeroporto — lenhou ela. — Mas é melhor irmos andando, senão vamos perder nosso voo.

Stevie se movia devagar, com relutância, sem a menor certeza de que queria ir. Estava com o rosto quente e suava profusamente como se estivesse com febre. Mas sempre quisera ir à Disney. E o avô sempre dava uma boa grana. Ele precisava de grana. George vivia duro.

Ele comeu o segundo pedaço de lasanha, mais porque ela demonstrava muita pressa, e depois comeu mais vagem e torta.

— Minhas coisas estão todas no George. Vou ter que passar lá para pegar.

— Vamos perder o avião. — Ela estava tentando falar num tom calmo. Cada carro que passava e cada passo na rua podia ser a polícia voltando.

— Então pegamos outro avião.

— Não é assim tão fácil. Voos devem ser reservados com muita antecedência. Tive muita sorte em conseguir seu lugar. Você ainda tem algumas coisas aqui. Pode comprar o que quiser na Flórida. Vai ser divertido. Você pode comprar uma camisa da Disney.

Aí ela enfrentou uma situação complicada. Ele disse que queria usar sua camisa. Aquela coisa nojenta.

— Não consegui lavá-la — disse ela. — Vamos levá-la conosco e, chegando lá, lavamos e você pode usá-la na Disney World. — Por cima do seu cadáver.

— Eu não dou a mínima se ela está suja. Quero usá-la. O George não fica o tempo todo me enchendo por causa de roupa limpa ou suja.

Ela refreou sua raiva. Que diferença fazia, afinal de contas, a roupa que ele usasse?

— Tudo bem — disse ela. — Mas é melhor sairmos. Você consegue ficar pronto em dez minutos? Vou terminar de lavar a louça.

Mas Stevie ainda estava bravo. E com calor, cansado e com o estômago doendo. Mas não ia dizer nada disso a ela.

— Não quero ir. Quero ficar com o George.

Ela não sabia o que fazer. A assistente social dissera: "Não o pressione. Você só vai enervá-lo. Vá devagar. Nada é trabalho de um dia só." Mas ela não tinha nem um dia.

— Vou embora — disse ele.

Não havia nada mais que ela pudesse fazer. Janet havia tentado protegê-lo e fracassara.

— Faça o que você quiser — disse ela, derrotada. E saiu da cozinha.

Ele gritou com raiva:

— Então pegue de volta o dinheiro da minha passagem!

Ela não respondeu. Começou a subir as escadas. Ouviu-o sair da cozinha e ir à saída da frente. Ele gritou, em frente às escadas:

— Você não me quer! Você não dá a mínima pra mim! Você só não quer que o George fique comigo!

Ela parou e se voltou.

— Não é verdade! — gritou ela. Mordeu os lábios para evitar chorar. — Eu te amo muito. Suas irmãs morriam de ciúmes de você porque achavam que eu o amava mais do que elas.

— Elas sempre implicaram comigo.

— O que aconteceu com a gente, Stevie? Nunca entendi o que se passou. Sempre nos demos tão bem, você e eu. Nos divertíamos juntos. A gente era amigo. Então você fez 13 anos e tudo mudou.

— Você está sempre no meu pé — disse ele, desafiador.

— É só porque me importo com você.

— Quer mandar na minha vida. Está sempre me dando ordens.

— Acho que ainda penso em você como meu bebê.

— Não sou um bebê!

— Eu sei. É difícil para mim perceber que você cresceu.

— Bem, mas cresci. E você está sempre no meu pé. Quer que eu volte para a escola e estude aquela merda toda!

— Você costumava gostar da escola.

— Jamais gostei. *Você* gosta da escola.

— Talvez você esteja certo. Talvez eu quisesse que você se tornasse algo que no fundo não quer ser.

— Não vou ser porra nenhuma de médico nem dentista!

— Faça o que quiser, Stevie. — Ela se virou, cansada. — É melhor eu sair e ligar para a empresa aérea, para cancelar sua passagem.

— Espere um pouco! — disse ele. — Por que você tem que correr tanto para fazer as coisas? Por que não pode esperar um minuto, porra. Me dá até dor de cabeça. Talvez eu vá com você para a porra da Disney. Mas não vou voltar para cá. Vou morar com o George.

— Tudo bem, Stevie.

— Vou usar a merda que eu quiser. Não quero você me enchendo o saco.

— Tudo bem, Stevie. Vou pegar as malas.

— Eu pego a porra das malas.

Ele não estava bem. Ela podia ver. Mas não ia começar a lhe fazer perguntas justo agora. Se tivesse sorte, o avião decolaria no horário e eles teriam de embarcar imediatamente, sem tempo para ele ligar para George.

Precisava afastá-lo dali. Não tinha planos para depois. Pensaria no que fazer depois. Por enquanto, tudo o que precisava era de um pouco de sorte.

Ela não teve.

O avião ia atrasar. Trinta minutos, disseram.

Capítulo 26

Algo estava acontecendo. Stevie sabia. Ele não sabia o quê, mas havia algo. Ele não era burro. Conhecia a mãe que tinha. Se não soubesse a mãe que tinha, do que ele poderia saber? Ela estava dócil demais. E que diabos estava fazendo nesse aeroporto com ela, se sentindo um merda?

Ele sempre caía nesses truquezinhos dela: o-que-aconteceu, a-gente-era-amigo, eu-amo-você. Bem, ele queria sim conhecer a Disney World. E George bem merecia que ele sumisse por uns tempos. Ele e aquelas putas velhas. Será que George sequer notaria sua ausência? George não dava a mínima para ele. Mas ele ia ligar para George. Sabia que ela tentaria impedi-lo. Não descaradamente, mas que ia tentar, tentaria. Ela era ardilosa. O tempo todo ficava tentando controlar a vida dele com alguma porra de truque.

Assim como a camiseta. Ela havia lavado todas as outras roupas dele e secado na secadora, menos a camiseta dele. Então, cacete, ele ia usar suja mesmo. Ainda que não estivesse com vontade por ela estar melada, úmida e fedida. Também não quis usar um casaco por cima, como ela sugeriu, embora estivesse frio, chovendo e ele estivesse congelando, com o nariz escorrendo. Ele estava doente Estava na merda.

Ele viu que ela ficou puta da vida quando disseram que o voo iria atrasar meia hora. Stevie a conhecia. Ela queria enfiá-lo no avião para ele não poder ligar para o George. Talvez ela pensasse que ele era burro, mas não era.

Assim que despacharam as malas, ele disse:

— Vou ligar para o George.

— Ele não está em casa. Já liguei mais cedo.

— Ele pode já ter voltado, não? — questionou ele desafiadoramente. Ele percebeu que ela ficava olhando ao redor o tempo todo, como se procurasse alguém. Também a julgou assustada, meio agitada.

— Por que não marcamos nossos lugares antes — disse ela. — Assim já fica tudo certo.

Estava ficando cansado. Sua mãe sempre o deixava cansado. Como se ela estivesse de olho para ver o que ele ia fazer de errado.

— Você marca os lugares. Preciso ir ao banheiro. Te encontro no portão.

Antes que ela pudesse dizer alguma coisa, ele saiu correndo, e, dobrando um corredor, entrou no banheiro masculino. Talvez houvesse um telefone ali. Às vezes tinha telefone no banheiro masculino. Ele a ouviu gritando:

— Vamos tomar um sorvete primeiro... — Mas ele já havia sacado tudo. Não era burro. Ignorou-a.

Mas é claro que não havia porra de telefone nenhum. Mas ele também não ia sair lá de dentro correndo. Deixa ela se preocupar. Sairia quando tivesse vontade e aí ligaria para o George. Encontraria um telefone em um lugar onde ela o pudesse ver ligando.

Ele estava em frente ao mictório quando viu o homem. Não viu de onde ele viera. Um sujeito esperto. Terno de três peças. Corte de cabelo de 50 dólares. Com maleta executiva. Ele parecia um dos retratos antigos do George, só que alto, forte, imponente, feito um jogador de futebol americano. O homem escolheu o mictório ao lado. Por que, caralho? Havia uma fileira de vinte mictórios vazios. Não tinha mais ninguém no banheiro. Ele nem estava usando o mictório. O homem olhou para ele e sorriu.

— Bela camisa — disse ele.

Stevie o olhou desconfiado. Estaria debochando? Mas ele mantinha o sorriso amigável no rosto. Acendeu um cigarro e o tragou profundamente. Stevie o observou, tonto. Ninguém fumava cigarro assim. Era um baseado, porra. Ele sentia até o cheiro. Ficou olhando o homem fixamente. Cacete, como queria um daqueles.

Ainda sorrindo, o homem lhe passou o baseado. Stevie o pegou e puxou fundo. Não sabia quando ia ter outra chance, de jeito nenhum, viajando com *ela*, sempre de olho nele como se fosse desaparecer ou coisa assim. Por que ia entrar naquele avião com a mãe, afinal? Assistiu, ávido, ao homem inalar fumaça.

— Está viajando com quem?

Ele não podia dizer "com a minha mãe" pelo amor de Deus, podia?

— Com ninguém. Tenho cara de criancinha que precisa viajar com alguém? — respondeu.

— Você está sozinho?

— Sim. Vou à Flórida.

— Ah, sim. Ouvi dizer que tem muito estudante de faculdade indo para lá.

Foda-se o que você ouviu dizer, passa o baseado.

— É — disse Stevie.

— Suponho que você esteja com uma menina.

— Não. Te falei que estou sozinho.

— Mas deve ter uma menina te esperando na Flórida. Um menino bonito feito você.

— Não.

Por que diabos ele falava tanto? Por que não passava o baseado? Não via que Stevie *precisava* dele?

Stevie viu o homem sugar o baseado. Ele ia acabar com a porra do resto todo sozinho. Stevie sentiu pânico. Estava a ponto de o homem queimar os dedos. Não tinha nem a porra de um clipe?

O homem puxou uma última e longa tragada. Stevie quase via a erva agir, disseminando-se pelo corpo dele, deixando uma sensação cálida e relaxante. Stevie estava com tanto frio. Descuidadamente, o homem rasgou a ponta do papel de cigarro e deixou o resto cair no mictório.

— Não! — Stevie se esticou como se fosse apanhá-las. O homem o observou. — Por que fez isso, caralho?

O homem sorriu.

— Você tem mais?

— Você tem grana? — disse o homem, debochado.

Stevie não respondeu. Pensava em sair e talvez pegar umas 5, 10 pratas da mãe. Mas como? Diria que precisava da grana para quê? Quero comprar um sacolé, posso? Ela teria uma hemorragia de merda em pleno aeroporto.

Stevie sabia que o homem o observava.

— De qualquer forma, isso é coisa de criança — disse ele, sorrindo de novo. Batucou na maleta. — O que tenho aqui... é que é a boa.

— Estou sem grana — replicou Stevie. Sentia um frio horrível. Seus dentes batiam. Merda de ar-condicionado. Talvez vestisse o casaco quando saísse. Faria uma média com a mãe.

— Você está com frio, coitado — disse o homem, como se importasse. — Coitadinho, tão bonito. Você é bonito, sabia.

— Sai fora — falou Stevie.

O homem deu de ombros.

— Eu podia te fazer um favor.

— Tipo o quê?

— A gente podia um fazer um favor para o outro. — Ele sorria, sorria o tempo todo. Pôs a mão no ombro de Stevie e em seu pescoço e costas abaixo. — Vem vindo alguém — disse ele de repente. — Venha... — Ele agarrou a mão de Stevie e o puxou para a última cabine, fechando a porta.

Stevie viu os pés de um homem, ouviu-o mijar e a descarga ser acionada, depois novos pés, outra mijada e outra descarga. O homem cochichou:

— Já usou a melhor de todas? Já tomou um pico?

Nunca tinha tomado. Sempre achara que um dia ia acabar experimentando, mas ainda não tinha.

— É essa que é a boa. A melhor...

— Não quero perder meu avião — disse Stevie.

— Você tem muito tempo. Estou no mesmo voo. Você vai se sentir ótimo num minuto. Quentinho...

— Estou sem grana.

— Você tem coisa melhor, meu menino querido...

Ele queria se sentir bem. Na verdade, precisava. Todo mundo sempre o sacaneava o tempo todo, como se quisessem vê-lo desistir.

Ela deve estar pensando onde ele se meteu. Que bom. Que fique pensando mesmo. Ela não se importava com ele. George com aquela puta magricela, com todas aquelas putas; George não ligava para o que ele sentia. E a piranha da

Shelley, outra que também não dava a mínima para ele. Fodam-se. Fodam-se todos.

Ele estava cansadíssimo e morto de frio.

O homem tinha aberto a maleta. Stevie o viu tirar uma borrachinha e uma injeção. Ele mediu um pouco de pó branco numa colher.

— Segure isto, querido. — Com seu isqueiro, ele aqueceu o pó branco e o sugou com a seringa. — Você vai achar maravilhoso. Nunca sentiu nada igual. Você não está com medo, está, menino bonito?

Stevie estava com medo. Ele já vira amigos se picando. Não sabia por que não havia experimentado. Ele só não tinha feito aquilo antes.

O homem amarrou bem a borracha no topo do braço de Stevie, acariciando a pele interna do seu braço para uma veia saltar.

— Não sei se quero — vacilou Stevie. Ele começou a puxar o braço, mas o homem meteu a agulha na veia, depois soltou rápido a borracha e tirou a agulha, jogando tudo na maleta e fechando-a num clique.

Stevie disse:

— Não! Tenho que ir. Não gosto de você nem desse seu terno de três peças.

— Tudo bem — sussurrou o homem, nervoso. — Shh... Vou só preparar uma dose para mim também, e depois saímos os dois, juntos. Não quero problemas, tá?

O homem sussurrou, então Stevie sussurrou em resposta:

— Tá. — Começava a sentir um torpor. Um calor. Era uma sensação boa.

O homem aqueceu mais uma porção de pó.

— Quero ver se a borracha ainda está boa — disse ele. Stevie o observava como se fosse de muito longe. Agilmente, ele amarrou a borracha ao redor do braço de Stevie outra vez e aplicou a agulha em uma veia.

— Está melhor? Você não vai me dar problema nenhum agora, vai? — Stevie fez que sim, olhos semicerrados, registrando que o homem abria a braguilha. Se ele ia mijar, por que não estava de frente para a privada? Que coisa gosmenta era aquela que estava passando no pau? Stevie mal conseguia ficar de olho aberto.

— Gosto de você — disse o homem. — Você é um menino lindo. Você gosta de mim?

Stevie tentou dizer "Aham... aham, cara..." como George faria, mas seus lábios estavam dormentes. Ele tentou sorrir. As mãos do homem estavam sob a camisa de Stevie e esfregavam a carne mole de seu abdômen.

— Menino querido — sussurrou ele. — Deixe eu fazer uma coisa boa com você. Quer?

Stevie assentiu, sorrindo. Achou difícil ficar de pé, mas sentia-se ótimo, aquecido, leve como o ar. Queria era dormir.

Os lábios do homem estavam próximos de sua orelha.

— Mas eu não quero que você faça barulho, querido. Gosto tanto de você. Ah, eu gosto. Vamos brincar de uma coisa... — Stevie ouviu um barulho rápido, algo rasgando, e sentiu que alguma coisa era posta sobre a sua boca. — É divertido, não é? — Seu hálito soprava na orelha de Stevie. — Estamos fazendo uma brincadeira.

Stevie fez que sim com a cabeça. O homem abriu as calças de Stevie e as tirou completamente, levantando uma por uma as pernas de Stevie e deslizando as mãos para dentro das cuecas do menino.

— Ótimo — murmurou ele. — Menino lindo, maravilhoso...

Stevie ergueu um braço mole e fraco até a fita sobre sua boca, mas o homem o retirou dali.

— Não seja levado, lindo. Não estrague a brincadeira.

— Ele dobrou o corpo de Stevie para a frente, apoiando-o com uma das mãos e segurando seus genitais com a outra. O pau tá ficando duro, pensou Stevie, sentindo uma euforia forte, e o calor e a sensação boa do pau ficando duro e por fim só existia a sensação. Uma sensação boa. O homem estava bolinando seu cu com as mãos, mas Stevie se sentia cálido e leve, flutuando. Era como gozar e gozar sem parar. Ele sentiu algo duro entrar em seu cu. Doeu. Ele teria gritado, mas havia algo cobrindo sua boca, e a coisa entrava e saía, entrava e saía, sem dificuldade. Alguém segurava no seu pau, o apertava, beijava seu pescoço e apalpava sua barriga. Doía e era bom. Alguém sussurrava no seu ouvido sem parar:

— Meu querido, meu menino lindo...

Então, de repente, a coisa saiu da sua bunda e ele estava sentado na privada, sentindo-se zonzo, sentindo uma doçura, como depois de uma boa trepada. Ele viu vagamente o homem fechar a braguilha e ajeitar as roupas.

Então Stevie começou a perceber que ia desmaiar. Estava com vontade de vomitar. Estava com vontade de dormir. Sentiu a coisa sobre sua boca ser puxada.

— Você está bem, querido? — sussurrou alguém.

Foi a última coisa que ouviu na vida.

Capítulo 27

BERNIE. Anna era grata a ele. Pois, por um dia, por um dia inteiro, assim que o nome Simon emergia de alguma fenda em seu cérebro, Anna brandia BERNIE como uma cruz perante maus espíritos, e Simon desaparecia... não para sempre, nem mesmo por muito tempo, mas desaparecia, recuava para o lugar oculto de onde espreitava.

Anna não usou o nome mágico contra Emily. Ela se deixou preocupar com Emily. Será que ela arrumara emprego? Como estava lidando com as novas amigas no novo apartamento? Quando ligaria?

Seu trabalho não a ajudava na batalha contra os maus espíritos. Ele não era agradável nem desagradável, nem difícil nem fácil. Ela não gostava nem desgostava dele. Era um emprego. Sua fonte de renda. Desde sempre, limitara-se a isso. E Anna jamais quisera dele nada além disso. Ainda assim, ficava pensando em como era estranho que passasse oito horas por dia no trabalho catalogando e classificando livros; registrando-os quando chegavam; examinando o *Library Journal*, o *Hornbook*, o *Booklist*, o *Publishers' Weekly*, as críticas literárias; fazendo compras; conferindo contas, pagando contas; registrando retiradas e devoluções. Oito horas das 18 em que ela estava acordada, e tinham tão pouco impacto em sua vida. Ela nunca havia procurado satisfação no trabalho. Havia procurado na sua família.

Ela trabalhava nesta biblioteca havia 15 anos. Fazia seu trabalho com competência, muitas vezes com excelência, e, quando saía dali, o emprego saía de sua consciência, como um casaco tirado de seus ombros e pendurado em um armário. Naqueles 15 anos, Anna trabalhara ao lado da Srta. Lucy Haines, a bibliotecária-chefe. Lucy, agora com mais de 60 anos, tinha começado a usar tênis acolchoados e óculos pendurados em uma correntinha que quicava em seu peito esquelético. Por 15 anos ela e Lucy haviam trocado cartões de Natal, de Páscoa e de aniversário. Ela comparecera ao enterro da mãe de Lucy. E Lucy fizera uma visita a Anna quando sua mãe falecera. Mantinham relações de trabalho cordiais. Anna a chamava de Srta. Haines. Ela chamava Anna de Sra. Welles. Anna nunca mencionara seu divórcio. Não sabia se a Srta. Haines sabia a respeito.

Também havia John Saxe. O Bibliotecário de Referência. Ele usava óculos pesados, de aro preto grosso, e seus pés apontavam para fora quando ele andava. E gentil, de voz mansa, e estava sempre cansado porque trabalhava em outros dois empregos. Tinha mulher e oito filhos.

Na época de Simon, Anna não quisera um emprego mais exigente. Guardava sua energia para ele. E agora? Empregos exigentes não eram para uma pessoa que de repente se via com lágrimas nos olhos. Não para alguém cuja mente podia ser a qualquer momento possuída por uma pensamento paralisante: *Onde foi que eu errei?*

BERNIE. Hoje ela se agarrou resoluta às impressões sobre ele. Não sabia o bastante a respeito dele para pensar com segurança. Ateve-se à voz. De barítono. Agradável. Bem máscula. Seu talento na pista de dança, a urgência do interesse dele.

Mas alguma outra coisa a perturbava, a sensação inquietante de que seu interesse nada tinha a ver com ela. Talvez ele simplesmente se sentisse solitário. Perdido. Recém-separados costumam estar assustados. Recém-separados costumam cometer erros. "Quer dizer que eu sou um erro?" Seria isso simplesmente sua autoimagem ruim falando? A parte dela que dizia que, se Simon não a quisera mais, se ela havia estragado seu elo de alguma forma, se tinha feito algo tão errado, tão terrível, quem mais haveria de querê-la?

A voz da psicóloga repetia sem parar:

— Você não fez nada de errado. É como... num negócio em sociedade... há parceiros bons e parceiros ruins. — Anna ouvia as palavras. Repetiam-se sem parar em sua cabeça, martelando-a como um aríete, tentando rompê-la e penetrar. E não conseguindo.

BERNIE. Por fim chegou o momento em que Lucy Haines disse:

— Hora de fechar — e —, até mais, Sra. Welles. Até mais, Sr. Saxe. Tenham uma boa noite.

Anna fechou seu *Índice de assuntos Sears* e suas *Tabelas Dewey*, colocando-os na prateleira, e disse:

— Obrigada. Para você também, Srta. Haines.

No carro, ela percebeu que alguma coisa a incomodara vagamente o dia inteiro. Algo atormentava sua consciência, algo que ela precisava fazer ou lembrar. E sua boca passou o dia com um gosto horrível. Talvez ela devesse ir a um dentista. Dentistas eram caros.

Ela obrigou sua atenção a se focalizar totalmente em Bernie. Parte dela torcia para que ele não aparecesse. Anna não sabia por quê. Talvez porque houvesse algo nele que ela não soubesse explicar. Quando estava com ela, de repente ele parecia escapulir, sair do alcance. Ou seria ela que estava escapulindo dele?

Parou para comprar salada de ricota, brie e jarlsberg. Será que ele gostava de queijo? Será que ele bebia? Ela achou que não vira bebida na mão dele na noite anterior. Comprou vinho branco e uísque. Acabou que o total foi bem mais alto do que ela esperava. Ora, não era sempre assim? Bem, sempre havia o espaguete mais tarde.

Ela não teve muito tempo para se arrumar e precisou correr. Tomou um banho rápido e secou o cabelo, desejando que tivesse sobrado tempo para pintá-lo. O cinza estava começando a aparecer na raiz.

— Por que está tão assanhada? É só um encontro, mais nada. — Sim, mas era um encontro que a agradava, para variar.

Ainda em seu robe antiquíssimo, de um azul desbotado, gasto nos cotovelos, um robe do qual não conseguia se separar, ela aplicou cuidadosamente a maquiagem. Algo nela se revoltava com a ação de pintar o rosto; dizia-lhe: "Estou com 50 anos. Minha cara aos 50 é esta. Por que tenho que tentar encobrir isso?" Mas a Anna realista precisava vencer.

Dera os toques finais quando sua campainha tocou. Eram seis e meia. Teve meia hora para se vestir e tirar o queijo da geladeira. Tempo de sobra. Se tivesse sido mais rápida, poderia até ter tido tempo de pintar o cabelo, afinal. A campainha tocou de novo, com mais urgência.

Ela abriu a porta.

Era Bernie.

— Você não pergunta quem è antes de abrir a porta?

— Não te esperava tão cedo.

— Mais um motivo para perguntar quem era.

— Sempre esqueço. Não faz mal. Como você passou pela portaria sem interfonar?

— Faz mal, sim. Não é seguro. Alguém estava entrando e segurou a porta para mim. As pessoas são sempre educadas quando não deviam e cruéis quando não deviam. É a natureza animal. Eu devia ter interfonado, eu sei. Olhe, se for inconveniente, posso sair, dar uma caminhada e voltar mais tarde. Não está chovendo forte.

— Ah, não. Me desculpe. Entre. Eu não estava pensando... — Estava sim. Ela estava pensando, mas não podia se prender ao que estava pensando. Algo a respeito de Bernie. Seu rosto ou sua voz. Ou o tamanho dele no umbral da porta. Havia algum pensamento teimoso.

Anna abriu completamente a porta para ele

— Entre.

Ele a olhou e riu.

— Que roupa mais chique.

Ela enrubesceu.

— Não consigo jogá-lo fora. É tão confortável. Já tenho um robe novo.

— Eu tive um desses, antes de me casar. Acho que é tipo um cobertor de criança, que dá segurança.

— Deve ser. — Ela entrara com Bernie na sala com parca iluminação. Notou de esguelha que ele segurava um saco de papel. — Volto para cá num minutinho. — Ela seguiu para a cozinha. Ele a acompanhou. — Vou tirar o queijo da geladeira — disse ela. — Você quer uma bebida? Vinho? Uísque?

— Não precisa se incomodar.

— Não é nenhum incômodo. Além disso, já comprei, então é melhor você tomar.

Ele a observou colocar o queijo em uma tábua e arrumar biscoitos em uma cesta. Ele se apoiou no umbral e a seguiu com os olhos, observando suas mãos.

— Você não usa esmalte nas unhas — disse ele.
— Não. Deveria? Não gosto. Sempre lasca.
— Minha mulher também não gostava.
— Qual é o nome dela?
— Linda.
— Bonito nome — comentou ela.
— Ela é uma mulher bonita. Você parece com ela.
— Você sente falta dela.

Bernie embatucou.

— Não sei. — Ficou pensativo um minuto. — Sinto falta... de uma esposa... — declarou ele. — Uma mulher para quem voltar, em casa. Não sei se é Linda em especial. E você? Sente falta do seu marido?

A pergunta lhe doeu terrivelmente. Pareceu trazer Simon ao quarto, de corpo presente... seu cheiro, o sabor da sua boca. Ela ficou de costas para Bernie, ocupando-se com o queijo.

— Vinho ou uísque? — perguntou ela alegremente, surpresa em ver que era capaz de falar.

— Vinho.

Anna lhe deu a garrafa e um saca-rolhas, torcendo para que ele não percebesse o tremor das suas mãos. Ele os pegou. Suas mãos se tocaram. Bernie pegou o queixo dela com uma das mãos e ergueu sua face.

— Me desculpe — disse ele. — Pergunta boba.

— Você é observador.
— Claro. Depois que piso nas flores, eu percebo.
Ela deu tapinhas em sua mão.
— Você é um bom homem — disse. Ela levou o queijo e o vinho para a sala e ele a acompanhou com as taças, ainda com seu pacote sob o braço. Ela ficou pensando o que seria aquilo. — Volto logo. Não vou demorar muito para me vestir.
— Não vá, não. Fique comigo.
— Vestida assim? — Ela segurou a ponta do robe e deu uma volta, feito uma modelo.
— Por que não? É bonito. Confortável.
— Tudo bem. Um drinque. — Ela estendeu as taças e ele os serviu. Seu paletó estava abotoado. Ela queria dizer para ele tirá-lo, ficar mais confortável, mas teve medo de ser mal-interpretada. Ele estendeu a taça. — Um brinde. — Ela ergueu a sua.
— À vida — disse ele.
— Ou morte — sugeriu ela. — O que vier primeiro.
Ele colocou sua taça na mesa.
— Não brinde a isso. Você tem que respeitar a vida.
— Por quê? A sua foi assim tão maravilhosa?
— Talvez tenha sido minha culpa se não foi maravilhosa. Mas a vida é tudo o que existe. É tudo o que conhecemos de Deus.
Ela ficou surpresa. Não soube dizer por quê.
— Você acredita em Deus?
— Não sei. Mas na vida, eu acredito. Respeito. Você não?
— Não sei. Pelo menos, não a minha. Eu a daria de presente, se pudesse. — Ela riu. — Você conhece alguém que queira uma vida, usada, um tanto danificada, precisando de conserto? Grátis.

— Você não deve fazer piada com a vida.

Será que eu estava brincando?, pensou ela.

— Acha que Deus vai me ouvir e me castigar?

— *Você* acredita em Deus?

— Eu? Não. Já acreditei, há muito tempo. Em outra vida. As pessoas inventaram Deus. É a última defesa contra a morte.

— Você não tem medo da morte? — perguntou ele.

— Não.

Ele falou, devagar:

— Dizem que a pessoa que não tem medo da morte, que não respeita a vida, é capaz de tirar a vida de outra pessoa.

O que eu iria querer com a vida de outra pessoa? Não quero nem a minha, pensou ela. Anna passou brie em um biscoito e entregou a ele. Bernie ficou girando o biscoito na mão.

— Você acredita nisso... nisso que acabou de falar? — perguntou ela.

— Não sei. Você acredita?

De repente ela sentiu tontura. Deve ser esse vinho com o estômago vazio. Ela não tinha comido nada desde o iogurte e o café no almoço. Descansou sua taça de vinho na mesa e se serviu de queijo. Sentia uma espécie de pulsação na sala. Algo à espera. Sentia também que ele a observava. Ela sorriu. Seu sorriso era sua proteção.

— Acho que... qualquer um é capaz de matar — disse ela com leveza, ainda sorrindo. — Você não?

Até ontem, ele teria dito que não. Uma gorducha de cabelo vermelho armado passou num átimo pelo seu pensamento. Ficou com o rosto em chamas.

— Talvez acidentalmente. Ou num momento de dor, desespero, insanidade. — Ele encheu suas taças. Parecia distante dela. A sala parecia imovel, de repente. Ela passou a língua pelos lábios. Estavam melados de vinho. — Você acha que seria capaz de matar? — perguntou ele. Anna sabia que ele iria lhe perguntar isso. — Você acha que seria capaz de matar? — repetiu ele. Bernie parecia estar muito perto dela no sofá.

— Você não comeu queijo — disse ela. — Não gosta de brie? Esse é jarlsberg e isso é salada de ricota. É queijo de leite de cabra. Muito gostoso.

Ela lhe deu um pouco e ele o comeu.

— Delicioso — disse ele, sorrindo. — Não, acho que você não seria capaz de matar alguém. Você é muito gentil.

— Você me acha gentil?

— Sim. Não é?

— Fraca, acho. Ineficiente. Muitas vezes isso é confundido com gentileza.

— E vice-versa — disse ele. — Pessoas que não sabem lutar, que são gentis, muitas vezes são chamadas de fracas.

— Elas são fracas. A pessoa tem que revidar quando é ferida. No lugar e na hora certa — ela se ouviu dizer.

— Quem pode julgar uma coisa dessas? — questionou ele. — Só a lei.

De repente sua cabeça latejava horrivelmente. Sua boca estava com um gosto horrível de novo. Ela teria de levar enxaguante bucal na bolsa quando saíssem.

Ele disse, baixo:

— Acho que, no fim, não é Deus quem nos controla. Nem a lei. Em última análise, somos nós. A culpa. A consciência. Você não acha?

Ela estava sem palavras. Sua cabeça desligou. Ou será que desligara antes? Fora ela mesma quem falara? Ela não se reconhecera. Deve ser o vinho.

Ele estava muito próximo dela no sofá. Inclinando-se para o seu lado. Ela ficou de pé.

— Está sendo um encontro estranho. Estamos tão sérios. É melhor eu me vestir. Fique à vontade. Tire seu paletó. Pode se servir do queijo. Não demoro. — Ela deixou a sala com pressa.

Ele estava sozinho no cômodo. Suando. Enxugou o rosto com o lenço e abriu seu paletó. A feia mancha roxa tinha se espalhado por toda a camisa. Bernie ficara com o paletó fechado para escondê-la. Percorreu o cômodo com o olhar Era uma sala agradável, confortável, com toques artísticos de bom gosto. As cortinas destoavam. Elegantes demais Deviam ter vindo da casa dela. Ele se levantou e olhou os livros nas estantes. Na maioria, clássicos. Muita poesia. E um livro sobre jardinagem. O que estava procurando, inspetor Bernstein? Romances policiais? Havia um aparelho de som e um gravador de fita. Não eram novos. Nada naquela sala era novo. Ela deixara o gravador ligado. Devia tê-lo usado recentemente. O aparelho estava muito quente

— Oi. Voltei.

— Que rápido. E está linda. Você deixou seu gravador ligado.

— Deixei? Não é possível. É da Emmy. Desde ontem que ela não está aqui.

— Sua filha?

— Sim. — Anna se aproximou para vê-lo. — Quem pode ter usado isso? Será que ela esteve em casa de tarde, quando eu estava no trabalho? Pode ter deixado uma mensagem para mim nele. Mas ela nunca fez isso antes

— Está na posição de gravar. Você pode experimentar e ver.

— Acho que sim. Mas haveria algum outro sinal de que ela esteve aqui. — Anna apertou o botão de rebobinar e o olhou de relance. — Sua camisa! Foi vinho que derramou? Deve ser lavada imediatamente. Se você puser sal e depois água tônica... — Ela desligou o gravador. — Você tem que lavar enquanto está úmida. Me dê...

Ele fez que não.

— É muita gentileza sua. Não. Não é vinho. Foi... um acidente. Na verdade, eu tenho uma camisa limpa. — Ele apontou para o saco no sofá. — Se você não se importar, gostaria de me trocar.

— É claro. Por que você não me disse?

— Eu queria dizer. Na verdade, é por isso que estou adiantado. Fiquei num dilema. Eu tinha duas opções: ir para o hotel e mudar de roupa, mas assim chegaria aqui atrasado, ou vir direto para cá e chegar cedo demais. Optei por puxar uma camisa da minha mala no carro e vir direto para cá. Cedo. Espero que você não se importe.

— Não, é claro que não. Deixe que eu fico com a camisa. Tem de ser lavada agora mesmo ou vai ficar manchada. Pegou no colarinho também. Não notei antes. Parece ainda úmida.

— Não, você já está toda arrumada. Vai se sujar.

— Vou tomar cuidado.

— Não. Obrigado, de qualquer forma. Você é muito boa. — Ele pegou a camisa limpa. — Você é, sabia. Muito boa. E vou trocar de roupa ainda mais rápido que você. Como é seu bairro, você escolhe o restaurante.

Ela cobriu o queijo e o deixou no balcão da cozinha com o vinho. Podiam querer comê-lo se voltassem depois. Então voltou ao gravador e o levou para o sofá. Ela estava com a mão no botão de rebobinar quando ele saiu do banheiro com sua camisa limpa.

— Que rápido. E você está bonito.

Ele deu uma risada.

— Lavei o rosto também, enquanto estava me deixando bonito. — Também havia tirado uma amostra de cabelo do pente dela no banheiro; guardara em seu bolso, embrulhado em papel higiênico. Ele percebeu que ela estava com o gravador de fita. — Se quiser ouvi-lo...

— Não, é bobagem. Haveria algum sinal de que Emmy andou por aqui. Ela teria deixado um bilhete. Você tem certeza de que não quer que eu coloque a camisa de molho, pelo menos?

— Não. Vou usá-la da próxima vez em que for visitar o Theo, assim, se ele jogar suco em mim de novo, não vai fazer mal.

— Theo?

— Meu filho. Ele tem 12 anos. Tem problemas mentais. — Bernie ficou parado e a olhou fixamente. — É a primeira vez que digo isso a alguém sem ser a minha esposa. Em toda a minha vida.

— Não pareceu difícil de dizer.

— Sabe, não foi difícil. Simplesmente... saiu da boca, por conta própria. — Ele se aproximou dela. — Me senti bem em dizer isso. Minha esposa... a Linda... se recusa a conversar sobre isso.

— Não é sua culpa ele ter problemas mentais. Não é como num divórcio.

— Duvido igualmente que isso tenha sido culpa sua. — Ele segurou o queixo dela com a mão de novo e sorriu para

Anna. — Qualquer que tenha sido o motivo, foi ele quem saiu perdendo. — Ele tirou a mão com excessiva rapidez. — Estou morrendo de fome. Vamos embora. Está chovendo de novo. É melhor levar o guarda-chuva.

— Como está chovendo, podemos ficar aqui. Faço omeletes maravilhosos.

— Deve fazer mesmo. Outra hora. Estacionei a dois quarteirões daqui, então vai precisar mesmo do guarda-chuva.

Ela o pegou, junto com sua capa de chuva.

— Não está muito bom. Eu te disse.

— Me deixe ver. Talvez eu consiga consertá-lo.

Ele o pegou e o observou cuidadosamente. Suas mãos tremiam.

— A haste está quebrada — disse ele, tentando conter a exaltação na voz. Era aquele. Tinha certeza. Absoluta. *O guarda-chuva.* Era alguma coisa. Um começo. Meio caminho andado. Ele o abriu.

— Ah... ah, não... — falou ela, chateada. — Você não devia ter feito isso. Dá azar abrir guarda-chuvas dentro de casa.

— Você realmente acredita nisso?

— É besteira, eu acho. Achei que pudéssemos dar sorte um para o outro.

Ela estava de pé na entrada, olhos baixos, em seu vestido delicado de cor lilás, braços pendidos, a capa vermelha na mão, arrastando no chão. Parecia tão sozinha e assustada. Frágil. Quase uma criança. O que ele estava fazendo? Ninguém mais havia visto o guarda-chuva. Será que ele o imaginara? Estaria maluco? Por que não se esquecia de tudo aquilo?

Então ela olhou para ele e sorriu seu sorriso lindo e triste. Quando estava ao lado daquele velho... Russell... ela sorrira esse sorriso lindo e triste...

Não havia por que voltar a falar com Russell. Seu testemunho não valeria 2 centavos em um tribunal.

— Você gosta de italiana? — dizia ela.

— Italiana?

— Comida italiana. Chinesa, espanhola, indiana, coreana, americana? Ou quem sabe peixe? Há todas essas opções aqui por perto.

— Você manda. — Ele fechou o guarda-chuva e o levou consigo. Estava deprimido. Deveria ter se sentido exultante, empolgado.

— Já sei — disse ela, subitamente extasiada —, se você não se importar de dirigir um pouco, tem um lugar não muito longe onde a comida não é nada má e onde podemos dançar.

Ele se sentiu atraído pelo sorriso dela como por um ímã. Aquele sorriso o fazia querer protegê-la, reassegurá-la. Era tão lamentável, tão incerto; conquistador, mas receoso. Bernie começou a envolvê-la com o braço, depois se conteve e se esticou para alcançar o botão do elevador que ela já apertara. Disse a si mesmo: "Você é um policial que está cuidando de um caso, Bernstein, não um aventureiro de meia-idade. Um policial cuidando de um caso."

Anna pareceu ter sentido seu súbito afastamento. Seu sorriso desapareceu. Ela fitava fixamente a porta do elevador à sua frente, sem dizer uma palavra.

Capítulo 28

Feeley estava prestes a sair da sala quando o telefone tocou. Ele hesitou, mas acabou voltando para atender. Irritou-se ao ouvir a voz de Jake Harris.

— Feeley, você chegou a ver os jornais da tarde? O *New York Post*, desculpe o linguajar.

— Eu trabalho para viver. Não fico sentado lendo jornal. O que foi?

— Overdose de adolescente no aeroporto Kennedy, num banheiro masculino. Ele também foi sodomizado.

— Você sabe quantos adolescentes morrem de overdose nesta cidade por dia? É epidêmico. Além disso, esse aeroporto fica no Queens. Não é da minha jurisdição.

— O menino se chama Stone. Steven Stone. — Feeley se sentou e abriu seu casaco. — A mãe dele está histérica. Estavam indo passar as férias na Flórida. Ela fica dizendo que é culpa do pai dele. São divorciados.

— O pai se chama George Stone?

— Sim. Você devia ver do que ela o chama. Deixaria um marinheiro bêbado envergonhado.

— Obrigado, Jake.

— Ela ainda não falou que ele está morto. Você acha que talvez ela não saiba?

— Ela sabe.

— Não posso mais ficar escondendo isso. Você entende. Por isso é que te liguei.

— Sim, tudo bem, Jake.

Feeley ligou para a mulher a fim de explicar que chegaria tarde e ouviu impaciente ela lhe dizer o que pensava do emprego dele, do departamento, da porcaria da cidade e dele próprio. E também da mãe dele. Ela também não gostava da mãe dele.

Então Feeley disse:

— Te amo, querida. — E desligou.

Ligou para a casa de Bernie.

O garoto atendeu. Quando Feeley perguntou pelo inspetor, o menino disse:

— Ele não mora mais aqui. — E desligou.

Kevin entrou em choque. Ficou olhando o aparelho na mão um minuto inteiro até lembrar que o menino era maluco. Sean já havia falado disso algumas vezes, mas ele não se aprofundara muito no assunto. O menino era filho da irmã de Sean, também, afinal de contas. Ele discou de novo, e, quando Theo atendeu, Feeley tentou mudar a voz e perguntou pela Sra. Bernstein. O menino falou:

— Por que você não disse logo da primeira vez? — E saiu do fone, e logo Linda veio falar. Feeley disse:

— Alô, Linda. Como vai? Sou eu, Kevin Feeley.

— Bem, Kevin. Como você vai? E Josephine?

— Bem. Bem, obrigado.

— E os meninos?

— Bem. Nos tirando do sério, como sempre.

— Diga que mandei um beijo para eles.

Toda vez que precisava falar com ela, tinham esse exato diálogo. Neste ponto ela sempre ia buscar o marido. Desta vez, ele teve de perguntar:

— Posso falar com o inspetor?

Linda titubeou. Ele ouviu.

— Ele não está, Kevin.

— É importante, eu acho. Se você tiver notícias dele pode lhe pedir para me ligar, por favor?

— Se eu tiver notícias.

— Você saberia dizer onde posso encontrá-lo?

— Não. Não sei.

Ele ouviu um estrondo ao fundo, e ela deve ter coberto o bocal, pois ficou sem ouvir nada um momento, então ela disse depressa:

— Até mais. — E desligou.

Ele ficou olhando para o fone em sua mão, pensativo, e por fim o colocou no gancho. Tinha alguma coisa estranha acontecendo com Bernstein. O menino disse que ele não estava mais morando lá, e Linda dissera "*Se* eu tiver notícias".

Será que Bernie havia largado a esposa?

O Bernie?

Nunca. Ele nunca tinha olhado para outra mulher. Ele nem sequer fazia piadas sobre mulher. Nunca parava no bar antes de ir para casa. Nunca ficava até mais tarde para um poquerzinho. Será que estava acontecendo alguma coisa com ele?

Talvez Linda o tivesse expulsado. Não devia ser fácil morar com o Sr. Limpeza.

Feeley pegou o telefone de novo e ligou para a delegacia do Queens. Queria conversar com a tal da Stone. O caso estava esquentando, começando a ficar interessante. Estava com muita vontade de falar com Bernie sobre ele. Bernie havia sido um detetive de primeiríssima linha. Kevin ficou imaginando o que Bernie ficara sabendo e não havia contado. Não fazia o gênero dele, tampouco, sonegar informações, mesmo que fosse apenas especulação. Ele enforcaria qualquer um que fizesse isso. Não era o trabalho de um bom policial. Bernstein sempre fora um policial dos bons.

Kevin torceu para estar tudo bem. Ele gostava do sujeito. Admirava-o. Tinham trabalhado muitos anos juntos. Ele era meio caxias, sim, mas um cara legal. De fibra.

Além disso, Kevin tinha uma dívida com ele.

Capítulo 29

Lá fora, Bernie segurou o guarda-chuva para ela, protegendo-a da chuva, que mais parecia uma densa neblina. O silêncio ficara incômodo. Alguma parte da essência dela havia se recolhido. Ele precisava ganhá-la de novo.

Assim que entraram no carro, ele disse, simpático:

— Certo, me guie.

Ela sorriu também, com vivacidade excessiva, o sorriso que devia usar nos bailes para solteiros.

— Você tem certeza? Quero dizer, você quer dançar?

Ele retribuiu o sorriso, suspeitando estar sorrindo igual a ela. Sabia que isso não o levaria a lugar algum.

— Tenho certeza. Vou para onde?

— Pode ser mais caro que os restaurantes aqui do outro lado da rua.

— Tudo bem. Vamos comemorar.

— Comemorar o quê?

— Qualquer coisa. Tudo. Nosso encontro. A chuva.

Ela riu. Quase um riso de verdade. Ela estava voltando aos poucos, mas com cautela.

— A chuva?

— Por que não? Ela deixa as flores viçosas. — De repente, ele se lembrou das rosas que comprara para Linda, agora mortas, provavelmente, na mala do seu carro. Queria ter trazido rosas para Anna.

Ela lhe disse como chegar ao restaurante, a 15 minutos dali, em Long Island, e recostou a cabeça no assento, metade próxima dele, metade distante. Ele deu a partida.

— Certo — disse ele —, vamos nos divertir a valer. — Tenha leveza, Bernstein. Leveza. É uma brincadeira. — Relaxe. Feche os olhos. Deixe sua cabeça vazia. Sem nenhum pensamento.

— Hummm.

Será que ela estava de volta?

— Agora, me responda a primeira coisa que vier à cabeça. Me fale sobre você.

— Sou divorciada.

— É assim que você se identifica? — questionou ele, bravo. — Você deve ser algo além disso!

Ela não respondeu. Ele ficou com medo de tê-la perdido de novo e declarou:

— Você deve estar com muita raiva dele.

— Não — respondeu ela fracamente. — Estou com raiva de mim. Fracassei.

— O que você fez de errado?

— Não sei. É por isso que é tão difícil.

— Digamos que você não tenha sido a esposa perfeita. Ele foi um marido perfeito?

— Eu o amava. Eu não estava atrás de perfeição. Ele foi meu marido por 28 anos. Eu simplesmente o amava.

— Você *tem* que estar com muita raiva dele.

— Não estou! Não estou! — disse ela furiosamente.

— Para mim você soa brava.

— Ele não precisava ter sido tão cruel no final. Não precisava ter me magoado e me humilhado. A psicóloga disse que era porque ele sentia culpa.

— É mais provável que ele estivesse tentando deixar você com tanta raiva que o abandonaria. Ele se daria melhor no tribunal se você o deixasse.

— Ele se deu bem de qualquer forma.

— Provavelmente porque você não o enfrentou.

— Não consegui acreditar que eu teria mesmo de fazer isso.

— Você havia perdido a vontade de lutar. Entendo.

"Você não se achava digna", disse a psicóloga. *"Aceitou o julgamento que ele fez de você... "*

— Eu não conseguia me fazer crer que ele poderia querer me ferir. Depois de todos aqueles anos juntos. E tínhamos uma filha. Eu nunca o magoei de propósito. Posso ter falhado com ele, de alguma forma, mas nunca tentei feri-lo.

De repente ela se aprumou.

— Você quer chiclete? — disse, repentinamente muito animada. Ela desembrulhou um para ele e outro tablete para si. — Não quis te entediar.

— Não estou entediado.

— Me fale de você — pediu ela.

— Relaxo e fecho os olhos?

— Se você quiser — disse ela, ainda animada.

— Então você não vai mais poder ir a nenhuma das festas da Louise King.

— Negócio fechado — disse ela, dando risada. — Você já esteve em alguma festa dela?

— Não. Ela deu uma sábado passado, não foi?

— Sim. Foi chata. — Ela fechou os olhos de novo e se recostou, a testa enrugada. Ele a olhou de relance. Anna parecia estar se esforçando para lembrar alguma coisa. Ela disse, como se fosse para si própria:

— Foi uma festa muito chata. A Louise me pediu para que a esperasse e levasse para casa... eu acho.

— Por que ela pediria isso?

— Nós morávamos no mesmo bairro. Na mesma rua.

— Você a levou em casa?

— Acho que não — disse ela, devagar.

— Você não se lembra?

— Não a levei em casa.

— Creio que você foi a uma festa melhor depois.

— Você acha?

— Na casa do George — disse ele casualmente.

— George? Não conheço nenhum George.

— Na Amsterdam Avenue. Festa do barulho. Jazz. Maconha.

Ela riu e se aprumou.

— Nunca fumei maconha na vida. Acho que isso deve ser ridículo. Uma pessoa da minha idade já deveria ter experimentado, pelo menos. Nunca experimentei. Você já?

— Experimentar? É claro. Algumas vezes. Não me fez nada.

Ele a olhou novamente. Ela estava recolhida de novo, reclusa em si mesma.

Deixe quieto, Bernstein. Ele ligou numa estação musical. Passearam algum tempo em silêncio. Não era constrangedor.

— É esse o restaurante, do outro lado da rua?

Ela despertou.

— Sim. Você tem que ir à esquina, dobrar à esquerda na rua e aí fazer o retorno para voltar.

— Por que não posso virar aqui?

— A linha amarela é dupla. É ilegal — disse ela.

— Não tem polícia por perto.

— Mas é ilegal — repetiu ela, determinada.

Bernie sorriu. Não percebeu que estava sorrindo. Ela viu o sorriso e falou:

— Eu disse algo de errado?

Ele tocou sua mão, apaziguador.

— Não, nada mesmo. — Seus dedos, sob os dele, estavam rígidos. — Relaxe, tá... — disse ele. Acariciou os dedos dela e os sentiu trêmulos, até que sossegaram sob os seus, feito uma ave delicada.

Ele lembrava de sua primeira noite com Linda. Ele se lembrava de seus pequenos sussurros de prazer angustiado. E, depois, como ela ficou descansando em seus braços como uma ave confiante, frágil e delicada.

— Um dólar pelos seus pensamentos — disse ela.

— Antigamente era centavo.

— Inflação.

Ele entrou no estacionamento e parou. Permaneceu sentado por um momento, olhando ao redor. Do outro lado da rua havia um motel anunciando colchões d'água, TV a cores e filmes adultos no quarto. A luz trepidante do letreiro em neon vermelho conferia certo rubor ao rosto dela. Veio-lhe o pensamento de que ela poderia ter finalizado um jantar com outro homem indo àquele motel. O pensamento o deixou incomodado, até irado. O motel era ladeado por um Burger King e um restaurante chinês. Os dedos dela se mexeram. Ele percebeu que ainda estava segurando sua mão. Ficou pensando no que aconteceria caso dissesse casualmente, com leveza: "Você leu a história daquele assassinato? Está em todos os jornais. Coisa medonha. O pênis do homem arrancado a mordidas."

Não era o momento certo; ela estava com uma das mãos na porta.

— Permita-me... — disse ele, sorrindo, e, saindo do carro, deu a volta para abrir a porta e ajudá-la a sair.

— Ainda há cavalheirismo no mundo.

— É como a verdade — declarou ele. — Nunca vai morrer, mas vive uma vida péssima.

— Não sabia que você era cínico.

— Nem eu. — Ele deu uma risada. — Acho que nunca sabemos o que realmente somos. Ou somos coisas diferentes em momentos diferentes. — Ele riu de novo. — No momento, sou um morto de fome.

E além disso é um policial, disse de si para si, duramente, outra vez. Um policial investigando um caso. Não se esqueça.

Ele voltou a se lembrar disso durante o jantar. Estava gostando do jantar. Talvez porque ela estivesse tão consciente da companhia dele. Bernie estava sem garfo e ela deu o seu em silêncio, e o ouvira calada enquanto ele falava; ela olhava para ele como se realmente o visse. Ele tinha se esquecido de como isso era gostoso. Talvez fosse a atenção dela, ou a toalha de mesa branca e prateada, os cálices de água cor de rubi, a vela em seu candelabro também rubi e a rosa fresca num vaso sobre a mesa. Talvez fosse simplesmente por estar jantando sem Theo por perto. Não se lembrava mais de quando ele e Linda tinham saído sozinhos, para jantar. Estava ciente de estar passando momentos agradáveis. Ficou satisfeito quando ela disse que seu prato estava delicioso. Ficou se sentindo bem. Ela pareceu encantada quando ele elogiou o peixe que comia. Ele gostou do restaurante que ela escolhera. Precisavam voltar outro dia, disse ele, e percebeu que havia sido sincero. Queria voltar outro dia. Com ela.

Quando a banda fez a pausa, ele segurou sua mão e saiu com ela da pista de dança. Pediu mais vinho, que beberam lentamente. E então acabou falando de Theo para ela. Dos 12 anos. Não sabia como isso havia acontecido. Ele lhe contava o que realmente se passara, como se sentira. Ela ouvia. Ela se importava. Ele ainda segurava a sua mão quando a banda voltou, meia hora depois, e a levou à pista de novo, pois queria tê-la junto de si.

— Você dança muito bem — elogiou ela.

— Estou enferrujado.

Anna fez que não com a cabeça e chegou mais perto dele. Sua cabeça descansou no ombro dele. Bernie sentiu que ela dançava com os olhos fechados. Reteve-a de maneira firme, protetora, dançando com suavidade para ela não tropeçar.

Sim, ele estava gostando. Vivia momentos muito agradáveis. O que havia de errado nisso? Que mal ele estava fazendo?

Então, inspetor Bernstein, que mal há em policiais comerem as putas antes de levá-las para o xadrez? Na minha delegacia isso não acontece. Não na delegacia do Bernstein. Não se quiserem manter seus empregos. É isso mesmo, Bernstein?

Que diabos ele estava fazendo?

— Detesto estragar a festa — disse ele. — Amanhã eu trabalho.

Ela suspirou, fez que sim, mas disse num impulso:

— Você acha que tocariam uma valsa para nós se você pedisse? Uma última dança...?

Havia algo infantil e atraente em sua empolgação. Ele não pôde dizer não. Além disso, também queria uma valsa.

A banda tocou a valsa para eles. Foi uma valsa boa pra caramba, pensou ele.

Ela riu quando pararam, sem fôlego e corados. O prazer dela era contagiante. Anna disse "obrigada" e o abraçou impulsivamente, beijou-o na bochecha e em seguida se apressou, ruborizada, em voltar à mesa.

No carro, na volta, ela ficou sentada mais perto dele. Anna parecia tranquila e feliz. Isso também o deixou contente. Fazia tanto tempo desde que uma mulher estivera feliz ao lado dele, tanto tempo desde que ele se achara capaz de fazer uma mulher feliz. Ele queria tocá-la. Deixou a mão sobre a dela.

— Quer subir para uma saideira? — perguntou ela.

Ele não poderia dizer não. Não podia magoá-la, podia?

— Se não estiver muito tarde para você — disse ele.

— Não está muito tarde.

Ela parecia contente. Andando do carro ao seu prédio, enlaçou seu braço com o dele, e seus dedos se tocavam. Ele segurou delicadamente na mão dela. Parecia descansar na dele. Andavam juntinhos.

E então passaram pela porta do incinerador a caminho do apartamento dela. Alguém havia depositado um fardo de jornais do lado de fora. O jornal no topo era o *New York Post* daquele mesmo dia. A manchete em letras garrafais berrava: OVERDOSE DE ADOLESCENTE EM AEROPORTO. Em tipos ligeiramente menores, prosseguia: "Um jovem de 16 anos, Steven Stone..."

Stone!

Ele puxou o papel da pilha e leu rápido. Janet Stone!

Anna o aguardava em frente à porta aberta de seu apartamento. Indagava com o olhar.

— Acabei de me lembrar de um compromisso. Tenho que fazer alguma coisa... quanto... ao Theo. Olha, foi ótimo. Mesmo. Mas preciso ir embora agora. Amanhã eu te ligo...

Sua expressão foi de atordoada, e, em seguida, magoada. E então seu rosto se fechou outra vez de tal forma que ele não conseguia mais lê-lo. Ele não podia deixar isso ficar assim. Não podia. Aproximou-se dela.

— Boa noite — disse.

— Boa noite.

Ficou de pé, constrangido, impaciente e dividido. Ela se voltou para entrar em casa. Ele a reteve pelo braço.

— Boa noite — disse ele de novo. — Não lembro a última noite em que me diverti tanto.

Ela não respondeu.

— Vou te ligar. Não posso explicar.

Anna assentiu, sem falar. Ele segurava seu braço, de maneira firme, e a puxou para perto. Bernie não sabia que aquilo ia acontecer; ele queria beijá-la no rosto, ser simpático, manter o contato. Ele a beijou na boca. Ele a abraçou e lhe deu um intenso beijo na boca. Então deu meia-volta e atravessou rapidamente o corredor e as escadas.

O que você está fazendo, Bernstein? Que diabos você está fazendo? Seu coração pulava. Ele desceu correndo os últimos degraus que o separavam do carro e dirigiu, em alta velocidade, para a delegacia no Queens que o jornal citara.

O detetive-chefe do lugar, Joe Scanlon, era ex-parceiro dele.

Capítulo 30

Através de um espelho falso na delegacia do Queens, Bernie e o detetive Feeley observavam a conversa do detetive Scanlon com Janet Stone. Os olhos dela estavam inchados de tanto chorar, mas as lágrimas haviam cessado. Um policial jovem entrou na sala e lhe ofereceu café. Ela recusou.

— Vamos revisar o que foi dito, Sra. Stone? — pediu Scanlon, com calma. — A senhora disse que ficou em casa sábado à noite, jogando *mahjong* com outras mulheres?

— Bridge. Eu disse que estávamos jogando bridge. — Sua voz era firme e tensa.

— Desculpe. Bridge. Elas foram embora às 23h30. O que aconteceu depois que elas foram embora?

— Nós já falamos dessa parte. Várias vezes! — De repente ela estava gritando, ou tentando gritar. Sua voz soava rouca e estrangulada. — Já falei dez vezes. Elas saíram da minha casa por volta das 23h30. Não sei o horário exato. Não tenho relógio de ponto em casa. Me preparei para dormir e fui para a cama. — Sua voz falhou e ela começou a tossir. O detetive voltou a lhe oferecer o café. Ela o desprezou com um gesto, depois mudou de ideia e o pegou. Tomou um gole e o colocou sobre a mesa. Exausta, sua voz era pouco mais que um suspiro tímido, ela falou: — Se você acha que matei o filho da puta, me acuse, mas me deixe em paz...

— Você o odiava.

— Odiava. Odeio. Mas não o matei. Talvez devesse tê-lo matado há tempos. Infelizmente não matei. Não matei. Agora me acuse ou me deixe ir para casa.

— Não é nada disso, Sra. Stone. — Scanlon sorriu, muito simpático. Seu rosto era largo, sardento, franco. — Precisamos da sua ajuda.

— Muito direto — murmurou Bernie. — Ele está exagerando no tom.

— Deviam deixá-la quieta até receberem o relatório das mordidas dela do dentista — disse Feeley.

Bernie balançou a cabeça.

— Não. Ela pode nos dizer algo de útil agora, quando está triste demais para esconder.

Agora Scanlon estava tentando um tom jocoso.

— Sra. Stone, você vê TV. Sabe que, se pensássemos que foi você, estaríamos lendo seus direitos neste momento.

— Faça isso — disse ela. — Leia meus direitos. Todos eles. Os direitos de uma mulher de meia-idade cujo marido resolve de repente que é da geração imediatista. Eu tinha três filhos pequenos. E os direitos deles nesse mundo maluco, narcisista, cheio de drogas? Quem ajuda uma mãe sozinha com três filhos? Quem ajuda as crianças? O que teria acontecido se eu também tivesse resolvido me mandar? — Ela estava chorando de novo. — Você acha que eu não pensei mil vezes em mandar tudo para o inferno e sumir no mundo...

— Tem muita mulher da geração imediatista por aí — disse o policial jovem, obviamente amargurado.

Scanlon olhou feio para ele. Mas a Sra. Stone não notou nenhum dos dois. Estava descontrolada, chorando.

— Por que não leem os direitos do Stevie também? O que ele devia esperar do pai dele?

— Eles se davam bem, Stevie e o pai?

— É claro. Stevie o adorava. Por que não o adoraria? Eu era a malvada. Era a única que restava para lhe dizer não.

— Ele esteve com o pai em algum momento do sábado à noite?

— Você não para de me perguntar isso. Como eu iria saber?

— Ele não contou por onde tinha andado?

— Não. Claro que não. Ele não me conta nada nunca. Não perguntei nada. A assistente social dizia: "Não faça perguntas a ele. Não o amole."

— Ele te ligou às cinco da manhã e a senhora o apanhou em uma cabine telefônica sem fazer pergunta nenhuma? — Scanlon soava incrédulo.

— Você teria feito perguntas no meu lugar?

— Com certeza! — disse Scanlon.

— Tática errada — murmurou Bernie. — Ela precisa de simpatia, não de críticas.

— É dureza para uma mulher sozinha — disse Feeley. — Os jovens de hoje... não acho que a Josie daria conta sozinha.

Bernie não respondeu. Feeley enrubesceu. Bernie viu seu rubor e desviou o olhar, constrangido. Por si mesmo? Por Feeley? Por Linda? Não sabia. Mas compreendeu que Feeley devia ter ligado para a casa dele... sua ex-casa. De forma que ele sabia.

Janet Stone falava:

— Stevie também não o matou. Ele o adorava. Foi procurar um telefone para ligar para ele, para dizer tchau, porque íamos sair de férias.

— O Stevie pode ter conhecido a pessoa ou pessoas que estiveram com o pai dele no sábado passado. Pode ter te falado. Ele não contou nada? Houve uma festa? Quem esteve lá? Ele deve ter deixado alguma coisa escapar. Tente se lembrar. Pode nos ajudar a esclarecer o que aconteceu com Stevie. Qualquer coisa pode ajudar. Qualquer coisa pode ser um começo.

— Ele não me disse nada.

— Entendo que a senhora não se importe com quem matou seu marido...

— Eu me importo. Se vocês o encontrarem, me digam. Quero dar os parabéns.

— Também vai dar parabéns à pessoa que matou seu filho? Pode ser a mesma pessoa ou estar ligada a ela.

— Se estiver, a culpa é do George. Toda do George.

— A senhora não quer que descubramos quem foi?

— Revolver essa sujeira toda vai trazer o Stevie de volta?

— Que sujeira, Sra. Stone?

— Eu não sei! Eu não sei! Eu não sei de nada! Me deixe em paz! — Ela chorava, descontrolada.

Scanlon virou o rosto, começando a andar em direção à porta. Já com a mão na maçaneta, ele olhou para trás e disse como quem não quer nada:

— Aliás, Sra. Stone, o que houve com seu guarda-chuva?

Com o canto do olho, Bernie viu que Feeley tinha se voltado para ele. Manteve o rosto impassível. Scanlon repetiu sua pergunta à Sra. Stone, que olhava para ele sem compreender.

— Guarda-chuva? — perguntou ela.

— De plástico amarelo, com a haste quebrada? — O detetive lançou um rápido olhar involuntário em direção ao espelho falso. Bernie olhava fixamente para a mulher. Afinal, muita gente podia ter guarda-chuvas como aquele; e sendo vagabundos, seus cabos muitas vezes quebravam. A Sra. Stone parecia totalmente atônita. — O Stevie tinha um guarda-chuva desses?

— O Stevie jamais usaria um guarda-chuva.

Bernie tomou ciência de certo desapontamento. E percebeu o quão intensamente andara torcendo para a mulher também ser dona de um guarda-chuva daqueles, para que o que vira no apartamento de Stone possa ter sido o dela. Ou pelo menos não o de Anna.

Scanlon dizia:

— A senhora não esteve no apartamento de seu ex-marido em nenhum momento de sábado?

— Não. De jeito nenhum. Eu não tinha mais nada a ver com ele.

— A senhora não conhecia nenhum amigo dele? Nem amiga?

— Não.

— E a senhora não sabe se seu filho estava lá?

— Não.

— Nem onde ele estava?

— Não.

— Apesar de ser tão tarde a senhora não lhe fez perguntas?

— Não! Não! Não! Me deixe em paz! — Ela enterrou o rosto nas mãos, chorando histericamente.

Scanlon a observou por um momento.

— Sra. Stone, se por acaso a senhora se lembrar de alguma coisa... qualquer coisa que possa nos ajudar... ajudar a senhora... ajudar algum outro rapaz... pode nos ligar, por favor?

Ela assentiu, chorosa.

— E, é claro, não saia da cidade. Caso precisemos da senhora. — Ele lançou outro olhar involuntário a Bernie e deixou a sala. Bernie olhava fixamente para a Sra. Stone. Uma mulher de meia-idade com um corpanzil de meia-idade, seios caídos, cabelo curto e negro ficando grisalho cortado sem estilo. Vestida sem estilo.

Havia algo familiar em seu luto. A cabeça curvada entre as mãos o lembrava de sua mãe. Ela devia ter mais ou menos a idade de sua mãe quando o seu pai morrera. A morte dele destruíra sua mãe. Ela nunca havia se recuperado. Sua mãe era a imagem que ele via ao pensar em mulheres sozinhas. Será que ele a amara? Por que estaria se perguntando isso agora? Não havia se questionado quando seu pai morreu. Tinha saído da faculdade, arrumado um emprego, se tornado o homem da casa, pai das duas irmãs mais novas. Tomara as decisões que seu pai teria tomado, tentando tomá-las como seu pai tomaria. Até hoje, sentia-se bem ao pensar em seu pai. Ele fora um homem de altura mediana, corpulento, um pouco careca, de óculos, que perdia facilmente a calma, se esquecia de uma ofensa ainda mais facilmente, era impulsivo, emocional. Trabalhara 12 horas por dia, seis dias por semana, em sua alfaiataria. Aos sábados, levava o filho para pescar, ou a família inteira ao parque. Adorava crianças, abraçava e beijava todas, até o seu filho. Bernie sorriu, lembrando que tinha de abaixar para que seu pai o beijasse; seu pai adorava isso.

Ele amara o seu pai. Quisera ser um pai igual a ele.

— Mundo doido — disse Feeley de repente. — Para onde estamos indo? Onde vamos parar? O que aconteceu com o amor... com o "até que a morte nos separe", mesmo se de repente um monte de verrugas nascerem no nariz dela...

Bernie riu.

— O que foi feito das flores?

Scanlon entrou e se sentou de qualquer maneira em uma cadeira.

— O que você acha, Bern?

— Sobre o quê?

— A vida em Marte. De que diabos pensa que estou falando? — Ele sacou um maço de cigarro e lhes ofereceu. Bernie balançou a cabeça. — O que há de tão importante nesse caso para trazer aqui o delegado e o detetive-chefe de uma delegacia?

— Eu estava passando por acaso e ouvi o chamado 1010. Fiquei interessado.

— Sua tia Tillie também está — disse Scanlon. — E Linda, como vai?

— Na mesma. Como vai a Sarah?

— Pior. Aqui estou eu, o orgulho dos irlandeses, levado na rédea por uma princesinha judia por tantos anos a fio. Será que você não estaria interessado numa troca?

— Parece estar na moda, não é, largar o cônjuge. O Kevin aqui não gosta da ideia.

— O Kevin aqui tem uma mulher que pode chamar os primos da Máfia se ele fizer gracinha — disse Scanlon.

— Você nunca ouviu falar que nem todos os italianos são da Máfia?

— Mais sorte na próxima. — Scanlon riu, dando um soco no braço de Feeley. — Então, Bern, o que há com este caso? Você acha que há ligação entre os dois homicídios?

— Não sei. Nenhuma das vítimas é fichada. Vamos ter que ficar em cima disso. Um tem que manter o outro informado. Grato pela colaboração, Scan.

— Grato pela sua.

Bernie assentiu.

— Sim. Bem... nos falamos. Até mais. — Ele acenou para Feeley e foi embora.

Kevin ficou olhando Bernie sair. Subitamente, ele lhe parecera muito solitário.

Scanlon esmigalhou seu cigarro num cinzeiro.

— O que ele tem, Kevin?

— Por que você acha que tem alguma coisa?

— O que é isso, Feeley. Conheço o homem há vinte anos.

— Eu o conheço há trinta. Foi meu parceiro por oito anos — disse Feeley.

— Salvou sua vida uma vez, inclusive, não?

— Mais de uma vez. Tomou uma bala por mim quando éramos recrutas.

— Ele é o cara — disse Scanlon. — Meio caxias, talvez.

— Caxias! Seria capaz de multar a própria mãe.

— Esse aí não tem mãe. Nunca teve. Só tem os Dez Mandamentos. — Scanlon riu, acendendo outro cigarro.

— Acho que ele e Linda devem ter se separado.

— Ele deveria tê-la deixado há muito tempo. Isso é ser caxias!

— Eles têm um filho... meio maluco... Aliás, o que foi aquela história do guarda-chuva?

— Me diga você. O Bern pediu para inserir aquilo. O que tem a ver?

— Queria eu saber. Queria muito saber o que está se passando na cabeça dele, o que ele anda fazendo. — De repente sua expressão ficou determinada. Com uma olhada pelo recinto, ele apontou para um chapéu em um cabide.
— É seu chapéu, Scan?
— É.
— Posso pegar emprestado? Está chovendo. Estou resfriado.
— Você não me parece resfriado.
— Estou. Posso pegar? Devolvo na quarta-feira, no boliche.
— O que eu vou usar na chuva?
— Um saco plástico enfiado na cabeça. Por favor, Scan...
— Você paga todas as minhas cervejas no boliche por um mês?
— Filho da puta. Tá bom. Se também trocarmos de carro. E sem perguntas.
— Fechado. — E jogou as chaves do carro para Feeley.
Ele as pegou e deixou as próprias chaves na mesa de Scanlon, pegou o chapéu dele e saiu correndo.
— Tenha cuidado, ô irlandês burro. Ele ainda é mais esperto que você — gritou-lhe Scanlon.
— Ele não é Deus — gritou Feeley em resposta.
— Ninguém é Deus — resmungou Scanlon para si. — Nem Deus.

Capítulo 31

A chuva parara de cair, mas permanecia no ar, gélida e úmida. Bernie a atravessou para chegar no carro. Sentou-se ao volante, tentando pôr seus pensamentos em ordem. Estava cansado, mas sem sono. Sabia que, se voltasse para o hotel, seria incapaz de dormir. Só de pensar no hotel já ficava deprimido. Devia começar a tomar providências para se mudar dali. Havia muitas coisas sobre as quais deveria tomar providências. Não conseguia pensar nelas. O rosto de Anna/Allegra e suas expressões, de surpresa, mágoa e, por fim, de completa introversão, bloqueavam seu intelecto.

Ele devia ligar para ela. Era cedo demais. Era cedo demais para ir trabalhar. Pelo espelho retrovisor, viu Feeley descendo rápido os degraus da delegacia. Não queria conversar com ele. Nem com mais ninguém. Deu partida no carro e foi embora.

Ficou surpreso ao descobrir que tinha dirigido até a casa de Anna. Estacionou depois da esquina, na lateral do prédio. Na rua silenciosa e vazia, um gato pulou sobre as latas de lixo, arqueando as costas, o rabo batendo raivosamente, e desapareceu de vista. O que ela faria, Anna/Allegra, se ele ligasse para ela agora? Ou tocasse sua campainha? Ideia idiota. Bernie deslizou para o assento do carona. Viu novamente o rosto dela, e seu sorriso incerto, triste. Fechou os olhos. Sentia câimbras pelo corpo. Sempre sentia câimbras ao ficar de campana. Era tão grande que sempre se sentia apertado em carros.

Levava dias de sauna, banhos quentes e piscina para aliviar o desconforto da campana.

Comitê de Inquérito: Campana? Isso é uma campana, inspetor Bernstein? E você depois da esquina da entrada do prédio.

Inspetor Bernstein: Não é bem uma campana. Devo estar confuso. Não tenho dormido bem.

C.I. (com um arremedo de simpatia): Ah... que pena termos que ouvir uma coisa dessas. E qual seria o problema, meu rapaz?

Bernie: Ou talvez eu não quisesse voltar para o hotel.

C.I: Ou talvez você esteja tentando esquecer como é ser um bom policial.

Bernie: Talvez eu esteja querendo esquecer um pouco a Linda e o Theo.

C.I.: Mentiroso! Quando foi a última vez que eles passaram pela sua cabeça?

Bernie: Foi ela quem me expulsou! Eu jamais a teria deixado!

C.I.: E talvez seja você quem a tenha levado a isso. Talvez a tenha decepcionado, pois falava que ia voltar para a faculdade e se formar advogado, tudo isso, antes de conseguir casar com ela, quando resolveu permanecer na polícia.

Bernie: Besteira! Ela estava tão ocupada tentando ter um bebê com aqueles testes e médicos e medições de temperatura toda manhã e chorando todos os meses como se não tivesse mais nenhum motivo para seguir vivendo, que não sabia nem ligava para o que eu estava fazendo, desde que continuasse tentando fazer um filho nela. Linda nunca prestou atenção em mim. Eu só existia como uma máquina de fazer filho.

C.I.: Ela devia estar certa. Você jamais quis mesmo um bebê. Não queria o Theo. Você nunca o amou.

Bernie: Sabe, eu não preciso disso! Posso me aposentar. Sair da cidade. Construir minha própria vida. Há muitas mulheres pelo mundo. Eu posso encontrar uma que me ame, que goste de mim. Nós poderíamos morar em algum lugar quente e ensolarado.

C.I.: Que mulheres, Bernstein? Que *mulher*?

Ele abriu os olhos. Ajeitou-se no assento, repentinamente desperto, e apalpou a perna até sentir a arma no coldre, espiando desconfiado pela janela enevoada. A rua ainda estava em silêncio. Raramente se via um pedestre, e um ou outro carro, atravessando o amanhecer cinzento e poluído. No carro frio, seu corpo estava úmido, o rosto pingando suor. Suas pernas estavam dormentes. Ele as friccionou, e depois saiu do carro com dificuldade e pisou com força para ativar a circulação, além de alongar a coluna. O sonho perdurava, incomodando-o.

Ele consultou o relógio de pulso. Devia ter dormido cerca de duas horas. Não estava nem um pouco cansado. Entrou no carro e deu partida. Ainda dava tempo de ir ao hotel e tomar um banho, fazer a barba e trocar de roupa antes de ir trabalhar. Queria conversar com o porteiro de novo. E aquela mulher que morava ao lado do Stone. A senhora de idade. Sra. Miller.

Do outro lado da rua, alguns carros depois, outro carro deu a partida. O detetive Feeley ao volante, com o chapéu de Scanlon enterrado sobre o rosto, seguiu o carro de seu superior à distância cuidadosa. Se alguém tivesse lhe perguntado o porquê, ele não teria sabido responder. Exceto talvez se fosse outro detetive a perguntar. Talvez o próprio Bernie. Outro detetive entenderia: estava com um pressentimento, uma sensação de problema à vista.

Capítulo 32

Anna queria desesperadamente dormir, mas o sono não vinha. Não conseguia desligar seu cérebro. Por fim, ela levantou, enrolou-se em seu velho robe e em um cobertor e foi para a sala de estar. Agora você tem dois cômodos para ficar acordada em vez de um. Graças a Emmy.

Enrodilhou-se no sofá.

— Certo, cérebro — disse ela —, como quer continuar a trabalhar, trabalhe.

Desde quando preciso da sua autorização? Trabalho se eu quiser.

Não espere ajuda minha. Eu quero dormir.

Qual é a vantagem de dormir? Um dia desses, você vai dormir para sempre.

Promessas o vento leva.

Você quer esquecer; é isso o que você quer. Nem sempre dormir tem efeito.

Ah, cérebro, se você pudesse se concentrar em uma coisa só. Se pudéssemos nos fixar em uma coisa de cada vez, resolvê-la e mandá-la embora... mas você fica pulando de uma coisa para outra.

Você me dá coisas demais para pensar. É demais para mim.

Você nunca foi de grande valia, cérebro.

Já fui! Já fui! Mas agora há coisas demais. Muita coisa em que pensar, muita coisa para lembrar. Muita coisa para esquecer. E tenho que admitir que há algo me perturbando.

O que é?

Eu não sei.

Está bem, chorão. O que aconteceu a noite passada, com o Bernie?

Você é que sabe.

Silêncio no departamento do cérebro. Ele havia se desligado.

— Que grande ajuda você é — disse Anna.

Nesse caso, me esqueça. Concentre-se nos sentimentos.

Seria pior ainda. Isso doeria demais. O que houve, então, cérebro? Tudo estava indo tão bem. Pensei que ele gostasse de mim. Pensei que estivéssemos nos divertindo. E quando eu me viro um segundo para abrir a porta...

Foi seu primeiro erro. Nunca dê as costas a um homem.

Você não ajuda. Você e suas piadinhas. O que eu fiz de errado?

Lá vai você outra vez. Por que sempre tem de ser algo que *você* fez de errado? Talvez a culpa seja dele.

Cérebro, você foi contaminado pela minha psicóloga.

Outra talvez o Bernie tenha algum problema. Culpa. Medo de sexo. Talvez esteja com uma alergia no saco. Talvez tenha mesmo se lembrado de fazer algo relacionado ao filho.

Ou talvez ele só tenha me usado para contar seus problemas, e percebeu então que não gosta de mim.

Por que você não se concentra nos seus sentimentos? Me deixe totalmente fora disso. Então vocês dois podem chorar à vontade. Vocês dois vêm tentando me afogar há anos.

O que vou fazer se ele ligar?

O que te faz pensar que ele irá ligar?

Ele disse que ligaria. Você acha que ele vai ligar?

Você quer que ele te ligue?

Provavelmente não vai. Não consigo entender o que aconteceu. Ele parecia gostar de mim.

Você gostava dele.

Sim, eu gostava. Ele parecia tão confortável.

Você estava confortável.

Ele estava, também. Ele parecia... *tudo* parecia... tão natural.

Ele se mantinha meio distante de você na maior parte do tempo.

Eu também me mantive distante. Estava com medo. Talvez ele tenha sentido o meu medo.

Culpando a si mesma outra vez.

Ele é uma pessoa sensível. Um homem decente.

Com isso você quer dizer antiquado.

Que seja. Antiquado.

Como você. Você detesta a forma como tem vivido.

O que haveria para se gostar?

Você poderia desistir. Chegar em casa toda noite, ler, ver TV, talvez aprender crochê, fazer trabalho voluntário duas vezes por semana com crianças retardadas e se masturbar bastante.

Cale a boca.

Sua cabeça se tornou um vácuo.

O silêncio começou a penetrá-lo.

Estou com frio. Com um frio horrível. Por que o silêncio é sempre tão horrível?

Vamos voltar ao Bernie. Você soltou o braço dele e ficou de costas para abrir a porta. Foi quando ele resmungou que tinha que ir, e fugiu com seu jornal.

Que jornal?

Ele estava com um jornal na mão ao ir embora. Tenho certeza.

Onde ele arrumou um jornal?

Do lixo do lado de fora do incinerador, provavelmente. Sempre há jornais pcr ali. Talvez algo que ele tenha visto no jornal o fez sair correndo.

Talvez, talvez, talvez. Talvez eu tenha mau hálito. Minha boca está com um gosto péssimo. O que fez Simon deixar de me amar? Talvez eu também encontre isso nos jornais.

Ela esticou as pernas com raiva, para se levantar. Seu pé atingiu algo duro. Era o gravador de fita. Ela e Bernie pensaram em tocá-lo. Ela o observou sob a iluminação mortiça do pré-amanhecer. Ela devia tocá-lo. Emmy poderia ter passado ali e deixado um recado. Talvez ela devesse ter ficado em casa na noite anterior. Emmy poderia ter ligado. Emmy poderia ter precisado dela.

Anna, querida, enfrente a realidade. A Emmy não precisa de você. Ninguém precisa. E você precisa é dormir.

Eu dormiria se você se desligasse um pouco e parasse de me amolar.

Você nunca presta atenção em mim. Você e seus sentimentos são unha e carne.

Já estou cansada de vocês dois. Já estou cansada de tudo.

Ela se levantou e fechou melhor o cobertor ao seu redor. Precisava ir trabalhar de manhã. Precisava dormir. Apanhou o gravador e o levou ao quarto. Talvez ela devesse gravar alguma coisa. A história de sua vida. Querido Gravador: Socorro. Me impeça antes que eu comece de novo.

Comece de novo o quê?

É uma piada, cérebro burro.

O subconsciente não faz piadas. Ele é introvertido demais.

Agora nós vamos dormir. Todos nós.

Capítulo 33

Bernie leu o arquivo sobre o caso de Stone. Releu-o. Leu-o ainda outra vez. A pessoa-chave, decidiu ele, a pessoa-chave tinha de ser a vizinha de porta. Sra. Miller. Ela precisaria ser surda para não ter ouvido nada. Mas ele não conseguia se conectar com ela. Não conseguia imaginar o que a faria se abrir.

Os assassinos profissionais, testemunhas do submundo, cooperavam com mais facilidade, em certo sentido. Você sabia o que poderia mexer com eles: dinheiro ou a necessidade de poder ou vingança. Ou você poderia prometer cuidar deles ou de suas famílias. Mas não havia com o que tentar a velhinha. Viúva. Morava sozinha, ninguém com quem se preocupar ou que estivesse preocupado com ela. Era pobre, mas vivia de forma distinta, com orgulho. Uma espécie de velha elitista. Boa cidadã. Teria que usar de muito tato.

O detetive Donlon havia sido competente, mas não brilhante. Donlon era detalhista, cauteloso, sem imaginação.

Bernie mandara Johnson e Ramirez trazerem a Sra. Miller à delegacia. Ela ficaria inquieta, talvez assustada. Provavelmente nunca havia entrado em uma delegacia antes. Isso poderia fazê-la baixar a guarda. Talvez conseguiria obter mais dela, talvez.

É claro, ela poderia se recusar a ir, ou exigir seu direito de levar um advogado. Ele não esperava isso. Ela não teria esse grau de sofisticação jurídica. E advogados custam caro. Ela não devia nem conhecer um advogado, muito menos um advogado penal. Muito solitária, dissera o porteiro. Parecia completamente só, agora que o marido havia morrido. O porteiro jamais soube de nenhum amigo que a tivesse visitado. Ele nunca a vira com ninguém a não ser o marido. Ele nunca ouvira nenhuma palavra dela a ninguém, a não ser "bom dia" e "boa noite".

Bernie bebia café e dava voltas pelo seu gabinete, esperando que ela chegasse.

Ele tinha consciência de que deveria estar cansado. Não dormira mais do que duas ou três horas na noite anterior. Mas não estava cansado. Estava, na verdade, extremamente desperto. Todas as suas terminações nervosas pareciam abertas e alertas, quase formigando. Parecia-lhe que respirava oxigênio puro, de tão limpa e leve que estava a sua cabeça. Seu corpo inteiro estava repleto de antecipação, de ânimo. E de outra coisa. Algo que ele não conseguia reconhecer. Tentou decifrar o que sentia, sem sucesso. Algo o eludia. Um sentimento...

Precisava de alguma coisa para fazer com as mãos. Bernie deveria voltar a fumar.

— Tem um cigarro, Feeley?

— Você parou de fumar.

— A Linda não gostava. Ela me fez parar. Vai querer ouvir minha vida inteira por uma porcaria de cigarro?

Feeley sacudiu o maço para ele e riscou um fósforo.

— Por que tenho a sensação de que estou te corrompendo?

— Sou incorruptível, não sabia? — disse Bernie. Soou amargurado. A nicotina espetou sua língua. Ele inalou profundamente a fumaça. Anna não fumava. Lembrou de seu protesto indignado quanto a fazer o retorno ilegal. Acabou sorrindo de novo. Percebeu que Feeley notara isso, não com um olhar franco e direto, mas sub-reptício.

— Algo de novo do Queens sobre o homicídio do Stevie?

— Não desde a última vez que você perguntou, inspetor. Exceto que os dentes da mordida não eram nem os da Sra. Stone nem os do menino.

— Eles verificaram a arcada do menino para *isso*?

— O mundo está de pernas para o ar, inspetor.

Bernie esmagou o cigarro contra a lateral de sua lixeira de metal e o largou lá dentro.

— Hábito imundo — resmungou. Atacou a pilha de papéis em sua mesa. Feeley já o observava sem disfarçar. Bernie não olhou para ele. Feeley se inclinou em sua direção.

Alguém bateu à porta, e Bernie disparou para abri-la.

— Sra. Miller? — disse ele bruscamente para a digna senhora postada do lado de fora junto a Johnson e Ramirez.

— Sim.

Ele abriu mais a porta, mas sem sorrir.

— Pode entrar.

Hesitante, obviamente assustada e sem demonstrar nenhuma curiosidade, ela passou ao interior da sala. Ele observou seu caminhar. Ela parecia cansada. Bernie puxou a cadeira para ela sentar, cortês, mas ainda sem sorrir.

— Eu sou o inspetor Bernstein. Este é o detetive-chefe Feeley.

— Como vão os senhores? — perguntou ela.

— A senhora é vizinha de porta do Sr. George Stone, Sra. Miller?

— Moro no apartamento 9D. — Sua voz era firme e límpida.

Ele a observou-a com atenção. Alta, magra, esparsos cabelos brancos penteados com cuidado para bordejarem um chapeuzinho negro muito gasto, um belo casaco preto que parecia ter saído de moda há dez anos. Ela estava aprumadíssima na cadeira, mas era um evidente esforço.

— O homem no apartamento ao lado do seu parece ter sido morto. Brutalmente assassinado.

— Não sei nada a respeito.

— A senhora não conhecia o homem?

— Não.

Ele sentou próximo a ela, na beira de sua mesa. A Sra. Miller desviou o olhar, como se quisesse escapar. Bernie sabia que seu tamanho intimidava os outros.

— A senhora mora em seu apartamento... — ele apanhou alguns papéis e os consultou — ... há 26 anos.

— Sim.

— E o Sr. Stone morava lá há seis anos. A senhora nunca o viu?

— Eu o via muito raramente. Não vivíamos no mesmo horário.

— Como a senhora sabe que ele vivia em outro horário?

— Não sei. Presumi, afinal raramente o via saindo ou chegando.

— E a senhora nunca o ouviu?

— Não.

— Nesses prédios novos, a pessoa é capaz de ouvir uma mosca voar.

— Não sou mais tão nova. Não ouço bem.

— Em seis anos a senhora nunca pediu uma xícara de açúcar emprestada a ele nem nada assim?

— Certamente que não!

— Ele não era seu tipo de companhia?
— Não.
— Como a senhora sabe?
— Na minha idade, rapaz, eu tenho que ser capaz de ver de longe quem é ou não é meu "tipo de companhia", como você diz.
— Era por causa da música que ele tocava?
— Não sei nada a respeito disso. Tomei uma pílula para dormir logo cedo e dormi.
— Todas as noites?
— Sábado à noite.
— A senhora deve tê-lo ouvido outras noites. Outras pessoas ouviram. Ele não era um vizinho muito educado.

Ela não respondeu.

Feeley perguntou:
— Gostaria de uma xícara de chá ou de café, Sra. Miller?
— Não, obrigada.
— Este caso pode ser muito importante, Sra. Miller — disse Bernie. — A senhora pode ter ouvido que o filho do Sr. Stone também foi vítima de homicídio.
— Ouvi no rádio hoje de manhã.
— A senhora não disse ao detetive Donlon que o rapaz era filho dele.
— Eu não tinha como saber isso. O rapaz o chamava de George. Eu já disse isso. Eles não se pareciam nem um pouco. E o Sr. Stone não parecia pai de ninguém. Ele parecia... acho que é assim que chamam... um aventureiro.
— Ele era um aventureiro, Sra. Miller?
— Com certeza eu não sei.
— Ele dava muitas festas?
— Eu não sei.

— Com certeza a senhora teria ouvido gente entrando e saindo. Música. Barulho. Dança. A porta abrindo e fechando. A senhora pode ter visto alguém entrando e saindo. Homens. Mulheres.

— Não — disse ela. — Cuido só da minha vida.

— Não sabemos qual é a raiz do caso. Pode ser drogas. O rapaz parece ter morrido de overdose.

— Eu não me surpreenderia. Ele bem parecia esse tipo de gente, com aquela camisa obscena.

— A senhora não está com medo de nos contar o que sabe, está? Seria mantido sob o mais absoluto sigilo. Não haveria qualquer perigo nisso.

— Não sei de nada.

— Qualquer coisa nos ajudaria. Se a senhora souber de algum fato ou tiver visto uma pessoa que seja. A cor de um cabelo. A cor de uma capa. Um guarda-chuva.

Ela balançou a cabeça em negativa.

— Seria seu dever como cidadã nos ajudar. Sei que a senhora é uma boa cidadã.

— Sim, sou uma boa cidadã. Morris não ousaria sequer jogar um pedaço de papel na rua. E que bem isso me fez? Que bem a sociedade me fez? Querem até reduzir minha aposentadoria. O que vai acontecer comigo? Como vou pagar meu aluguel? — Ela se refreou. — Eu não sei de nada — disse, mais calma.

— A senhora se lembra, em algum momento, de algum homem ou mulher ter entrado ou saído daquele apartamento?

— Não espiono meus vizinhos.

— Até mesmo se não gosta deles?

Ele via que ela estava ficando cansada, perdendo o controle. Estava mais difícil para ela manter as costas eretas. E suas respostas estavam ficando mais prolixas.

— Claro, vamos saber mais quando o laboratório mandar as análises das pegadas e digitais.

— Pegadas?

— Sim. Vamos saber mais sobre quem esteve naquele apartamento.

— O que isso iria provar?

— Quem esteve no apartamento. A senhora já esteve no apartamento dele, Sra. Miller?

— O que eu estaria fazendo no apartamento de alguém como ele?

Será que era indignação de verdade ou medo?

— A senhora pode ter entrado para reclamar da música, para pedir que abaixassem. Ele pode ter rido da senhora, ficado violento. A senhora pode até ter ficado com raiva e o matado.

— Eu sou uma senhora de idade, inspetor!

— Pessoas como ele não respeitam idade nem decência. Permitindo aos filhos andar por aí com camisas como aquela.

A Sra. Miller baixou os olhos para as mãos recolhidas sobre o colo. Não a deixe pensar demais.

— Esta pode ser a brecha de que precisamos. Pode ser o pontapé inicial para uma grande limpa. Esta cidade está cansada de sujeira. Temos muito pouco com que trabalhar no momento. Temos algumas digitais, em breve algumas pegadas. A senhora poderia tomar uma atitude muito importante. Pense bem. A senhora viu alguém, ouviu alguma coisa, a qualquer hora, seja do dia ou da noite? Alguém no apartamento, na porta, no corredor, no elevador? Sra. Miller, por favor... a senhora pode ajudar a tornar sua cidade segura de novo...

Ela olhou para Bernie. Uma batalha estava sendo travada por trás daquele rosto. Ela inspirou profundamente, fechou os olhos e suspirou. Abriu a boca como se fosse falar e fechou-a novamente, agoniada...

Quase... quase... ele quase a ganhara. Sentia isso. Agora, era agir com todo o cuidado. Precisava dizer a coisa certa.

— Sra. Miller, se seu marido estivesse aqui, sei que ele lhe diria para nos ajudar. Ele gostaria que nos dissesse o que sabe, o que quer que seja.

— Morris — disse ela. Seus olhos se arregalaram. — Morris... — Ela se endireitou de novo na cadeira. — Meu marido e eu sempre cuidamos só do que era da nossa conta! Nunca nos envolvemos nas coisas dos outros. Eu sempre cuido só da minha vida. Não sei de nada. Tomei um remédio para dormir e fui para a cama.

— Vamos trabalhar em cima dela um pouco mais — disse Feeley.

Bernie assentiu. Sabia que não ia adiantar nada.

— Talvez ela saiba alguma coisa. A essa altura, qualquer coisa pode ajudar — disse Feeley.

— É.

— Você quase conseguiu. Achei que tivesse conseguido.

— *Quase* não basta.

— O que será que a fez dar para trás?

Bernie sabia. Ele havia cometido um erro. Tinha dito alguma coisa errada. Deveria saber que não era a coisa certa a dizer. Ele havia lido e relido a ficha. Casal. Sem filhos. Sem amigos. Moravam sós. O Sr. Miller não teria dito à esposa para falar com a polícia. Para interferir. Se envolver.

Ele deveria ter percebido isso. Perceber esse tipo de detalhe é que o tornara inspetor.

Por que cometera aquele erro?

Estava exausto. O frisson do preâmbulo, a empolgação, haviam sumido. E aquela outra emoção... também havia sumido. Essa emoção ele conhecia. Era medo. Ele sabia até do que era esse medo.

Teria de fazer alguma coisa para se redimir com ele mesmo.

Bernie discou o número dela. Anna/Allegra.

Ninguém atendeu.

Capítulo 34

— Louise King?
— Sim.
O rapaz arremessou para ela um envelope e desceu correndo as escadas de sua casa. Louise ficou olhando estupefata para o envelope. Por fim, abriu-o. Era uma intimação.
— Suas vacas — disse ela. — Vacas, piranhas, filhas da puta!
Sentiu vontade de correr para a rua nas roupas em que estava, em seu vestido florido vermelho, e gritar com todas elas, suas vizinhas, ex-amigas de bairro, ainda casadas:
— Esperem só, que vai acontecer com vocês. Vão ficar sozinhas, sem grana, com filhos pra criar, e ainda vão me implorar para eu lhes deixar virem às minhas festas!
Tinham mesmo cumprido a ameaça. Estavam levando-a à Justiça para impedi-la de dar a festa deste sábado em sua própria casa. Alegavam que suas festas eram pagas, e que o bairro era uma zona não comercial, restrita a residências de uma família. Alegavam que os carros bloqueavam suas garagens, o que era mentira, e que o aumento no tráfego era um perigo. Andaram lhe ameaçando de processo caso anunciasse outra festa.
Que diabos ia fazer agora? Mais de quarenta pessoas tinham ligado perguntando da festa. Dessas, talvez trinta

aparecessem. Não havia como avisá-las para não virem. Ela não pegava endereços nem telefones. Devia colocar um anúncio nos jornais dizendo: "Festa cancelada por causa dos ratos da vizinhança."

Ela seria obrigada a convencer alguém de outro bairro a deixar usar sua casa outra vez, mas aí teria de dividir a renda. Devia ter sido a Rae, vizinha imediata, quem organizara toda a campanha contra ela. Devia estar com medo de que alguém pisasse duas vezes na rampa da sua garagem e ela passasse a ser considerada área pública. Antigamente jogavam *mahjong* juntas, ela, Rae e as outras vacas. Vizinhos, vizinhos... amigos à parte.

Louise tinha ficado com a casa no divórcio, e mais nada. Nem um centavo sequer para mantê-la ou seus dois filhos. Suas vizinhas teriam adorado vê-la vender a casa e voltar toda quinta-feira para jogar *mahjong* e regalá-las com histórias, tristes ou alegres, do mundo dos solteiros. Nem sequer era um mundo, e sim um mercado.

Ela teve um vislumbre de si própria no espelho de moldura dourada na porta do saguão de entrada. "A gorda da Louise." Se mulher se vendesse a quilo, ela seria milionária. "A gorda da Louise." Era o que todos diziam. Ela tem um rosto muito bonito, quem lhe dera não ser tão gorda. Se não fosse tão gorda, não teria perdido seu marido. Não importava Frank fazê-la parecer a Twiggy por comparação. Para um homem, tudo bem ser gordo. E careca. E burro. Até mesmo doente. Sua melhor amiga nesses últimos tempos, Dotty, estava prestes a se casar com um homem dez anos mais velho que ela e que tinha marca-passo. F que, além disso, era careca e obeso.

— Ele lê — dizia Dotty. — Ele lê livros, de verdade, e vai ao teatro, ao balé e ama uma boa música. O único homem assim que conheci em oito anos.

— Você conheceu centenas de mulheres com esse perfil. Você me conhece. Eu leio. Vou ao teatro e ao balé quando tenho dinheiro, e adoro música clássica.

— Mas você não pode fazer amor comigo — disse Dotty.

— E ele, pode? Na idade dele?

— Funciona metade das vezes — ponderou Dotty.

Melhor média que a de seu ex-marido, Frank. Agora ela não tinha nenhum direito de reclamar. Ela quisera o divórcio. Ninguém acreditava nela porque Frank era riquíssimo. Ele só ligava para isso: ser rico e ficar mais rico. Nunca lhe ocorrera que, depois do divórcio, um homem tão rico deixaria o estado sem mandar dinheiro para os filhos. Ele estava em algum lugar do oeste, com uma nova esposa, provavelmente ficando mais rico. Ela poderia tentar rastreá-lo, mas e aí, o quê? Tentar fazê-lo mandar dinheiro? A lei dizia que ele não precisava fazê-lo se morasse em outro estado, a não ser que o estado em questão tivesse reciprocidade com Nova York. Ela poderia entrar na justiça. Poderia passar a vida inteira naquela batalha, e talvez até vencer e jogá-lo na cadeia por não pagar pensão. A esta altura, seus filhos já seriam senhores de meia-idade. Além disso, não era assim que ela queria passar o resto da vida. Estava muito feliz, na verdade, em se ver livre dele. Ainda era jovem e bonita. Tinha cabelos lindos, negros, e cuidava do rosto. Ninguém nunca a via sem maquiagem, não importa a que horas da manhã.

O problema era que ela possuía muitos talentos, todos talhados ao papel de esposa de homem rico. Seu melhor talento era dar festas. Tentava usá-lo para ganhar a vida, sua e de seus dois filhos. Agora vinham as vacas malditas fazer uma dessas com ela! E os malditos policiais que as ajudavam e multavam quem estacionava na rua para vir às suas festas. Era uma dessas ruas particulares onde ninguém podia estacionar, exceto nas rampas de garagem, sem combinar antes com a polícia.

Ao diabo com todos eles! Ela precisava era de um bom pedaço de bolo de chocolate caseiro. Se alguém fosse amá-la um dia, teria de amá-la gorda.

Louise entrou na cozinha.

Quando a campainha tocou pela segunda vez, ela levou consigo o pedaço de bolo à porta da frente. O homem de pé em seu umbral era muito alto. Alto e espadaúdo, com cabelo negro um pouco ralo, olhos negros e um sorriso lindo. Ela pensou: apetitoso.

— Oi — disse ela.

Ele lhe estendeu o documento.

— Inspetor Bernstein.

— Eu já recebi a intimação — disse ela.

— Recebeu?

— Sim. Esta é outra?

— Não. De modo algum. Preciso da sua ajuda. Mas verifique primeiro minha identificação.

— Já olhei. Sua foto ficou medonha.

— Ficou? — Ele olhou para a foto. — Você acha que sou mais bonito que isso?

— Muito mais.

— Obrigado.

— O que posso fazer por você? Está pedindo doações para o sindicato dos policiais? Não mandam inspetores fazerem isso, não é?

— Geralmente não. So queria lhe fazer algumas perguntas.

— Fique à vontade.

— Não vai me convidar para entrar? Seus vizinhos estão de olho.

— Como você sabe?

— Sou craque nessas coisas. Consigo ver uma cortina se mexer meio centímetro do outro lado da rua.

— Você está certo. Eles estão de olho. Querem ter certeza de que não estou dando uma festa. Uma festa de solteiros. Eles pensam que é coisa de desclassificado. Algo que desmoraliza o bairro e reduz o valor dos imóveis.

— É sobre isso que é a intimação?

— Sim. Entre. Quer um pedaço de bolo de chocolate? Feito em casa.

— Por que não? — Ele a acompanhou até a cozinha. Seu vestido ondulava como uma enorme vela vermelha. Ela cortou um monstruoso pedaço de bolo para Bernie.

— Café?

— Se não for incômodo.

— Comida nunca é incômodo para mim — disse ela.

— Aliás, devo informar que você não tem obrigação de conversar comigo no momento. Sou policial da cidade de Nova York. Não tenho jurisdição aqui.

— Mas você poderia conseguir.

— É possível arranjar alguma coisa. Não me dei a esse trabalho. Você quer que eu faça isso?

— Não. Pelo menos, ainda não. — Ela se inclinou para servir o café; o vestido solto escorregou pelo seu corpo. Louise não estava usando roupa íntima. Por um segundo, ele temeu que seus enormes seios fossem escapar e esparramar sobre a mesa. Pareceu-lhe que ela ficou tempo demais curvada para servir só uma xícara de café.

— É sobre as minhas festas, suponho.

— De certa forma. Você deu uma festa na noite de sábado, em Manhattan.

— Eu dou uma festa toda noite de sábado. E às quartas-feiras. É disso que eu vivo. Estou atendendo a uma necessidade. O que há de errado com isso?

— Nada. Estou interessado na do sábado passado.

— Você devia estar interessado na deste sábado.

— Por quê?

— Porque você poderia vir.

— Muito obrigado. Sou casado.

Ela encolheu os ombros.

— Homem bom sempre tem dona.

— Como você sabe que sou um homem bom?

— Sou craque nessas coisas — disse Louise. Ela se inclinou para encher sua xícara e ele fez novamente uma expressão de alarme. Bernie disse rapidamente:

— Estou interessado em uma mulher que estava na festa. Anna Welles.

— O que ela tem que eu não tenho?

— Um guarda-chuva de plástico amarelo — murmurou ele.

— O quê?

— Você conhece ela?

— Não muito bem. Antigamente ela morava neste bairro, mas não era do meu grupo. Não jogava *mahjong*.

— Em que grupo ela estava?

— Não sei, na verdade. Provavelmente nenhum. Ela fazia o tipo caseira. Este não é o bairro mais sociável do mundo. Ninguém vai atrás de ninguém. Acho que ela não deve ser muito assertiva. O marido a deixou por uma mais nova. Ficou arrasada.

— Como você sabe disso?

— Essas vacas são muito fofoqueiras. Falam de todo mundo. De mim também, mas eu não ligo.

— Você é divorciada?

— Sim. Mas fui eu quem quis. Certa noite eu disse ao Frank: "Frank, quero o divórcio." Ele disse: "Hã?" Foi a maior conversa que tivemos em um ano inteiro. Maior relação de qualquer tipo, na verdade. Mais café?

— Não, não. Obrigado. — Ele estendeu a mão em sinal de "chega". — Que bolo maravilhoso. Mas a Anna estava na sua festa no sábado.

— É possível. Dou tantas festas que nem lembro quem estava onde e quando.

— Creio que pediu que ela levasse você em casa. Certo?

— É possível. Meu carro anda dando pau. Geralmente peço a várias pessoas, caso alguma dê para trás.

— Ela te levou em casa?

Ela pensou um minuto.

— Sábado foi em Manhattan... Não. Alguém mais interessante apareceu, bem mais tarde. Peguei carona com ele. Há suas vantagens em ser a dona das festas.

— A Anna foi embora sozinha?

— Eu não sei. Olhe, eu organizo a festa. As pessoas pagam o ingresso e entram. O que fazem depois é problema delas. Não fico vigiando ninguém. Todo mundo ali é adulto.

— O que é isso... achei que fôssemos amigos. Por que ficou nervosa?

— Não estou nervosa. Só estou... agitada. Me desculpe. É que houve tanta tempestade por causa das minhas festas. Intimações, ameaças, comentários maldosos. Acho que o mundo é controlado pelos casados, e ultimamente todos têm se sentido ameaçados. Não sei o que pensam que acontece nessas festas. Sexo grupal na banheira, não sei. Olhe, você vai a uma festa, paga seu ingresso, e talvez um homem te chame para um café na saída. Você divide um sanduíche com ele, pergunta sobre a vida, ele te diz com todos os detalhes e talvez peça seu telefone; talvez ele te ligue, talvez não.

— Talvez ele te convide para um café no apartamento dele.

— Talvez — disse Louise, olhando diretamente para ele —, e talvez você vá, talvez não, dependendo do quanto está se sentindo só, ou desesperada, ou do quanto parece difícil naquela noite voltar para o seu ninho vazio.

— Ou se você gosta dele ou não. Como pessoa?

Ela deu de ombros.

— Talvez. Isso pode ou não ser um fator. Pode ser só pelo sexo. As mulheres precisam disso tanto quanto os homens, sabe. Você não entenderia. Você é casado. Deve estar transando com frequência.

Ele sentiu o rosto em brasa. Ela estava sentada na frente dele, com os seios moles e amplos de mamilos protuberantes claramente delineados sob o tecido fino de flores vermelhas. Sua postura era um convite.

Ela deu uma risada.

— Certo, inspetor, então somos amigos. Você pode dar um jeito naquela intimação para mim?

— Não — respondeu ele.

Ela deu outra risada, fazendo um gesto com a mão. Com isso, derrubou uma colher no chão. Ambos baixaram para apanhá-la. O vestido dela se abriu de novo. Bernie pensou que tivesse se perdido no meio daqueles seios brancos e volumosos. Ele alcançou a colher primeiro, endireitou-se e entregou-a a ela. Pensou que ela ria da cara dele. Ou era ele rindo de si próprio? Bernie Bernstein, bom rapaz judeu.

Ele disse:

— Você não se lembra de ter notado se a Anna saiu sozinha? — Louise fechou os olhos e se concentrou. Era dessas mulheres capazes de comer bolo de chocolate sem borrar o batom. Eles permaneciam vermelhos e brilhantes.

— Pensando bem, eu me lembro sim. Ela foi embora sozinha. Pegou o guarda-chuva. Eu estava de pé na entrada, conversando com uns homens, e vi que ela pegou o guarda-chuva. Notei porque havia gente esperando o elevador e ela não ficou esperando com eles. Foi de escada.

— Por que ela fez isso?

— Talvez não goste de elevadores. As pessoas que se acostumam a morar em casas muitas vezes não conseguem se acostumar a elevadores. Talvez não gostasse das pessoas que estavam esperando. Não sei.

— Talvez alguém estivesse esperando por ela lá embaixo e ela estivesse com pressa.

Louise deu de ombros.

— Eu não saberia. Não falei com todos que saíam. Não era uma reunião de bridge de subúrbio.

— Você notou se alguém a seguiu, ou se ela seguiu outra pessoa escada abaixo?

— Ela estava sozinha. Por que tudo isso? Ela está com problemas?

— Espero que não. Aliás, seria melhor para todo mundo se você não falasse nada disso com ela.

— Por que eu falaria para ela?

— Não sei. Lealdade feminina, talvez.

— Eu não sou de feminismos, inspetor. Nunca vejo a Anna, a não ser nas minhas festas.

— Você prestou atenção no guarda-chuva dela, por acaso? De que cor era?

— Não prestei atenção. Mas notei o casaco dela. É o mesmo casaco que usa há dois anos. Uma capa de chuva. Vermelha. Ela bem que precisava de uma nova. Deve ter sido fodida mesmo no divórcio por aquele FDP do ex se não consegue comprar um casaco novo a cada dois anos.

Bernie se levantou.

— Mais uma coisa. Queria uma lista dos convidados da festa.

— Está de brincadeira? Que lista? Quem assinaria uma lista? Tem gente que é casada. Que cara mais surpresa, inspetor Bernstein. Um inspetor tão fiel, devotado e casado.

— Sou policial há tempo demais para me deixar surpreender por qualquer coisa.

— É mesmo? — Ela se encostou nele e passou o braço pelo seu ombro, sorrindo. Seus lábios eram rubros e brilhantes. Úmidos.

Ele retribuiu o sorriso.

— Adoro homens grandes — disse Louise.

Ele não se esquivou.

— Você conhece muita gente que vem às festas? Há quanto tempo tem dado essas festas?

— Há uns dois anos. Conheço alguns. Os regulares. E às vezes vem alguém interessante. Esses não chegam a virar regulares.

— Conhece um homem chamado George Stone? Ele estava na festa sábado à noite?

Ela se afastou dele, mas não muito.

— O sujeito nos jornais? O que foi morto?

— Esse mesmo.

— Gays não vêm às minhas festas.

— Quem disse que ele era gay?

— Os jornais.

— Jornais, ora, jornais — disse ele. — Eles têm que vender seu peixe. Não há provas de nada disso.

— Se ele esteve, eu não o vi.

— Suponho que, se vazasse que ele esteve, faria mal aos seus negócios. Especialmente se ele saiu com alguém que, mais tarde, o matou. É isso que você está pensando?

— Passou pela minha cabeça — disse ela.

— Quem contaria a alguém? Eu nem estou aqui oficialmente. Só estou pegando informações do meu interesse pessoal. Você poderia negar que me disse qualquer coisa que fosse ou até que me viu. Pode confiar em mim.

Ela riu, claramente uma risada que dizia quem-poderia-confiar-em-policiais.

— Você pode estar gravando toda a conversa.

— Me reviste.

— Não me tente. Você não está pensando que a Anna Welles o matou?

— Eu nunca falei isso.

— Ela é uma pessoa meiga.

— Todo mundo é capaz de matar, você sabe.

Louise sorriu.

— Ela devia ter matado aquele marido filho da puta que a abandonou daquele jeito. E pendurado o corpo dele de cabeça para baixo na praça do bairro como exemplo e alerta para os outros adolescentes de meia-idade.

— Você adora os homens, não?
— Eles prestam para rolar no feno. De vez em quando
— George Stone estava na festa?
— Se estava, não o encontrei. Realmente não sei se ele estava lá. Gostaria de dizer que não estava, mas não sei mesmo. Ele pode ter vindo com um amigo, que lembraria dele. Minhas festas são limpas. Deveriam ser um meio agradável para solteiros se conhecerem. Não tenho como verificar quem vem e quem não vem.
— Você nunca tem problemas?
— Claro, de vez em quando alguém fica bêbado e extrapola. Ou chega algum imbecil com maconha. Geralmente fuma no banheiro. Não é comum. São pessoas de meia-idade.
— Stone tinha um grande estoque de maconha, entre outras coisas.
— Eu li isso. Não reconheci a foto dele no jornal.
— Era uma foto antiga. De uns oito anos. Um homem muda em oito anos. Ele estava muito mais magro agora, por exemplo. E, como você diz, não é responsável por quem comparece às suas festas.
— Não o conheço. — Ela se aproximou dele novamente. Seus lábios brilhantes estavam muito próximos. Sua boca era bonita. Seu rosto também. Pele suave e brilhante, olhos negros inteligentes e cabelos negros lustrosos. Sentiu os seios dela roçarem em seu tórax. — Claro, pode haver algo alojado no meu subconsciente. Quem sabe se você me sacudir bem, eu me lembre.
— Será que daria certo?
— Seria divertido tentar.
Ele riu. E então parou de rir. Fiel, devotado. Casado Com quem? Com uma mulher que o enxotara de casa?

— Ninguém está pedindo que você deserte sua família, inspetor.

— Será que isso vai lhe provar que não estamos grampeados? — Ele pôs os braços ao redor dos ombros dela. Não teria conseguido envolver sua cintura. Ele se via como se estivesse na frente de um espelho. O que estava fazendo? O que estava acontecendo com ele? Nunca tinha feito nada assim antes. Bernie estudava suas ações curioso, como se observasse um desconhecido. Um desconhecido que ele não compreendia. Nem gostava.

— Não faço questão de que você me leve no colo lá para cima — disse ela. — Eu sei andar. — Sua boca estava próxima da de Bernie. Ele a puxou para junto da sua.

Louise sabia fazer coisas espetaculares com sua bela boca. Ela o exauriu. E, no final, ela se recostou, olhou para ele e disse:

— Sabia que você seria bom.

Foi bom ouvir aquilo.

— Você também não é de se jogar fora — disse ele.

— Também gostei de você não ter dito que eu seria a mulher mais linda do mundo se perdesse 20 quilos.

Estava mais para 35.

— Você tem planos de fazer isso?

— De jeito nenhum. Nem mesmo por alguém como você. Se tem que me amar, que me ame gorda como sou.

— Seu subconsciente se lembrou de alguma coisa?

— Sobre o Stone? Não. Não conheço esse homem. Mas pode vir aqui a qualquer hora que quiser me interrogar. Foda-se a jurisdição.

Antes de ir embora, ele falou:

— É claro que você sabe que, se vier à tona que mentiu, que sabia que o Stone esteve na sua festa e que você sabe com quem ele saiu, vai se ver em problemas bem maiores do que uma mera intimação.

— Então o que é que está pegando, Bernstein — disse ao volante de seu carro. — O que há de errado com você? — Ele fizera mais sexo nos últimos três dias do que nos últimos três anos. Devia estar ótimo. Tranquilo. Não se sentia assim. Por que estava se sentindo tão mal? Eram maiores e vacinados. E por que teve de ser tão grosso com Louise ao sair?

Os outros policiais faziam esse tipo de coisa, mesmo que ele nunca tivesse feito antes. As mulheres gostavam da imagem de macheza dos policiais.

Alguém poderia dizer que ele fora infiel a Linda?

Não era em Linda que estava pensando. Era em Anna/Allegra. Não parava de ver seu rosto delicado e triste.

De volta ao caso, então, inspetor. O que temos? Possíveis testemunhas:

<u>O velho Russell</u>:	Riscado da lista.
<u>Louise King:</u>	Não ajudou muito.
<u>Sra. Miller:</u>	Talvez. Mas levaria muito tempo. E teriam de ser bem rudes.
<u>Stevie:</u>	Morto.

Realmente só havia um meio. Anna/Allegra. A própria. Ele teria de trabalhar em cima dela pessoalmente.

Mas soubera disso desde o começo. Por que evitara fazê-lo?

Louise estava deitada em sua banheira sob uma montanha de espuma de banho. Deus do céu, como odiava os homens. Sabiam o que dizer para deixá-la mal. Ela esticou uma gorducha mão espumosa até alcançar o prato sobre a mesa ao lado da banheira e deu uma ampla mordida em um bolo de limão. Aquele policial desgraçado não tinha nada que ameaçá-la quando saiu. Devia ter sido por culpa. Ela não lembrava mesmo mais nada além do que lhe dissera. Terminou o bolo. Ele poderia tê-la deixado bem. Era muito bom de cama. Meio mecânico, talvez, mas isso era de se esperar. Era a primeira vez, e ele não a conhecia. Devia ser a primeira vez que traía a esposa. Provavelmente confessaria a ela. Para tirar o peso de seu peito e transferir para o dela.

Por que ele teve que estragar tudo? Ela sentia ódio. Dele e de todos os homens. Babacas. Todos eles só serviam para transar, se é que serviam para alguma coisa.

Ela queria que tivesse algum jeito de se vingar. Não era nenhuma Anna Welles. Aquela idiota crédula tinha sido arrasada no divórcio. O que será que queriam fazer com ela agora? Provavelmente tentariam incriminá-la com aquele homicídio horrível por não conseguirem achar o verdadeiro criminoso. Anna seria tão capaz de matar alguém quanto seria capaz de voar sem asas.

De repente, Louise sorriu. Içou-se para fora da banheira — a água estava ficando fria, mesmo — e vestiu um robe atoalhado.

— Vou ligar para ela. Dizer para ter cuidado. Para cuidar de si.

Procurou o número de Anna na lista telefônica do Queens e discou.

Capítulo 35

Havia algumas mensagens em sua mesa. Ele as repassou rapidamente. Sean ligara. E Linda ligara duas vezes. E, é claro, os jornais e a TV. Ele deixaria que Feeley cuidasse deles. Feeley parecia sempre estar entrando e saindo logo depois dele. E havia protestos dos grupos ativistas gays. E também o locador que queria saber quando o apartamento do Sr. Stone seria liberado pela polícia. Bernie pensou outra vez em ficar ele mesmo com aquele apartamento. E havia um bom número de confissões e de crimes prendam-me-antes-que-eu-faça-outra-vez. Tudo isso tinha de ser verificado.

Ele ligou para o número de Anna. Novamente nenhuma resposta. Ficou pensando a que horas ela voltaria do trabalho.

Talvez não viesse direto para casa. Ela poderia sair após o trabalho e voltar para casa tarde. Então não conseguiria vê-la. Droga.

Ela era bibliotecária. No distrito. Não devia haver tantas bibliotecas assim no Queens. Ele saiu da sala para pegar uma lista telefônica do Queens. Acenou para Feeley, que estava sentado lá, e voltou à sua sala.

Havia 58 ramais da biblioteca pública do Queens. Torcia para não ter que ligar para todos os 58 para descobrir onde ela trabalhava.

Capítulo 36

Anna ouviu o alarme. Parecia soar a grande distância. Ela ficou parada, reunindo forças para afastar o silêncio onipresente com sua mão. As manhãs eram as piores horas. Ou seriam as noites? Nenhum motivo para levantar. Nenhum motivo para ir para a cama. Havia espécies que morriam no instante em que deixavam de ter utilidade, ou, ao menos, função. Veja só a abelha. A abelha pica e morre. Você não tem nem a inteligência de uma abelha, Anna.

Havia alguma coisa que ela vinha tentando lembrar, ou seria esquecer? Seria um sonho que subsistia à beira da consciência? Ela não conseguia lembrar, e aquilo não a deixava descansar. Será que andara sonhando? Andara dormindo? Quando? Na noite passada? Na semana passada? No ano passado? Quando seria a última vez em que dormira, dormira de verdade, renunciando a toda a consciência? Esquecimento total.

O alarme insistia. Ela juntou toda a sua força e a direcionou para o braço. Ele avançou vagarosamente pelo vazio espesso e inerte que a envolvia até que encontrou o alarme e apertou o botão. A campainha parou.

Agradecida, fechou os olhos.

Outra campainha tocou.

Tinha de ser o telefone. Que fosse para o inferno. O telefone teria de cuidar da própria vida. Ela não poderia mexer o braço e desligá-lo. Ela não ficou ouvindo. Não percebeu quando ele parou. Só sentiu o silêncio se aproximando, feito uma manta. Esperou que ele a cobrisse.

A campainha tocou de novo, estilhaçando a tranquilidade, alastrando os pedaços.

Quem estaria ligando? Não ligavam para ela. Ninguém ligava para ela. Não queriam que ela dormisse. Não ligavam se ela vivesse. Só não queriam que ela morresse. Devia ter permissão para morrer, se quisesse. Havia uma tribo aborígine na Austrália cujos membros conseguiam morrer segundo a própria vontade. Ela vira um filme sobre isso. Anna fora para casa após o filme, deitara e tentara se obrigar a morrer. Mas o maldito telefone tocou. Aí estava o problema. Aquela tribo australiana não tinha telefones. Era isso que destruía nosso poder sobre nossos corpos. Nosso autocontrole estava sendo drenado via linha telefônica. Estavam nos deixando impotentes. Telefones, televisores e a nova moral. A merda da nova moral. É nisto que consistia a nova moral: em trepar. Menos você, Anna/Allegra, ex-Sra. Welles. Você tem o telefone e a televisão, mas, quanto ao resto, ele fugiu. Viu alguém de quem gostou mais. Alguém jovem, bonito; alguém que não era triste. Homens não gostam de mulheres tristes, eles as chamam de amargas. Eles gostam de mulheres alegres, vivazes e agradáveis, sem problemas nem dependentes, e que não falavam de si próprias porque isso atrapalharia sua constante atenção ao que os homens diziam. Por que ele fugira daquele jeito? Será que ela fizera alguma coisa? Dissera alguma coisa? Ficara disponível demais? Ela estava tentando fixar um rosto em sua cabeça. Simon? Bernie? Outra pessoa?

O telefone estava tocando de novo. Não parava de interrompê-la. Talvez fosse Emmy.

Emmy não precisava dela. Emmy estava começando uma vida nova. Na tribo da Austrália, quando um jovem chegava a uma certa idade, ele partia só para ir ganhar a vida em algum lugar. Saía sem água nem comida, só de tanga. Nem um par de jeans de marca levava. Emmy pelo menos tinha jeans.

E uma pessoa velha, inútil, poderia se deitar sob uma árvore e chamar a morte para vir lhe buscar. Se você fizesse isso, Anna, os pássaros nas árvores fariam chover titica sobre você.

Eu morri e esqueci de deitar.

Silêncio, telefone maldito!

Ela levantou e arrancou o fio de telefone da parede. Ele soltou um grunhido terrível, feroz. O som expulsou o silêncio da casa.

O esforço a exauriu. Ela ficou sentada na cama, arquejante, procurando o fôlego, segurando o fio de telefone na mão.

De qualquer modo, deveria ligar para a Srta. Haines e avisar que iria se atrasar. Coitada da Srta. Haines. Anna suspeitava que ela se preocupava; discreta e silenciosamente, cultivava preocupações. Era provável que tivesse dedicado a vida inteira a se preocupar. Preocupava-se com a mãe, com o gato, com a biblioteca, com o assustador aumento no roubo de livros e revistas. Preocupações eram a única coisa que tinha no mundo. Certa vez, quando a Srta. Haines o aborrecera, John dissera:

— Ela precisa é de um homem.

— Amor faz bem a qualquer um — dissera Anna.

— Amor? — John rira. — Ela precisa é de uma boa trepada.

Isso deveria sanar tudo. Todos os problemas do mundo. A pomposa ilusão do ego masculino. O Pau Invencível. Ou seria apenas a cura para as mulheres? Antigamente, não ficava bem a mulher gostar. Agora deveria ser a coisa mais essencial a elas.

E quando você começou a odiar os homens, Anna?

— Eu não odeio! Não odeio!

E a Srta. Blusa de Alcinha Bege? Será que ela não tem alguma responsabilidade?

Não há mais responsabilidades. Nem culpa. Estão fora de moda, tal como anquinhas e polainas.

Lá estava aquele gosto horrível em sua boca de novo. Era melhor escovar os dentes. Antigamente não ficava sentindo gostos horríveis na boca.

Devia tomar café também. E pôr música, para expulsar o silêncio que se reinstalava. Não sentia fome. Sentia apenas cansaço. Mesmo depois de ter escovado os dentes e lavado o rosto, ainda não estava com fome. Mas entrou na cozinha, encontrou um saco de pãezinhos na geladeira e um par de tesouras para abri-lo, e ligou o rádio.

— ... o detetive Feeley disse, esta manhã, que a polícia estava trabalhando com novas pistas no homicídio brutal de... — Desligou o rádio. Bem, o que mais esperava ouvir no rádio?

Ah, algo bonito. Algo...

— Hoje a notícia é que o amor voltou à moda. Amor à moda antiga: até que a morte nos separe, e eles viveram felizes para sempre, e seus filhos se importavam de verdade com eles... — Você não vai dizer isso, vai, Rádio? Quem precisa de você?!

Ela largou o saco de pão, pegou o fio do rádio e o cortou com a tesoura.

— Pronto — disse ela. — Agora você só precisa de uma boa trepada. Isso vai te curar.

Ela voltou ao quarto, meteu-se na cama, cobriu-se com o cobertor até a cabeça e tentou dormir, esfumando o rosto do homem: Simon, Bernie ou alguém mais. Os sem-nome que ela sempre tentava esquecer.

Por que ele não ficara mais? Seria tão bom se tivesse ficado. Teria sido tão prazeroso, alguém ao vivo lhe abraçar.

Ela devia se levantar e ir para o trabalho. Precisava se manter ocupada.

— Anna, você precisa é de uma boa trepada. — Ela riu. E tentou dormir novamente.

Capítulo 37

Bernie perdeu a conta. Mas em um dos inúmeros telefonemas obteve a resposta que queria.
— Sim, há uma bibliotecária aqui chamada Sra. Welles.
— Posso falar com ela?
— É o Sr. Welles?
— Por que a pergunta?
— Desculpe. Não quis... É que a Sra. Welles não veio trabalhar hoje. Na verdade, estamos preocupados. Ela não ligou para dizer que não vinha. E nunca fez isso antes. Nunca. Na verdade, a filha da Sra. Welles ligou também, perguntando pela mãe. Ela disse que ficou ligando a manhã inteira. O telefone parece estar com defeito. A filha está preocupada...
Ele desligou e foi correndo pegar o casaco.
O telefone tocou. Impaciente, ele o arrebatou e grunhiu:
— Inspetor Bernstein.
— Bernie, aqui é Paul Thompson.
Era do gabinete do prefeito. Ele se sentou.
— Vocês brancos andam se furando muito ultimamente — disse Thompson, pachorrento.
— O monopólio de furar os outros não é de vocês, rapaz.
Thompson riu e disse, com seu sotaque moldado em Harvard:

— Você nunca pensaria isso ouvindo os brancos falando. Este telefonema é oficial, Bernie. O prefeito quer que você prenda esses marginais rápido. Muito crime na cidade faz mal aos negócios.

— Pode garantir ao prefeito que estamos em cima disso. Estamos fazendo o melhor que podemos.

— O melhor que você pode fazer sempre basta para mim. Mas o prefeito quer que acelere.

— Sim, senhor. Faremos isso. Pode lhe dar minha palavra.

— Prenda alguém por alguma coisa, pelo amor de Deus, cara — disse Thompson, e Bernie riu ao reconhecer o tom, voz e modos exatos do prefeito. Negro lustroso, bonito e muito bem-cuidado, Thompson devia ter sido ator.

Bernie falou:

— Sim, senhor. — Poderia ter argumentado e protestado, dito a Thompson tudo o que o departamento estava fazendo em todas as áreas. Mas parara de fazer isso há muito tempo. Ninguém nunca escutava; na verdade, ninguém queria uma resposta. Thompson continuava falando. Era o seu trabalho: falar com as pessoas pelo prefeito. O prefeito mesmo falava com os jornais. Era o estilo dele. A voz de Thompson se tornou um ruído além do alcance da consciência de Bernie. Sua mente vagueava. A quantos prefeitos ele sobrevivera, todos eles dizendo a mesma coisa, cada qual no seu estilo? Havia o presepeiro que marchava delegacias de polícia adentro, declarando guerra ao crime, com seu cortejo de repórteres e fotógrafos; aquele jurara limpar a cidade, ou, pelo menos, a Times Square. E havia o prefeito liberal que declarou guerra contra a pobreza e marchou nas ruas com assaltantes e cafetões que imaginou poder utilizar para seus próprios fins; e aquele que parecia um lojista baixinho e nunca ninguém ouviu falar uma obscenidade, fosse em público ou em particular. Ele devia ligar para o velho Sr. Russell. Este haveria de se lembrar de todos. Mas havia dito que não se lembrava de Anna.

— ... coisas horríveis acontecendo na cidade — dizia Thompson. — Assaltos demais, homicídios demais, prostitutas demais...

— ... e bailes de solteiros — disse Bernie.

— O quê?

— Nada.

— Seu pessoal tem que mostrar garra. Cair em cima. Comece nas delegacias. Você tem que limpar sua própria casa.

— As janelas, não limpo — disse Bernie.

Thompson se deteve.

— Está tudo bem com você, Bernie?

— Sim, Paul. Só ando meio ocupado em correr atrás dos marginais. Você pode ir direto ao que interessa? Quero voltar ao trabalho.

— A população quer que a polícia valha o salário que recebe. — Ele estava irritado. — Pegue um bandido, pelo amor de Deus. Eles querem ler a respeito em manchetes garrafais. Prenda alguém. Prenda o FDP que mastigou o pau. Esse seria um bom material de leitura.

Certo. Se você me deixar sair do telefone.

Quando Thompson finalmente terminou a ligação, havia uma delegação de empresários querendo falar com ele. Não quiseram falar com mais ninguém a não ser o delegado responsável. Adentraram beligerantes o seu gabinete. Estavam descontentes com o crime na vizinhança: prostituição, homicídios, assaltos a pessoas e propriedades, carros em fila dupla. Bernie concordou que a situação era crítica. Foi simpático. Falou-lhes dos seus problemas: pouquíssimos agentes policiais, pouquíssimo dinheiro, muitíssimas regras e normas sufocantes. Mas a polícia estava fazendo o melhor possível. Citou estatísticas. Se a comunidade indicasse um comitê, seu agente de relações comunitárias iria se encontrar com ele para tentar resolver os problemas juntos. Guiou-os para a saída e os apresentou ao seu agente de relações comunitárias, sargento Wilson, e entrou correndo em seu gabinete para pegar a capa.

O telefone estava tocando de novo. Ele deixou tocar. Estava quase com a mão na porta quando ela abriu para dentro. Era Feeley.

— Sua mulher está no telefone — disse ele. — Ela está tentando falar com você e acabou perguntando por mim. Eu disse que você estava com aquela delegação e pedi a ela para esperar, e disse à telefonista para passar a ligação assim que você estivesse liberado.

Bernie hesitou. Não podia envergonhar Linda indo embora agora. Voltou à mesa e atendeu o telefone.

— Obrigado, Feeley — disse.

Feeley assentiu e saiu.

Brandamente, Bernie saudou:

— Alô, Linda. — E ficou surpreso ao ver que não sentia nada.

— Estou o dia inteiro tentando falar com você — disse Linda, furiosa. — Deixei uma dúzia de recados.

— Dois — corrigiu Bernie. — Estou há anos tentando falar com você.

— O que você quer dizer com isso?

— Qual é o motivo da ligação, Linda?

— Não sei onde você está hospedado.

— Ainda não me decidi.

— Você está hospedado em algum lugar. Preciso ter como falar com você. Temos que conversar.

— Não tenho muito tempo. Eu estava de saída.

— Será que você pode esquecer seu emprego um minuto e lembrar que tem um filho?

— O que você quer que eu diga, Linda? Você me botou pra fora de casa.

— Quando você vai vê-lo de novo?

— Não sei. Você disse que ele ficaria melhor sem mim.

— Não quis dizer para você nunca mais vê-lo.

— Como assim nunca? Eu o vi ontem mesmo.

— Você o deixou muito magoado ontem. Nunca o vi tão magoado. Você tem que vê-lo hoje. Tente fazê-lo entender.

— Entender o quê? O que posso fazer com que entenda?

— Você BATEU nele!

— Você bate nele o tempo todo.

— Mas você nunca tinha batido antes. Você *bateu* nele. Você o *machucou*. Ele está se sentindo muito mal.

Bernie não respondeu.

— Você não o ama... — De repente ela estava chorando. — Você é duro, malvado, insensível. Não passa de um policial! E Sean é igualzinho a você. Ele também não dá a mínima. Vocês são farinha do mesmo saco.

— Desculpe, Linda. Desculpe se te decepcionei.

— Você mudou — disse ela, amargurada. — Acho que deve ter encontrado outra pessoa. Está morando com ela, é isso. Não demorou nada. Bem, também há de decepcioná-la.

— Isso não vai ser nem um pouco da sua conta, não é, Linda? — disse ele com frieza, desligando em seguida.

Bernie agarrou de novo a capa e saiu correndo, antes que qualquer outra coisa pudesse afastá-lo de Anna. Pela visão periférica, pensou ter visto Feeley saindo logo atrás dele.

Capítulo 38

Uma pessoa tem que sair da cama. Uma pessoa tem que escovar os dentes e os cabelos, não com a mesma escova, é claro, e tomar banho, se vestir, tomar café, lavar a louça e...
Por que diabos?
Não seja difícil, Anna. Faça o que tem de fazer.
Foi isso o que fiz durante a vida inteira. Ou pelo menos tentei. Olha o bem que isso me fez.
Saia da cama.
Primeiro, tenho que dormir.
Você não vai dormir nunca e sabe disso. Ficou tentando a noite toda. E o dia todo. Saia da cama. Você devia comer alguma coisa.
Não estou com fome.
Você tem que comer. Está começando a parecer uma ameixa seca velha. Concentre-se em café. No cheiro dele. Não há nada neste mundo como o cheiro de café recém-passado.
Está vendo, ainda mantive um resquício de moral. Mantenho paradigmas. Paradigmas de café. Nunca bebo café instantâneo. Ainda moo grãos fresquinhos e faço café de verdade.
Então se levante e vá fazer! Vá!

Alguém arrancou o fio do telefone.

Você sabe perfeitamente quem arrancou o fio do telefone. Não se faça de palhaça.

Mas por quê? Por quê?

Ela estava maluca? Será isso estar louca? Será que os loucos sabem que são loucos e não podem fazer nada a respeito?

Que bem vai te fazer, Anna, ser desertada, ficar sozinha, seca como uma ameixa e ainda por cima ser louca? Especialmente se você sabe disso.

Que bem isso vai fazer a Emmy?

Defenda-se sozinha, Emmy. Desfrute-os, ame-os e deixe-os. Ela já deve ter lido isso em algum lugar. Antigamente, ela lia bastante. Lia todo tipo de coisas. *The old gray mare, she ain't what she used to be.** Se for começar a cantar, Anna, com essa sua voz, eu me mato.

Pense no cheiro do café. Levante-se e siga o cheiro de café...

Havia um saco de pão sobre a mesa. Que coisa de maluca, cortar o fio do rádio. Talvez fosse piada. Ela sempre tivera um senso de humor meio pateta. Como iria explicar isso para a filha? Emmy não morava mais ali. Não teria de explicar nada. A ninguém.

Talvez tivesse arrancado o fio do telefone para não ter que explicar por que ninguém ligava para ela. Eles *não podiam* ligar, sabe, porque o fio do telefone tinha sido arrancado. Ou talvez fosse por isso que ela não podia ligar para ninguém. Não que ninguém a amasse. Ela *não podia* ligar para eles com o fio cortado.

---

*— A velha égua cinza já não é mais o que era — canção popular norte-americana. (*N. da T.*)

Não há nada para me entreter em casa. Não há rádio. Não há televisão. Não vou voltar para a cama. Vou tomar meu café recém-passado e comer meu pãozinho, partindo-o em pedacinhos e passando manteiga, recobrindo-a cuidadosamente com geleia, e vou até comer um pedaço daquele delicioso queijo caro em que esbanjei ontem à noite. E vou pintar o cabelo. E vou sair. Se não houver festa nem baile nem encontro, sempre há um bar. Um bar de solteiros. Por que não? Ela ainda não experimentara ir a um bar.

Ela precisava passar pelo quarto para chegar ao banheiro. Será que conseguia passar pela cama sem se enfiar nela?

O gravador estava sobre o criado-mudo. Às vezes, Emmy gravava música do rádio em seu gravador. Talvez a ajudasse ouvir isso. Seria algum som no silêncio. Fez que ia pegá-lo.

Não! É só uma desculpa para chegar perto da cama, sentar nela enquanto mexe no gravador, para se recostar, deitar... quer som? Quer música? Quer o aconchego de um ser vivo ao seu lado? Saia. Saia de casa!

Talvez eu possa descansar um pouco, primeiro. Eu não dormi...

Estarei louca? Estarei louca mesmo? Eu sei o meu nome. Allegra. Não. Anna. Anna Welles. Sei o dia da semana. Terça-feira.

Sei a tabuada até 12 vezes 12 igual a 144.

Mas sabe diferenciar certo do errado?

Qual é o certo e o errado? O certo e o errado mudaram.

A verdade mudou.

Tudo muda.

Devo mudar também.

Obrigada, Simon. Você me atualizou, me fez entrar no novo mundo, tão diferente.

Talvez não exista mais certo e errado.
Talvez a verdade não exista.
Talvez eu não exista.
Tudo o que existe é a mudança.
Se ninguém sabe que você está viva, se ninguém liga, você existe?
Se você não sabe mais da existência de ninguém, você está morto?
Se eu morrer aqui, sozinha, e ninguém souber, eu morri? E será que vivi?
Se eu enlouquecer aqui, sozinha, e ninguém ficar sabendo, será que estarei louca?
Se um homem fizer o mal, e ninguém souber, será que foi mal?
Mas você saberia, Anna.
Ela tremia. Sem saber por que, de repente, ela tremia. Sua boca estava péssima. Repugnante. Ela precisava escovar os dentes de novo e enxaguar a boca.
Havia algo acontecendo com ela; talvez já tivesse acontecido. Ela precisava fugir. Aterrorizada, correu para o banheiro, entrou e bateu a porta, como se alguém a estivesse perseguindo.

Capítulo 39

O problema era que ela não conseguia decidir o que vestir. Pensou nisso o tempo todo, enquanto retocava o cabelo, tomava banho e aplicava a maquiagem. E parou ali, de robe azul puído, em frente ao armário, olhando para ele. Nada era bonito. Nada era novo.

Talvez fosse inútil sair, afinal de contas. Ela não tinha nada bonito para usar. As outras mulheres estavam sempre tão arrumadas.

Quando a campainha tocou, ela ficou quieta e escutou. Era o primeiro som que ouvia há horas que não tinha sido produzido por ela mesma. Isso a confundiu. Ela não conseguia se mexer. Tocou de novo. Só no terceiro toque é que conseguiu despertar para chegar à porta.

O homem alto estava com um buquê de flores. Parecia animado.

— Oi. Lembra de mim?

— Você é o fugitivo — disse ela.

Ele riu.

— Eu explico se você me deixar entrar.

Ela não se mexeu.

Ele lhe estendeu as flores:

— Oferta de paz.

Lentamente, num reflexo, ela abriu a mão para receber as flores.

— Obrigada — agradeceu ela, também por reflexo.

— Fiquei tentando falar com você o dia todo. Seu telefone está com defeito. Então eu simplesmente vim.

— Eu estava me arrumando para sair.

— Ah... — Sua voz demonstrava decepção. — Me desculpe. Quero dizer, pior para mim. Estou feliz por você se for ver alguém.

— Não é ninguém. Eu vou sair. — Ela abriu aquele sorriso triste que o perturbava. — À caça, pode-se dizer.

Ela deu as costas e entrou no apartamento. Ele a acompanhou. Anna entrou na cozinha e abriu um armário Numa prateleira alta, havia um vaso. Ele se esticou, pegou-o para ela e o encheu de água.

— A água não está muito fria, está? — perguntou ela. — Não se deve colocar flores em água muito fria.

Ele afastou a manga de robe dela, pegou um pouco d'água com os dedos e borrifou o interior do braço dela, como se estivesse preparando um banho de bebê.

— Está na temperatura certa — disse ela, sorrindo de novo. Ele puxou a manga sobre o braço dela e segurou seu pulso por um momento. Com as mãos, trouxe o pulso dela até os lábios e o beijou. Ambos coraram. Quando ele a soltou, ela pôs as flores no vaso e as afofou.

— São lindas — disse ela. — Obrigada. — E as levou para a sala. — Parece que estou sempre vestida neste trapo quando você vem.

— Gosto dele. É tão acolhedor.

Ela meneou a cabeça e continuou andando até o quarto. Sem pensar, ele a seguiu. Ela não pareceu notá-lo. Tirou o robe e ficou de sutiã e calcinha. Pareceu um ato natural, não calculado. Ela colocou um *body* branco e um par de calças pretas justas.

— Perdi o alfinete de segurança. Preciso consertar o fecho — disse ela, consigo mesma. — Não faz mal. O cinto vai cobrir.

Ele vira um alfinete de segurança em algum lugar. Sobre uma mesa de vidro escuro. Onde fora?

Após colocar um cinto de elástico prateado e sandálias pretas de salto alto, ela começou a andar em direção à sala, passando por Bernie. Ele disse:

— Você fez alguma coisa bonita no cabelo.

Ela notou sua presença de novo, como se fosse a primeira vez. Parou. Muito próximo a ele.

— Você é muito observador. Por que uma mulher estaria infeliz com um homem tão observador?

— Talvez eu tenha parado de ser observador. Talvez eu tenha presumido que ela conhecia os meus sentimentos. Ela era minha mulher. Eu a amava.

— Talvez você devesse tentar de novo. Agora que aprendeu alguma coisa, vai se sair melhor com ela.

— O ópio da meia-idade — disse ele, bravo. — O Sonho da Segunda Chance. Ressurreição sem morte.

Ela começou a andar. Ele pegou sua mão.

— É isso que você procura? É isso que está esperando? Uma segunda chance?

Ela sorriu outra vez, um sorriso que parecia choro.

— Não. Não sei o que eu faria com uma segunda chance. Não aprendi nada com a primeira. Não sei o que fiz de errado nela.

— Então o que você quer? Está atrás do quê? — perguntou ele, brusco. — Vingança?

Seus olhos transbordaram com lágrimas como se elas estivessem presas há tempos. Ela desviou o rosto.

— Por que está chorando, Anna? O que você quer?

— Eu quero — disse ela em um tom zombeteiro e amargurado —, eu quero que você me abrace. Me tome e deite comigo. Mais nada. Só me abrace. Como se eu importasse para você. Como se houvesse me conhecido por 28 anos e tivéssemos sofrido juntos, rido juntos e eu fosse importante para você. — Ela sorriu pesarosamente. Lágrimas corriam pelo seu rosto.

A mão dele, forte e ampla, afagou sua face.

— Você é importante para mim, Anna — disse Bernie.

Ele a ergueu com facilidade e a susteve contra o peito, por um momento, sem se mexer. Ela apertou o rosto contra o seu ombro. Ele beijou os cabelos dela e foi para a cama. Deitou-a com cuidado, tirou seus sapatos e o paletó e deitou ao lado dela. Abraçou-a, como tantas vezes havia abraçado sua Linda quando ela chorava, todos os meses, quando o sangue começava a descer; como abraçara Theo quando ele era pequenininho e chorava sem parar por alguma profunda e misteriosa infelicidade.

— Me desculpe — disse ela, tentando parar de chorar.

Ele a abraçou mais forte, afagando seu pescoço e cabelos.

— Tudo bem — falava ele, docemente —, tudo bem...

Ela se abandonou às lágrimas, confiando que ele não violaria sua dor nem ofereceria palavras de consolo vazias.

Anna chorava as lágrimas que ele não podia chorar.

Ele se sentia mais próximo dela do que de qualquer pessoa em toda a sua vida. Sentia-se forte, protetor. Parecia amor. Acalentava-o. Ele estava feliz.

*

Os dois devem ter dormido. Ele a sentiu se mexer e abriu os olhos. Ela se comprimia junto a ele, abraçada, com o rosto em seu pescoço.

— Obrigada — disse ela.

A mão dele passou por seu ombro e pelas costas. Veio-lhe a imagem de um pássaro de asa quebrada. O corpo dela relaxou.

— Você é um doce.

O quarto estava morno. A luz era baixa. Era como se estivesse suspenso no espaço, e eles estivessem sozinhos juntos, seguros, intocáveis para o mundo. Adormeciam e despertavam, flutuando juntos. Vagamente, ele pressentiu que ela levantara e depois voltara a ele.

— Você gosta de cuidar — disse ela baixinho.

— Acho que sim. — Ele nunca pensara nisso. Depois de adulto, ele passara a vida cuidando: da mãe, das irmãs, da esposa, do filho. Até mesmo seu emprego consistia em cuidar dos outros... da cidade inteira. — Acho que já fui assim. Não sei se ainda sou.

— Será que as pessoas mudam mesmo?

— Às vezes forçam você a mudar, o que te força a mudar seu jeito de ser.

— Só temporariamente. Por um instante somos livres; alguma emoção forte nos liberta de nós mesmos; podemos fazer algo que nunca teríamos feito. Então tudo passa e voltamos a ser nós mesmos.

— Talvez. Eu não sei. — Ele a beijou. — Só sei que no momento estou morto de fome. Não comi quase nada o dia todo.

— Nem eu. Mas está tão confortável.

— Levante, preguiçosa. Vamos sair e comer alguma coisa.

— Temos que sair? Podemos comer omeletes de queijo.

— Não quero que você faça um rebuliço na cozinha. Além disso, você não quer sair para dançar?

— Eu quero fazer um rebuliço. E podemos dançar aqui.

Ela fez que ia se levantar, mas ele a puxou e a beijou para só então deixá-la ir. Ela se levantou e acendeu o abajur ao lado da cama. Ele olhou para ela e irrompeu no riso. Antes que ela pudesse se ofender, ele a puxou para junto de si, beijou-a de novo e por fim disse:

— Seu rímel...

Ela correu ao espelho. Suas lágrimas haviam feito o rímel escorrer em linhas negras borradas pelo rosto e nas pálpebras superiores, deixando-a com o ar patético de um palhaço. A visão a desconcertou, acrescentando surpresa ao seu rosto. Ele irrompeu em mais riso.

Também rindo, ela pegou um travesseiro e o jogou nele, correndo para o banheiro. Ele a observou limpar o rosto. Ela parecia feliz. Feliz de verdade. Ele ficou grato a ela. Havia um bom tempo que ele não fazia uma mulher feliz.

Ele colocou os sapatos. Seu paletó estava dobrado sobre uma cadeira. Ela devia tê-lo posto ali enquanto ele dormia. Ele o largara no chão.

— Cadê o seu rádio?

— Está quebrado — gritou ela, sobrepondo-se ao som da água correndo.

— Então como vamos dançar tudo aquilo que você me prometeu?

Ela estava enxugando o rosto recém-lavado apalpando-o com uma toalha. Sob a iluminação suave, sem maquiagem, ela parecia muito jovem. Inocente.

— Tenho certeza de que Emmy deixou algumas fitas cassete com músicas. Ela sempre gravava coisas do rádio. Pode até já haver alguma no gravador. Ou você pode cantar para nós.

Ele riu.

— Minha voz talvez seja o motivo pelo qual Linda me deixou. — Ele beijou sua testa úmida e andou confiante até o criado-mudo. Ele apertou o botão play do gravador. Na prateleira de baixo do criado-mudo, muito bem-dobrado, havia um lençol. A estampa era ousada, geométrica, marrom e preta. Pareceu lhe recordar algo. Então um agressivo rock and roll invadiu o quarto, muito alto. Vinha do gravador. Bernie começou a rir.

— *Hey, hey...* — gritou ele, girando e abanando os braços.

Ela saiu do banheiro com a toalha, também rindo. Ele a pegou pelo braço e a puxou para junto de si, estalando os dedos e rugindo igual a voz do homem na fita cassete. Ela o acompanhou, brandindo a toalha feito um acessório de vedete, e giraram juntos, os dois, dando trombadas e rindo. E, de repente, a voz de Anna interrompeu a música do gravador.

— *Há algo que venho tentando lembrar. Algo que não para de me fugir, que emerge e afunda na minha consciência, como a lua desafiando as nuvens...*

Eles ficaram paralisados em suas posições grotescas. A voz no gravador era mortiça, destituída de emoção.

— *Eu queria que alguém entendesse* — dizia a voz. — *Não estou pedindo para ser perdoada. Eu não me perdoo. Mas queria que alguém entendesse...*

— Desligue isso — sussurrou ele.

Ela não se mexeu.

— Desligue essa merda! — gritou ele.
Ela afundou na cama, a cabeça entre as mãos.
— Não consigo. E você?
Ele via a criatura horrenda, toda moída, sobre o feio lençol marrom e preto obscenamente regado a sangue. Lembrou-se de onde vira a mesa escura empoeirada, com o alfinete de segurança. Ele se sentou ao lado dela na cama. Não tocou nela.

— *Parecia que ia chover o dia inteiro. O céu estava preto. Quando chove, o apartamento se fecha sobre mim* — prosseguia a voz, implacável.

— *Eu não podia perder mais guarda-chuvas.*

O suave chiado do gravador entrou no silêncio e, no fim, estalou e parou. O silêncio envolveu os dois.

Bernie disse, sofrendo:

— Sou da polícia, Anna.

— Eu sei — disse ela. — Acho que sempre soube.

— Anna...

— Eu nunca te disse que me chamava Anna.

— Ninguém nunca ouviu essa fita a não ser nós. Ninguém sabe.

— Sua identidade caiu do paletó quando você o largou no chão.

— Não posso te entregar.

Ela não respondeu.

— Ele era um depravado. Um porco. Merecia morrer.

— Você é policial, não juiz.

— Eu te amo.

— Você já amou sua esposa.

Ele balançou a cabeça.

— Nós éramos jovens, saudáveis, lindos. A pessoa tem que ter sofrido para amar, amar de verdade.

— Você não me conhece.

— Eu te conheço. Te conheço melhor do que jamais conheci Linda. Certas coisas a pessoa simplesmente sabe. Simplesmente sente.

— Eu fui vista.

— Por ninguém. Ninguém se lembra — disse ele.

— Podem se lembrar depois.

Ele se levantou e apontou para o gravador, de longe.

— Só existe isso como prova.

Lentamente, ela foi até o gravador e o desligou com um clique. Um silêncio horrível pesava sobre o quarto. Ela se voltou para Bernie. Ele estava parado, braços ao longo do corpo.

— Você pode ter inventado essa tolice toda. As pessoas inventam esse tipo de coisa, sabe. Você devia ouvir as confissões desequilibradas que a gente escuta.

Ela se aproximou dele sem fazer barulho sobre o carpete.

— Vou colocar um pouco de maquiagem. Não demoro.
— Ela o envolveu com os braços e lhe ofereceu os lábios. Ele hesitou. Ela o sentiu hesitar. Ela ameaçou se desprender. Ele a tomou e a beijou com selvageria, desesperado, agarrando-a.

Abalado, ele a soltou. Ela sorriu para ele, seu velho sorriso triste.

— Obrigada — disse ela. Afastou-se dele, entrou no banheiro e fechou a porta, trancando-a. Ele ouviu o trinco passar.

Entendeu. Quando ouviu o trinco, ele entendeu. Correu para o seu paletó. A arma sumira do bolso. Correu à porta do banheiro e a esmurrou.

— Anna... — gritou. — Anna! Allegra! Não... Não! Espere!

O disparo ressoou feito um canhão em seus ouvidos. Ouviu-se gritar o nome dela enquanto rompia a porta.

Ela dera um tiro na própria cabeça.

Lá fora, alguém batia fortemente à porta. Alguém estava tocando a campainha e golpeando a porta. Ele não soube como, mas chegou à porta e a abriu. Não ficou surpreso em ver Feeley.

— Tudo bem com você, inspetor?

Ele assentiu.

— O que houve?

Bernie apontou para o quarto e seguiu Feeley. Enquanto Feeley estava no banheiro, Bernie retirou a fita do gravador e a colocou em seu bolso.

Feeley saiu, pálido.

— Jesus — disse. — Como ela conseguiu a arma?

— Eu a havia tirado do coldre da perna e colocado no bolso do paletó. Ela pegou.

— É ela... aquela?

— Aquela qual?

— A que matou George Stone?

— Por que você pensaria isso, Feeley?

— O guarda-chuva. — Ele apontou para um porta guarda-chuvas em um canto perto do banheiro. Havia um guarda-chuva. Amarelo. De plástico. Bernie nem o notara.

— Que guarda-chuva, Feeley? — perguntou ele. Sua voz parecia distante, como se estivesse vindo de muito longe. — Por quê?

— Inspetor?

Por que ele ficara ouvindo aquela fita? Por que não a destruíra imediatamente? Por que não fora logo até ela e a tomara nos braços?

— Você tem certeza de que está tudo bem, senhor?
— Sou policial — disse Bernie.

Feeley olhou para ele, para seu superior parado feito uma estátua. Então viu um jovem e ágil Bernie saltar de um carro, arma na mão, gritando, aparando tiros que teriam atingido as costas de seu descuidado parceiro. Ele o viu novamente, com a perna sangrando, arrastar-se, sob uma torrente de balas, para puxar seu parceiro ferido e inconsciente de um prédio cercado.

Ele entrou de novo no banheiro e desencravou os dedos de Anna da arma de Bernie. Ele a limpou com seu lenço, depois limpou a maçaneta. Com luvas, removeu gavetas, esvaziou-as sobre o chão e espalhou o conteúdo pelo quarto. Encontrou a bolsa de Anna, tirou a carteira e retirou as notas, jogando o resto no chão. Então pegou o paletó de Bernie e o arremessou para ele. O paletó caiu no chão. Feeley foi até ele e o apanhou.

— Vista isto — disse com autoridade.

Bernie não se mexeu.

— Está querendo algum tipo de investigação oficial, inspetor?

— Eu a destruí.

— Eu diria que outra pessoa já havia começado a fazer isso.

Bernie partiu para o banheiro. Feeley o impediu.

— Só se exige que um policial seja policial. Não que seja um santo. Além disso, estou em dívida com você. — Ele colocou o paletó de Bernie sobre os ombros dele. — Vamos lá.

Ele girou Bernie e o guiou até a porta. Parou na sala de estar para espalhar algumas almofadas e livros pelo chão. Abriu cuidadosamente a porta social, ainda com as luvas calçadas, e espiou. Não havia ninguém no corredor. Colocou seu braço sob o cotovelo de Bernie e o forçou a sair, descer as escadas e a entrar no carro de Scanlon, saindo então em disparada.

Bernie olhava para a frente, reto, sem ver nada.

— Qual é a diferença entre mim e um reles bandido, Kevin? — questionou ele, estupefato.

— Nenhuma. Você é imperfeito, tal como eles. Como todos nós. Sempre imaginei que você não sabia disso.

Bernie não respondeu.

— Apanharam o homem que matou o Stevie. Pegaram ele tentando aquilo com outro menino. Na rodoviária. — Ficou quieto uns instantes. — Bernie, você quer conversar?

— Não.

Kevin assentiu.

Sozinho no hotel, naquela noite, Bernie chorou. Era a primeira vez desde a morte do pai que chorava.

Capítulo 40

A primeira edição do *New York Times* continha uma breve matéria sobre uma mulher do Queens, Anna Welles, que fora assassinada no que parecia ter sido um assalto à sua residência. A polícia acreditava que ela estava no banheiro no momento do assalto, ou que tentara fugir para lá, pois alguém havia invadido o apartamento pela porta. A Sra. Welles levara um tiro na cabeça. Todo o dinheiro fora tirado de sua carteira e tinham saqueado suas gavetas e prateleiras. Não havia pistas sobre quem cometera o crime. Como não existia sinal de arrombamento, presumia-se que a mulher, que morava sozinha, deixara ela mesma o criminoso entrar, ou que não trancara a porta. A polícia reforçava o alerta para que os moradores da área trancassem as portas e não as abrissem sem primeiro ter certeza de quem era.

A segunda edição não continha a matéria. O espaço fora cedido para uma reportagem sobre a tentativa de assalto a um casal de idosos na saída de um banco em Manhattan.

Este livro foi composto na tipologia Utopia
STD Caption, em corpo 11/15, e impresso em
papel off-white no Sistema Cameron da
DivisãoGráfica da Distribuidora Record.